田園閨事 3

風文創 167

莞爾 著

目錄

第四十一章

趕集的這一日，是與林老爺家商議好了的要送糖果點心去的時間，崔薇一大早的就與早候在她門外的崔敬平一塊兒上了路。

心裡捉摸著要養狗的念頭，一路上崔薇都有些心不在焉的，她總覺得這幾日楊氏每回過來說要讓她拆圍牆的時候，那眼神看得她心裡犯怵，不安的感覺一直繞在心頭，若是能早日養上一條狗，自己心裡多少也安穩一些。

到了林府交了東西時，又收了林管事遞來的五兩銀子，這是與崔薇約定好下次要再連續幾次送奶糖點心來的意思，崔薇坦然將錢收了，一邊也沒急著就走，反倒是坐了下來，有些小心翼翼地看了林管事一眼，一邊就道：「林大叔，不知您可知道哪兒有賣一些凶狠些的狗？」

林管事倒沒料到這小丫頭開口便問了這樣一句話，眉頭就皺了起來，想了想就道：「要凶狠一些的狗？崔丫頭，妳一個小姑娘家，就不怕被狗咬到了，那可不是好玩的。不過凶狠的狗嘛，倒也不是沒有，當年老爺在臨安城任職時，城中許多公子哥兒愛打獵的，便喜歡用狼狗來追獵物，那種狗就凶狠，立起來比人都高了，不過這鎮裡是沒有的，妳要是想買，恐怕還得去趟城裡問看看了。」林管事雖然叮囑了崔薇一句，但也並沒有問她買來做什麼，只是提醒了她一番，仍是回答了她所問的。

崔薇一時之間倒真沒想到狼狗的事，她一心只想著藏獒之類的聽說名聲比較凶的狗，倒是忘了這狼狗，聽林管事的一提起來，她頓時便眼睛亮了亮。不過林管事說得也沒錯，鎮上這樣的小地方，還真不容易找出一條狼狗來，崔薇心中有些猶豫，告別了林管事，買了些菜和家常物品便與崔敬平離開了鎮上。

崔敬平對她要買狗還覺得有些好奇，回了崔薇家，將東西給放下了，他才將這個問題問出來。

「妹妹，好端端的妳養狗做什麼？這邊賣狗的人也有，那林大叔說的狼狗我連聽也沒聽說過，也不一定非要買那個啊。」而且一聽這狗是一些公子哥兒養的，崔敬平本能的就覺得那個東西不便宜，如今崔薇生活雖然過得好了些，可若是錢花光了，她自己生活也難過。

「三哥你就甭問了，到時就知道了，今兒乾脆留下來吃飯吧！」隔壁自大嫂劉氏鬧過一回之後就沒有動工，崔家一天到晚愁眉苦臉的，楊氏心疼著建了一半的房子，整日唉聲嘆氣，連煮飯都沒了心思。

崔敬平猶豫了一下，剛想搖頭時，外面聶家兄弟又過來了。

聶秋文今天是專程溜出來的，就想著崔薇去了鎮上不知買了些啥好東西，想要過來瞧瞧，他現在被孫氏拘得緊，出來一趟不容易，而聶秋染則是被他硬拉過來的，一來這兩兄弟就聽崔敬平說了崔薇想要買狗的事。

聶秋染沈默了片刻，突然開口道：「這狼狗我也見過，我爹現在教的那戶人家裡便養過一條，只是縣裡養的人少，恐怕還真得要進城裡才能買得到。」這兒去縣裡就是乘坐馬車不停地跑恐怕也要一天的路程，若是去城裡，恐怕來回最快也要三天左右了。

出門這樣多天，崔薇倒也不是怕外頭的世界，她只是擔憂自己家裡的羊沒人照顧，只是若能真買到一頭狼狗回來養著，以後楊氏也許還真不敢過來找她麻煩。

聶秋染皺了皺眉頭，開口道：「崔妹妹若要去，不如我陪妳去一趟吧，反正兩、三天時間，也不是趕不回來的。」

眾人誰都沒料到聶秋染會說這樣的話，頓時都吃了一驚，連崔薇也嚇了一跳，有些傻愣愣地抬頭看了聶秋染一眼。「聶大哥，你帶我去城裡？」

聶秋染點了點頭，滿臉的平靜。「我跟爹娘說去城裡訪友，想來爹娘不會阻止我，陪崔妹妹來回一趟反正也用不了多少時間，正好我進城也能辦點事。」這趟因為聶秋染已經中了秀才之故，自然不用在以前讀書的地方繼續待下去，而得另謀地方學習，聶夫子也早有想讓他進城看看找個學堂或是官府中開的官學打量的意思。原本聶秋染便想著哪日進城一趟，如今崔薇想去，正好便借這個機會能進城裡瞧瞧，反正聶夫子教的那家少爺這回考試也中了童生，一家人正是歡喜的時候，因此特意放聶夫子回家休息一個月，聶秋染就是將馬車駛走一段時間，也誤不了事。

難得碰到這樣的機會，就算是崔薇明知道這樣要欠聶秋染一個天大的人情，但她也忍不住有些心動了，來到這古代幾乎快半年的時間了，她還沒去過外面瞧瞧，若是能去看看，再買回一條狗來，這回只花三天時間，往後便能解決不少的麻煩，因此她猶豫了一下，仍是答應了下來。

心中感激聶秋染的好意，崔薇乾脆留了這兩兄弟下來吃飯，那頭聶秋文雖然也想跟著去城裡一趟，但他也知道聶夫子肯定不會同意，因此被聶秋染叮囑了不能隨意將這話說與別人聽之後，便答應了下來。

家裡沒人照顧，崔薇乾脆將手裡的鑰匙交給了崔敬平，讓他幫著照顧幾天，主要也就是給羊割些草，平日餵上一些罷了。她出去若是回來得快，最多也就是三日時間左右。

一下了決心，聶秋染回頭很順利地果然就取得了聶夫子的同意，孫氏是根本不敢管這個兒子的事，對兒子要進城的事她完全是沒有發言權。聶秋染派了聶秋文過來與崔薇說了準備在一日後啟程。

崔薇準備了一番，想著剛過大集不久，反正就算自己消失幾天，恐怕人家也發現不出來，因此自然是沒有異議。

她簡單地收了些東西帶著，因為坐的是人家的馬車，也不好帶太多東西。想到聶秋染愛吃甜食，崔薇又提前做了不少的奶糖點心等放著，一面又將全部的銀子放在了身上，這一趟出去的時間久，她也不是信不過崔敬平、怕他拿自己的錢，而是她怕自己這一趟出去要買的東西多，也不知道那狼狗多少錢一條，總要多帶些錢心裡才有底氣。又帶了一身換洗的衣裳，第二日天不亮時，便悄悄上了聶秋染的馬車，兩人一路朝城裡去了。

這馬車崔薇不是第一回坐，可依舊是被抖得頭昏眼花的，坐了半天就忍不住了，而這會兒在半道上，偏偏又不能將馬車停下來，兩人還要趕路的，若是遲了回去，說不得又會起風波。崔薇一路強忍著難受，車廂裡沈悶異常，再滾來滾去恐怕就要吐了，她乾脆出了車廂，跟聶秋染坐到了外頭，看不出來聶秋染年紀不大，但趕馬車倒也似模似樣的。

崔薇一出來，他就轉過頭來瞧了瞧，一邊道：「不在車裡休息一陣？」

這會兒天氣還熱著，坐在外頭馬車朝前跑，一陣陣的輕風迎面吹來，教崔薇覺得好受了許多。聽聶秋染問話，便搖了搖頭，一面忍著反胃的感覺，一面將自己從車廂帶出的小籃子取了出來。「聶大哥，我帶了奶糖，你要不要嚐一顆？」

聶秋染點了點頭，卻是雙手抓著轠繩，拉著馬，還沒法放手去取。

崔薇看他雙手沒空出來的樣子，一面乾脆取了顆糖就遞到了他面前。

聶秋染愣了一下，回頭看了她一眼，這才有些猶豫著張嘴將糖咬進了嘴中。

崔薇等他吃了，才覺得這個動作有些不大妥當，不過幸虧她年紀還小，也不至於真讓人誤會什麼，因此故作無事地縮回手，自個兒也吃了顆糖，兩人便不再說話了。

馬車一路前進著，中途二人也沒休息，餓了便吃些糕點，這樣跑著很快的晌午時便來到了縣裡，縣中比起鎮上不知熱鬧了多少倍，就算不是趕集，街上賣東西的人也不少，既然縣裡都到了，城裡便不遠了。聶秋染又駕著馬車看了方向，便朝臨安城而去，崔薇看得心裡也些不好意思，不過她自己本身是不會趕馬的，因此也不好說讓自己替一替他、讓他休息一下的話，只能在一旁坐著陪他說說話。

趕了大半天路，這樣顛著崔薇也有些受不了，她早上起得又早，雖然極力讓自己不要睡著了，不過這樣搖來搖去的確實睏得很。她有些不好意思地與聶秋染說了一聲，爬進車廂裡本來是準備靠著閉一下眼睛，誰料車廂裡搖得厲害，她在榻上躺了沒一會兒便有些受不了了，連忙又鑽了出來，乾脆靠著車廂壁睡過去了。

聶秋染眼神專注，正趕著車時，卻感覺到她的小腦袋一搖一搖的，朝自己這邊滑了過來，她睡得很熟，小女孩粉嫩細緻的肌膚連臉上的細小茸毛都能看得清楚。她的身體漸漸靠在他手臂上，漸漸一股小小的壓力傳來，倒並不怎麼重，不過男女授受不親，聶秋染猶豫了一下，想要將她推開的念頭在看到她睡得極熟的模樣時，到底是慢慢地散了開來，反正她現在年紀還小，就算是靠一下也沒什麼，再說小姑娘平日也乖巧可愛，不過是睡一下覺，今日她起來得確實是早了些。

念頭一閃而過，聶秋染舉起的手又放了下來，看她靠得有些累的樣子，乾脆自個兒坐好了靠在車壁上，一邊將她腦袋攬了過來靠在胸前，這樣兩人都省力了不少，崔薇也明顯睡得舒服了一些，一路睡到了臨安城時，才醒了過來。

這一覺直接在人家身上睡著了，崔薇多少還有些不好意思，連到了臨安城也沒好意思跟聶秋染說話。二人找了間客棧暫時住下來，一路坐人家的馬車，又睡人家的胸膛，崔薇哪裡還好意思讓他付住宿錢，忙搶著自個兒將錢付了。二人收拾了東西，又將馬車停到了客棧後頭，將馬交給店小二照顧了，這才各自回房歇下。

天色早已經黑了，現在就算是想要找狼狗，也不能急於一時，何況白天時趕路兩人都有些累了。

第二日崔薇直接睡到了日上三竿才起來，聶秋染早已經出去過一趟，將自己要讀書的官學已經瞧好了，官學不是隨便哪個人都能進的，不過因他年紀不大，再者又中了秀才，自然是人人都搶著想收的對象，不過大半個時辰的工夫，便將事情辦妥當了。

買狼狗的事倒是沒有著落，崔薇初來臨安城，兩眼一抹黑，她這才感覺到在古代自己一個人的不方便，就算是她手裡有銀子，可卻苦於並無門路，幸虧聶秋染有法子，去找了官學中的人，與人打聽了大半日，官學中的學生非富即貴，再不然便是品行與學識出眾之輩，聶秋染自然很容易地便將事情打聽出來，這才買到了一條剛出生恐怕只有一個月的小狼狗。

人情這下子可是欠大了，不過債多壓身崔薇也不愁了，又在城中買了不少的東西，想著聶秋染喜歡吃甜點等物，又自個兒秤了不少糕點與零嘴等，足足買了好幾大包，兩人這才踏上了回家的路程。

回到小灣村時，天色已經大黑了，崔薇早在村頭無人處便下了馬車，提著大包小包的手裡又抱著一隻黑背黃毛的小狗，那小身子被壓得都快彎了下去，聶秋染猶豫了一下，乾脆又招手讓她上來，反正這會兒人少了，四周黑漆漆的，送崔薇回去恐怕也沒人看見。

這兒離崔薇家可還有一段路程，若是任由她一個人這樣走回去，恐怕再走一刻鐘都不一定能到家門。

崔薇這趟已經麻煩了聶秋染不少事情，這會兒哪裡還好意思再讓他送，只是她剛想拒絕，那頭聶秋染已經將她手裡的東西接了過去，又放在後頭的馬車上，東西也確實沈得很，麻煩聶秋染的事情又不止這一件了，崔薇有些不好意思地與聶秋染道了聲謝，這才爬上馬車坐到了他的身邊。

原本以為這會兒天色已經晚了，村裡許多人恐怕應該都早已經歇下了，誰料馬車遠遠的駛近了崔家時，卻看到崔家燈火通明，吵鬧聲快將屋頂都掀開了。院門大開著，崔薇依稀像是能看到不少人的樣子，許多人說話的聲音不住傳來，尤其是楊氏的哭喊聲，極其的尖利。

崔薇心裡忽地湧出一股不好的預感來，連忙捉了聶秋染的手道：「聶大哥，你快一些，我覺得有些不大對勁。」

聽了她的話，聶秋染點了點頭，感覺到隔著衣裳崔薇的手冰冷得厲害，身子都有些顫抖了起來，他揚了揚鞭子，嘴裡輕喝了一聲，那馬兒撒開四蹄便奔了起來，果然很快就到了崔家。

離得近了崔薇才看到崔世福家裡擠滿了人，不少人擁不進去，已經站到屋門外來了，看到這馬車過來時，許多人都好奇地看了過來。這小灣村裡能有馬車的人家只是聶夫子那兒，而且村裡不少的人都認識聶家的馬車，聶秋染跟崔薇並排坐在馬車上頭，許多人都瞧見了，這樣一看，不少人都鬧開了鍋。

崔薇也顧不得眾人好奇探究的神色，還沒到自己家門口，便跳了下來，連東西也顧不上了，一下子跑到門邊，頓時氣得渾身顫抖了起來。

原本好端端的屋門這會兒已經被拆了大半，緊靠著崔家的院牆也垮了下來，不少人站在自己院子裡，屋裡大門已經被人破了開來，楊氏被崔世福提著頭髮捉在手中，一旁擠滿了人，看到崔薇回來時，崔世福臉上閃過一絲愧疚之色。

崔薇氣得渾身冰冷，雙手緊緊握成拳頭，站在院子門口，強迫著自己冷靜下來，一邊沈聲問道：「這是怎麼回事？」

楊氏頭髮被崔世福拽在手中，尖叫不止，隔著周圍一些人打的火把，能清晰地看到她面皮腫脹了起來，一隻眼睛都睜不開了。崔世福又重重的一腳踩在她腰上，拳頭一下子往楊氏背上捶了下去，發出「咚」的一聲劇響，楊氏被打得險些一口氣沒緩得過來。

「薇兒，爹對不住妳，這賤人讓人將妳房子拆了，妳放心，爹今兒必定會給妳一個交代！」

「打死人了啊，世福，阿淑再有不是，你也不能下這樣重的手啊。」一旁吳氏跑了出來。看著楊氏奄奄一息的模樣，頓時忍不住拍著大腿便哭了起來。

楊家人幾乎都到了，就站在院子中間，崔世福陰沈著臉沒有開口說話，吳氏見他這模樣，頓時心裡一慌，連忙轉頭便朝林氏拉了手哭道：「親家，親家妳說句話啊！阿淑嫁到妳家幾十年，為世福生兒育女的，沒有功勞也有苦勞，她這輩子可沒享受過，為的還不是你們崔家的人嗎？妳說句話啊！」

「到底怎麼回事！」崔薇只覺得一股涼氣從腳底湧上心頭來，剛開始她還高高興興的拿了東西往家裡趕，沒料到一回來便瞧見這樣的情況，身體不住顫抖了起來，看著楊氏目光裡帶上了厭惡之色，她拳頭緊緊握著。渾身上下一陣陣的發冷。

燈光裡小女孩兒單獨站在門邊，四周一下子變得冷冷清清的。聶秋染原本是不準備下馬車的，可是這會兒看到崔薇這模樣，不知怎的，心裡卻是有些憐惜，連忙跟著從馬車上跳下來，一邊拉著馬車走過來，站在了崔薇身邊。

崔家原本還算整齊的院子這會兒已經被損了大半，除了靠近山裡那一面還完好之外，院中離崔家近的那面已經被人敲倒大半，原本乾淨的院子處倒落下來不少碎石塊，砸得原本崔薇種在那兒的菜都爛了一大堆，情況慘不忍睹，聶秋染眉頭皺了起來。

不少人都看到了聶家這位大郎跟崔薇一塊兒回來的模樣，以及他如今站在崔薇身邊的情景，像是在支援著她一般，不少人沈默下來，卻也有一些好事的連忙興奮地便往聶家趕。

「薇兒妳先別著急。」林氏正被吳氏拉得為難，一看到孫女兒回來了，眼睛霎時便是一亮，連忙朝這邊走了過來，一邊嘴裡道：「妳娘要給妳二哥建個房子，可是這地方就只有這樣大，妳娘便捉摸著想在這邊給挪些地方出來，到時她肯定將妳院子給收拾好的，保准連這些碎石也給掃了。」

說得倒是輕巧，當初楊氏建房時劉氏可是著急得都跑崔家鬧了一趟，不知當時林氏有沒有讓劉氏不要著急，往後建好房子讓楊氏幫她將院子打掃一遍！崔薇心裡對這個祖母的話不由自主地生出一絲失望來，卻是抿了抿嘴唇，沒有說話，若是她現在點了頭，恐怕楊氏便要順竿爬了，她當下看了楊氏一眼，便進了屋裡一趟。大門早已經被人撞開，裡頭亂糟糟的，地上全是腳印，床上的蚊帳早已經被人扯了去，櫃子也被人將鎖給撬了，看來她出外的這段時間，楊氏倒真是個好樣的。

崔薇冷著臉出來，又朝羊圈裡看了一眼，除了幾隻正在育乳的奶羊還在外，另一隻早就已經斷了奶、最開始她買的那隻黑羊卻是不見了。而崔家那邊也收拾出一大塊空地來，顯然是準備要建房子的。

崔薇心裡突然間說不出的怨恨，朝院子中盯了一眼，沈聲問道：「誰進了我屋裡，拿了我的東西？」

她這樣一開口，林氏等人便愣了一下，人群中王氏目光躲閃了一番，連忙又往別人身後鑽了些。

「薇兒……」林氏原本還想再勸，畢竟楊氏如今雖然糊塗了，可她到底是崔世福的妻子，又給崔世福生了兒女，就像吳氏說的，沒有功勞也有苦勞，現在若是鬧出這樣的亂子，往後日子不好過的還是崔世福，她便想著要將這事給圓了，一邊就開口道：「妳別著急，若是差了什麼東西，慢慢再找，這院子既然妳娘已經拆了些，妳就再重新弄過，若是差銀子，我那兒還有些，我給妳出錢。」林氏是不想一家人鬧得太過厲害，無論如何崔薇總是楊氏的親生女兒，若是她們鬧了起來，誰的面上都不好看。

可誰料崔薇這會兒早就氣瘋了，她怕啥沒錢，她自己就有錢，再建一個比現在還好的房子都足夠了，可她恨的是楊氏等人不經她允許就敢做出這樣的事情來！

「誰進了我的屋裡，拿了我的東西，撬了我的櫃子！」崔薇聲音有些尖利，嚇了林氏一跳。

崔世福聽得這話，終於沒能忍得住，一把狠狠就踢了楊氏一腳，一邊將她扔在地上，自個兒站起身來，手抖得不像話，從腰間顫抖著摸了一個煙袋子出來，取出旱煙點了火深吸了一口，這才吐了氣，眼神一下子堅定了起來。「薇兒，妳別著急，東西就在那兒，跑不了，若是有差的，誰拿的，捉了誰見官。這事與這賤人脫不了關係，正巧今兒聶小秀才在這兒，幫著我寫封休書，明兒我便去找了羅里正除了她的名。」

崔世福這話聽得已經被打得眼睛都腫了的楊氏頓時有些慌了起來，連忙就爬起身來，抱著崔世福的大腿便驚慌地哭起來。

「當家的，不要休了我，我再也不敢了，不是我拿的，不是我拿的，是王氏，是她領人去砸的門啊！」楊氏這會兒嚇得語無倫次。崔世福一說要休了她，楊氏立即便慌了神，她到這把年紀要是被休了，不只臉面上掛不住，而且她早已是出嫁的人了，被休回娘家，她又能去哪兒？

王氏一下子被人從後面揪了出來，看到眾人的目光都落在了她身上，崔世福的眼神像是要活生生吞了她一般，令她不由自主地瘋狂擺了擺手。「不是我、不是我，爹，是、是唐氏幹的！」說完，又伸手指向了唐氏。

這樣一個推一個的，崔世福臉色更黑了。

崔薇面色平靜的看著這些鬧劇，背脊挺得筆直，雙手死死握成拳頭，指尖狠狠掐了一把掌心的肉，這才勉強使自個兒冷靜了下來，看著崔家那邊已經準備打好的地基，不由自主地閉了閉眼睛，深呼了一口氣。

聶秋染見小姑娘孤單一個人站著的樣子，雖然知道現在不是自己出頭的時候，但依舊忍不住皺了下眉頭，他對於崔薇本來就有些好感，現在三天相處下來，心裡更是覺得這小丫頭實在可愛懂事，現在看她這模樣，心裡很是有些同情，連忙便走了幾步，站到了崔薇身邊，衝崔世福拱了拱手。

「崔二叔，如今這兒是崔妹妹的家，我聽說崔妹妹現今是自立了門戶的，又在羅里正處立了據，不知這事是不是屬實的？」他是從聶秋文那兒聽過來的，當時心裡就覺得崔薇行事倒當真有些大膽，跟以前的印象完全不同，因此留了幾分心，多嘴問過幾句。

這事村裡許多人雖然隱隱約約聽說了，但因為崔家與崔薇都沒出來承認過這件事情，因此這會兒聽到聶秋染說起時，不少人都有些驚訝。見崔世福沈默不語，一邊點了點頭，眾人頓時吃了一驚，原本還有些同情楊氏的村民們，頓時心裡都有些可憐起崔薇來。

到了這個時候，崔世福也不替楊氏兜著了，直接道：「這賤人見錢眼開，早與薇兒以三兩銀子劃清了關係，如今卻又來反悔，今兒便煩勞聶大郎，請你作個證，再替我寫封休書，等我改日閒了，必定上門親自道謝！」

「謝倒是不必了！」少年身影清雅得似竹一般，溫和地搖了搖頭。

他滿面笑容，容貌俊美中帶著一絲儒雅，簡直跟孫氏那潑婦模樣完全不同，眾人的目光不由自主的都落到了他身上。

聶秋染像是根本沒有察覺眾人的目光般，站到了崔薇身前，將她嬌小的身體擋在了自己的身影裡頭。「雖說如今我是個外人，不該多嘴，但也知道崔二嬸既然收了崔妹妹的銀子，崔妹妹便該是有了自由身，這拆人房屋一事，實在也是太過了些。」聶秋染說完，一邊就衝身邊站著的一個年約五十歲的老婦人道：「阿婆，若是有人拆了妳家房子，妳會如何？」

冷不防被點名問到，那老婦人聽他這樣一說，頓時愣了一下，接著滿面驚惶，頓時拍著大腿哭了起來。「哪個殺千刀的拆了老婆子的房子，老婆子要他的命！」說完，急急忙忙地便要擠出人群去。

雖說此時心情不好，不過看到這樣的情景，崔薇卻是忍不住差點笑了出來。

聶秋染眼睛閃了閃，回過頭時場中的楊氏臉色更加蒼白。聶秋染的專長就是能將人嚇得半死，偏偏還不會對他生出惡感與懷疑之心來，連輕飄飄一句話就能哄得人家真當自己家裡房子被拆了，這也實在是他本事。

「崔二嬸雖然替崔家育嗣有功，但闖入別人門戶，並拆人屋子，如此行為，與闖入室中搶劫的江洋大盜並無區別，而這兩位，破門而入，又毀人門庭不說，崔妹妹，妳剛進屋裡去查看，可是發現有何失竊之處了？」聶秋染溫和的朝四周看了一眼，頭也沒回便朝身後的崔薇問了一句。

此時崔薇氣得半死，心裡又極其的不平靜，早就一句話也說不出來，幸虧聶秋染幫忙，心裡對他實在是感激，聽到他問話，又之前看他空手白狼騙過孫氏簽了一紙欠條的，哪裡還有不明白他意思的？若說以前崔薇對崔家人還多少有幾分容忍之心，這會兒是早就落了個乾淨，聞言想也不想就道：「有二兩多銀子，存起來是準備還娘當初逼我花三兩銀子買身的錢的，這會兒櫃子被人撬開，全不見了！」

一聽這話，王氏頓時勃然大怒，一下子站起身來，指著同樣滿臉憤怒之色的唐氏大聲喝道：「好哇，妳這小賤人，說了東西一人一半，妳竟然敢獨吞！」

「誰吞了，那銀子明明是妳拿了！」唐氏也不甘心，也跟著一塊兒罵了起來。

兩人說著說著，便扭打成一塊兒，楊家與崔家眾人臉色頓時陰沈，崔世福氣得渾身顫抖，場中不少人因為王氏與唐氏二人的怒罵而驚呆住了。

楊家的人再也忍不住，刁氏上前狠狠抽了這個兒媳婦一耳光，厲聲喝道：「蠢東西，妳給我閉嘴！」

唐氏捂著臉，身體抖得如同風中落葉一般，眼神閃躲。

「雖說不是我的家事，但若是崔二叔家裡出了賊人，按例得拿了送官才是，偷竊犯事者當斬手斬腳。崔二叔家裡如今還有崔二兄在，若是往後出了事，影響了崔二兄的名聲，那便不好了。」

崔敬忠站在人群裡頭，看著眾人的目光全部都集在了聶秋染身上，心裡的妒火忍都忍不住，他也恨王氏二人竟然做出這樣的事情來毀他名聲，但這樣的話卻並不該是聶秋染來說出口！崔敬忠只恨自己不是聶秋染，站在正中，看到許多人在對著聶秋染時，臉上滿是恭敬與討好之色，不少人嘴裡還對聶秋染稱道有加，他心中火氣便更盛。

崔薇幾次三番不肯助他一臂之力，開始時崔敬忠心裡還不滿，如今看來恐怕是這小丫頭攀上了高枝，以為靠得住，便不欲幫他這二哥了！如今院牆被推倒了，眼下看來他的房子是沒有著落了，崔敬忠心裡的火氣也越忍越烈。

王氏與唐氏二人聽到說要送官查辦，且要斬去一隻手腳時，頓時都慌了神，軟綿綿地跪在了地上，再也起不了身來。

看她們被姓聶的一句話就嚇成這般模樣，令崔敬忠心裡實在是有些不舒坦，忍不住就站了出來，冷淡地道：「聶大郎是不是不該來開這個口？怎麼說這也是咱們崔家自己的事情，實在不宜讓外人來多管，不如請聶大郎讓開，讓我四妹出來說上幾句，聶小秀才以為如何？」

這會兒任誰都能聽得出崔敬忠語氣中的不滿了，聶秋染卻並不以為意，身體也沒有退開，反倒將崔薇更拉到了身後一些，一邊就衝崔敬忠拱了拱手。「崔兄亦是讀書人，該知道日防夜防，家賊難防的道理，更何況崔妹妹如今只是姓崔而已，事實上與崔家並沒有什麼關係，而這位嫂子我瞧著倒是有些面生，應該算不得是崔家的人，既然這事與她有關，我與崔妹妹也是一個村的，自然可以問上一問！」

崔家裡頭聶秋染跟崔敬忠已經互相鬥了起來，眾人大氣也不敢出一聲，而另一頭那些好事、想看人鬧架的卻是連忙朝聶家這邊奔了過來，聶夫子一家人正準備吃著飯，剛一聽到敲門聲，孫氏便有些不大耐煩地掀了掀眼皮，讓女兒去開了門，將人請了進來。

孫氏還沒有開口問是何事，前來報訊的婦人已經衝聶夫子等人道：「聶老爺，秀才娘子，如今崔家已經鬧起來了哩，那崔二嫂拆了女兒的院牆，如今鬧得正凶哪！」

「我去瞧瞧！」一聽到這婦人的話，孫氏頓時便興奮了起來，眼睛一亮，放了碗筷就要去看。

楊氏的娘家人一大早時便被楊氏喚到了這邊來，也不知是鬧的個什麼事，聽說中午吃完飯便開始準備拆房子，崔世福父子在地裡忙著，也沒人通知，孫氏心裡頭原本就想去瞧瞧熱鬧的，可是聶夫子一直在家，她縱然是有賊心也沒有那個賊膽，因此一直忍著，那心中跟貓抓似的難受，好不容易這婦人說崔家鬧了起來，她便想過去瞧瞧。

那崔世福心疼女兒是出了名的，楊氏鬧出這事，也不知道怎麼收場。崔家那死丫頭脾氣也不見得是個好的，可偏偏這回她竟然沒鬧，也不知道楊氏將她怎麼了，若是楊氏當真將她給賣走了，說不得自己倒是逃過一回，若是能脫了那幾百錢的債，她也鬆一口氣不是。

孫氏這會兒想要去瞧熱鬧，簡直是連一刻都等不住了，那邊聶秋文卻是目光躲閃，也沒說要過去的話，只是低著頭扒飯。

聶夫子看到自己娘子的動作，頓時臉色沈了下來，冷哼了一聲。「非禮勿視！人家家裡的事，妳何必這樣熱心，食不言寢不語，教妳的都忘了？」

孫氏被他一句話說得昏頭昏腦的，那什麼非禮勿視的，完全是聽到了卻不明白，不過那食不言她卻是聽明白了，平日沒少因為挨聶夫子教訓，一旦發了話，孫氏頓時便如同霜打過的茄子一般，蔫了下來。

那婦人瞧見孫氏這舉動，也並不意外，反倒大聲道：「聶老爺，可是你家小秀才領著崔家那四丫頭一塊兒回來了啊！」

「什麼?!」這話使得聶家三人一下子全都跳了起來。

孫氏與聶夫子吃驚倒是不假，不過連聶秋文都驚呼了出來，孫氏為人簡單，自然不會多想什麼，而聶夫子則是瞇著眼睛警告似的看了這個小兒子一眼，頓時面色一沈，也跟著放了筷子，站起身來。

這會兒孫氏心裡真是急得如熱鍋上的螞蟻了，不知崔家那死丫頭怎麼陰魂不散的，這會兒倒是跟自己的兒子扯上了關係，她一見聶夫子這模樣，便知道他也是動了火氣，恐怕是要過去看的。她心裡一鬆，果然看聶夫子背著雙手就朝外走，孫氏忙跟了上去，即便想快跑幾步奔過幾個田埂便過去，可惜聶夫子慢慢走在前頭，孫氏哪裡敢做那樣的動作，便亦步亦趨地跟在他身邊，連累得那前來報訊的婦人都只能慢吞吞地跟在後頭走著。

而聶秋文聽說崔薇回來了，連忙也扔了飯碗跟在父母的身後。

第四十二章

自從聶秋染中了秀才而他名落孫山之後，崔敬忠心裡便一直覺得憋屈也不甘，如今又見聶秋染一直助著自己的妹妹，頓時心裡一股火氣便湧了上來，指著聶秋染，面皮脹得通紅。「聶大郎，你不要仗著自己中了秀才便四處橫行！今兒這是我們的家事，還輪不到你來作主。崔薇，有何話妳不自己說，非得要讓旁人來給妳出頭，聶大郎是妳什麼人，男女七歲不同席，妳如今年紀不小了，難不成這樣靠著他，以為聶大郎往後會納妳為妾不成！」

崔敬忠這話已經說得極重了，眾人愣了一下，連崔薇也雙目冰冷，在她還沒有說話時，崔世福竟然臉色脹得通紅，狠狠一巴掌掄了便朝崔敬忠臉上甩了過去，嘴裡大喝道：「畜生！薇兒是你妹妹，你怎麼說這樣的話來污她名聲？家裡供你讀了這樣多年的書，難不成你全部讀到了狗肚子裡頭？」

崔敬忠這隨口胡說的話極有可能會害了崔薇的一生，若是聶秋染不肯答應納了崔薇，往後崔薇名聲壞了，如何還能嫁得出去？更何況崔敬忠用心險惡，說的是納妾，而不是娶妻，就算是聶秋染同意了，可自己一個好端端的女兒送給人家做妾，崔世福這心裡頭還真是有些不是滋味。聶秋染再好，可那也是他的事，若是要自己女兒給他做妾，倒不如嫁個普通人家，薇兒如今有本事了，她嫁到哪戶人家會過不好的，又何必去鬧那心？更何況那孫氏可不是好相與的！

崔敬忠一句話便將崔薇逼得無路可走，崔世福心裡當真是又氣又怒，激動之下當著眾人的面便打了崔敬忠一耳光。這可是崔敬忠自懂事以來，生平頭一回當著眾人的面挨打，他一向五穀不分，四肢不勤的，長年讀書不勞作讓他身體瘦弱無比，而崔世福長年做農活的人，這一巴掌足以打得他一個踉蹌險些站不住腳了。

楊氏一見兒子挨打，「嗷」地叫了一聲，撲上前便護在崔敬忠面前，這會兒也顧不得怕崔世福了，大聲哭道：「你要打他，你先打死我好了，崔世福這可是你親生的骨肉，二郎一向懂事聽話，你竟然也捨得打他！」

接下來林氏等人一見不好，也連忙湧上前來要勸話，崔世福身體氣得不住顫抖，好半晌才忍了下來。

崔薇在後頭聽得火大，好幾回忍不住都想站到前頭，聶秋染一隻手卻死死將她手心握住，指尖在她掌心裡畫了畫，是示意她不要輕舉妄動的意思，崔薇本來不想聽他的，可誰料這聶秋染看似瘦弱，實則人倒是壯實，竟然一隻手反手將她攬在後頭，死死壓在他背上，崔薇緊緊貼著他，動彈不得，聽到崔敬忠的話氣惱得要命，可偏偏聶秋染不肯讓她出來。

崔敬忠挨了一回打，心中怨氣更深，崔世福這一下用了幾分力氣，直打得他口角破裂流出一些鮮血來，他表情更加森然，眼神陰狠地瞪著聶秋染，一邊冷笑道：「如何，聶大郎，你可願意納我這個妹妹？」

崔薇剛想說這事與聶秋染無關，那頭聶秋染卻是深呼了一口氣，一邊看著崔敬忠微笑了起來。「要是要，不過卻並不是納。」

「不是納，難不成你是想娶了？哈哈哈哈哈！」崔敬忠一聽到這話，像是聽到了什麼天大的笑話一般，忍不住仰頭便笑了起來。

聶秋染卻是眼神平靜，看著周圍眾人一眼，目光掃過楊氏與村中諸人，聲音溫和卻堅定地說：「我娶她！」

這話似炸雷般的響在眾人耳邊，崔敬忠也愣住了，笑聲戛然而止，有些不敢置信地看著聶秋染。

此時眾人的目光都落在了聶秋染身上，少年眉目俊朗目光如炬，鼻若懸膽，眼似星辰，整個人如一枝翠綠的竹節，既是高雅風潔，又隱隱帶著一絲淡淡的疏遠，嘴角邊帶著一絲細細的笑意。許多人聽到他這一句話時，甚至幾乎都快忘了聶秋染的年紀與他家中父母。

聶秋染這話剛一出口，場中頓時安靜了片刻，突然間院子外傳來了孫氏一聲怒喝，尖叫道：「我不同意！」

一個說要娶，一個又說不行，現在鬧著倒當真是有些意思了，不少人臉上露出興奮之色來。

孫氏氣急敗壞地想擠開人群朝裡頭擁，而她身前站著聶夫子，不消他喊，人群便自動讓開一條道路來。

聶夫子的目光在眾人身上掃過一圈，隨即落在與兒子貼得近的身影上頭，眉間不由自主地拱出了一座山丘，卻沒有在第一時間上前讓兩人分開，反倒是衝崔世福拱了拱手，神色嚴肅。「犬子無狀，給崔兄添了麻煩，如今崔兄的家事，犬子不分輕重膽敢去胡言亂語，只盼崔兄看在他年幼無知的分上，不要與他計較！」

崔世福的臉色陰晴交錯，他哪裡聽不出來聶夫子如今說聶秋染年紀小胡言亂語便是不認剛剛聶秋染說那話的意思，雖然知道自己家裡是配不上聶家，但自己的女兒如此聰明能幹，這樣短的時間掙到了房子不說，還能掙到幾兩銀子，無論是嫁到哪戶人家，都虧不了，聶夫子就算是看不上，也不該在大庭廣眾之下說這樣的話，若是聶秋染認了之後而聶家不承認，崔薇豈不就成了大家一場笑話了？

到了這一刻，這個一向有些憨厚老實的漢子亦忍不住心中埋怨了起來，並沒有張嘴回答聶夫子的話。

另一邊孫氏早就忍不住了，她氣得要死。崔薇這死丫頭剛勾搭完她小兒子，如今竟然連自己的大兒子都給勾搭了，簡直是沒一個省心的！孫氏聽不懂聶夫子剛剛那話裡表達出來的意思，她只知道自己兒子有出息，是中了秀才的人，往後說不定還能中個舉人，崔薇這死丫頭有什麼好的，脾氣差不說，而且還名聲不大好聽，有什麼資格嫁給自己兒子？大郎模樣生得好，又能讀書，若中舉人老爺，就是縣中的富人家小姐他也娶得，何必要與崔薇這死丫頭拉上關係？

孫氏氣得要死，指著崔世福等人便罵。「美得你了，讓我兒子娶你家閨女，我呸！你們是個什麼樣的東西，能和我兒子相比，癩蝦蟆還想吃天鵝肉，我兒子那是一朵鮮花，也不能插在這堆牛糞裡頭，你們想也不要妄想！」

孫氏噼哩啪啦一頓亂罵，頓時將崔世福氣得渾身顫抖，若不是他一個大男人不好與別人家的婆娘一般計較，他早一拳頭就打到孫氏臉上了。

孫氏看他凶神惡煞的樣子，心裡也有些犯怵，連忙站到了聶夫子身後，又繼續說道：「你也不撒泡尿瞧瞧鏡子，自個兒生得什麼模樣，你家那丫頭也不是個什麼好東西，小小年紀竟然就學會了……」

「娘。」聶秋染臉色一下子就沈了下來，冷著眼望了孫氏一眼，平日臉上掛的笑容早已經不見了蹤影。

孫氏原本正罵得痛快，被兒子這一喚，竟然全身激靈打了個冷顫，剛想說自己不同意他娶崔薇，卻又聽聶秋染說道——

「爹娘請先回去，孩兒的終身大事，還望爹娘能夠容孩兒自己喜歡！」婚姻大事由父母作主，雖然聶秋染以前是並不以為意的，但如今若是能幫到崔薇一回，那也是件好事，反正這小丫頭並不無趣，反倒也是可愛。最近孫氏已經開始給自己留意親事，若是換了一個其他不認識的人，倒不如與崔薇過一輩子。而婚姻大事雖然他自己絕對可以作主，但在外人面前多少還是要給聶夫子留些臉面，因此他說了這一句話時加重了語氣，大有回去再商議的意思，也沒有一句話便說死。

聶夫子臉上的神色多少好看了一些，他自然也想讓兒子取個舉人的頭銜回來，那可是他求了一輩子，卻也沒有得到的東西，若能讓兒子得了，也不失為一件好事，而以聶秋染的學文，得到舉人並不是不能幻想的，可若是想要再謀個出路，便需要有人提攜了，若兒子能娶個可以幫他的岳家，那自然便能省不少的事情。可聶夫子心中縱然有打算，不過這會兒聽到聶秋染如此一說，他又一向知道這個大兒子的脾氣，因此便忍了心頭的焦急，點了點頭，也不開口說話了。

雖然說知道聶秋染是個好意，可崔薇這會兒卻是恨不得能咬聶秋染一口，他要娶，但問過她意願沒有？孫氏剛剛竟然將她貶成癩蝦蟆，而且還敢說她是牛糞，嫁給聶秋染若是有個這樣的婆婆，還真不是件好事。若是聶秋染像聶秋文那樣好拿捏便罷，可這人精得跟狐狸似的，黏了毛便能變成猴兒，她就算是感恩，可也不能嫁給他啊！不過聶秋染緊緊將她腦袋壓在他後背上，讓她連出氣都有些困難，只氣得磨牙。

這個動作看起來是有些親近了，不過剛剛既然聶大郎說了要負責，自然便沒人會去說什麼，只是不少人都當崔薇會嫁的是聶秋文，可又沒想到原來與她真正有關的人，竟然是聶家這位有出息的大郎！不少人心下是又嫉又恨，直嘆崔薇這是走了狗屎運，眾人心中酸溜溜的，完全不知道這會兒崔姑娘心裡已經是淚流滿面。

聶夫子並不想再留下來看後面的事情，如他所說，崔家的事這是家事，他並不承認崔薇是他未來兒媳，自然不願意再留下來看，拉了不甘願還想再說幾句的孫氏回去了。

崔敬忠挨了打，心裡又氣又恨，他生平從未受過這樣的侮辱，這會兒臉皮像是要滴出血來，身上的疼痛遠沒有心裡的羞辱來得重，聶秋染的行為像在他臉上重重地抽了一耳光，還一副雲淡風輕的樣子，根本沒將他放在心上！

既然已經說了要娶崔薇，雖然還沒正式的過媒說親，不過總算崔世福看聶秋染的神色要緩和了許多，至少他今日願替自己女兒出頭，又將聶夫子等人叫走，也算是保全了女兒顏面。

既然已經說了要娶崔薇，聶秋染便不再客氣，指著王氏等人，便一邊說道：「這二人心術不正，且走空門，實在不可饒恕，將她們送官，不知大家可有意見？」若是一旦被送進了官府中，崔家肯定是不會管王氏的，不告她一狀便已經不錯了，哪裡會拿錢替她說和放她出來，而王家更是比崔家還靠不上，王氏頓時身體軟綿綿地滑在地上了。

唐氏那邊嚇得也不輕，二兩多銀子，就算她跟王氏一人一半，她就是賣了所有的東西，也不一定能全部賠上，而若是楊家出了錢，少不得她回頭便會被揍上一頓。

兩個婦人心裡都怕得要死，連忙呼天搶地的一面叩著頭求饒，一面表示願意將拿去的東西還回來。

楊氏暫時沒有被休，崔世福決定明兒一早將她帶到羅里正處，好好再說此事。不過這是成婚幾十年，崔世福頭一回說要休了楊氏，楊氏知道崔世福脾氣，這樣的事情別說輕易提出來掛在嘴邊了，他是根本連想也未曾想過的，如今他一旦想了，恐怕便真正有可能會休了她。一想到這兒，楊氏既慌且亂，又害怕，一口痰湧上來，氣沒接過，頓時便軟軟地倒了下去。

楊氏身旁的崔敬忠捂著臉，滿臉怨恨的看著聶秋染這邊，楊氏滑倒，他連扶也沒伸手過去扶一下，吳氏見了，不由自主地嘆息了一聲，搖了搖頭，才上前將要死不活的楊氏扶了起來，手狠狠掐了她人中一把，楊氏這才悠悠轉醒。

也不知道這是鬧的什麼事，好端端的，便變成這般模樣了，林氏心裡添了堵。

正在此時，外頭門口處傳來一陣喧譁聲，人群被擠開後，崔敬平的身影出現在門口，他這會兒光著雙腳，腿邊褲腳挽了起來，鮮血淋淋，那雙腳掌邊上既是沾了血又帶了些泥，看樣子是跑了很久了，他這會兒還在喘著粗氣，看了楊氏等人一眼，被他這樣一瞧時，楊氏心虛不已地低下了頭去。崔敬平又瞧了瞧靠在聶秋染身後的妹妹，突然間抿了抿嘴唇，看向楊氏的目光帶了些陌生與疏離，突然之間他轉頭便跑。

楊氏一見到他這樣的動作，頓時大急，連忙伸出手來，撕心裂肺地大喝了一聲：「三郎！」

母子連心，做一個母親，她隱隱有一種不祥的預感，她實在是有些害怕，不知為何，她總覺得兒子這一跑，恐怕是真正與她離心了，若是讓他跑了，恐怕以後便再也瞧不著他了。

楊氏連忙揮了揮手，一邊如著了魔般，瘋瘋癲癲要站起身來，嘴裡慌忙帶了哭音道：

「幫我攔住他，幫我攔住他，求求你們幫我攔住他！」

崔世福也有些擔憂，到底是自己的兒子，也顧不得收拾王氏二人，先朝外頭追了過去。只是小孩子人小，身體也靈活，等他追出去時，外面黑茫茫一片，四周只能聽到蛙鳴的聲音，遠處也一片漆黑，甚至連月亮都被一片烏雲擋住，伸手不見五指，哪裡還有人影？早不知跑到何處去了！

崔世福等人打了火把，又請了村裡的人幫著一塊兒出去找人了，院裡安安靜靜的，一剎那時間倒像是空了下來，崔薇掙扎著要離開，聶秋染見她跟小貓似的不安分的模樣，忍不住嘆息了一聲，放開手來。得到自由的崔薇立即便跳離了這傢伙好幾步遠，看不出來聶秋染人不壯，可實在是有些力氣，將她手腕都捏得恐怕紫了一圈。

她一離開，兩人捂得久了，聶秋染也習慣了那種溫度，冷不防的這樣一分開，涼風襲來，倒令他真正有些不習慣了。

「先進屋裡吧，明兒找人來再將房子收拾過就是，那邊不要用了，乾脆將院牆重新圍過，往山那邊延伸一些也就是了。」

崔薇這會兒哪裡還顧得上房子的事情，有些焦急就要往外跑。「我三哥不見了，我要去瞧瞧！」

雖然將家交給了崔敬平，這傢伙沒能守得住，不過到底是她的三哥，而他也是真心對自己好的，無論是她穿越過來開始的那些日子，每幾日偷偷放在她桌前的那碗雞蛋，還是後來幫著她的模樣，都讓她不可能真正的將這個三哥完全沒有感情地扔到腦後。房子被拆了一些，可至少還能修，她有銀子，修個比這還要好的房子已經足夠了，而人一旦出了什麼意外，就算是後悔也沒用了。

聶秋染想了想，便點了點頭。「妳去吧，我幫妳看著家，讓秋文陪著妳去，仔細一些，若是找不到，恐怕他躲在哪兒，明天天亮了我再陪妳出去瞅瞅。」既然當著眾人的面已經說了要娶崔薇，聶秋染自然也沒將自己當作外人，與崔薇說話時也少了幾分生疏，多了一些隨意，他知道自己此時不能阻止崔薇去找人，若是一旦崔敬平出了什麼意外，恐怕崔薇一輩子都會心中不安，因此這才點了點頭。

雖然心裡還有些怨他三兩句話就給自己未來引來麻煩，可這會兒聽到聶秋染說這些，崔薇心裡依舊是忍不住一暖，點了點頭，頭也沒回便要往外跑。

聶秋文躲在院牆外，這會兒聽到自己大哥點了他的名，忍不住就吐了吐舌頭，大哥實在太厲害了，跟長了千里眼一般，連這樣也能猜得到，他心中也是有些擔憂崔敬平，因此也沒進屋裡跟聶秋染說上幾句，便跟著崔薇一道出去了。

外頭全部都是打著火把找崔敬平的人影與呼喚聲，將整個小灣村都照得星星點點的，一片亮堂。估計整個村子裡的人聽到這事都已經鑽了出來幫忙，平日裡雖然各家有個什麼笑話與事情瞧的，許多人也愛湊個熱鬧，也會相互之間說些閒話，可這會兒崔敬平一不見，不少人便都開始展現出心裡柔軟的一面，誰家沒有個孩子的，若是這樣消失，當爹娘的都得心疼死。再說這村子四周到處都有糞池與水塘等，若是跌了下去，恐怕撈起來找到人就要沒氣了。

楊氏由人扶著，四處在田埂邊尋找著，一口一個「三郎啊，你在哪裡」，語氣絕望又擔憂，喊得人心裡都跟著有些酸了起來。

眾人出動找了大半夜，卻依舊未見崔敬平的身影，許多人心裡便猜測著恐怕崔敬平該是不知落到哪兒去了，多好一個孩子啊，雖然平日調皮搗蛋的，但並沒有做過什麼傷天害理的事情，再者男孩子淘氣一些，當時氣過就算了，哪裡會真與他計較的，如今一想到他可能沒了，許多人心裡便都替崔家同情了起來。

村民們都回去了，崔薇卻是不肯回家，又直繞過小灣村走到了隔壁鄰村裡，也沒有找著崔敬平的身影，天色漸漸亮了起來，一旁聶秋文也是著急得不行了，兩人準備回去瞧瞧崔敬平回家沒有，這才一塊兒朝崔家走去。

許多人一宿沒睡，崔薇回到滿院凌亂的院子時，聶秋染果然還等在那裡，屋裡點著一盞亮燈，聶秋染正取了一本書坐在燈前不遠處的椅子上瞧著，神態安靜優雅。聶秋文撐不住早回去睡了，崔薇滿身疲累回到家時，心裡沒找到崔敬平的慌亂與難過，在看到聶秋染還在等她時，頓時種種委屈都湧上了心頭來。

「回來了？」聶秋染雖然一晚沒睡，但面上卻並未露出疲態，若不是崔薇昨兒一整天都與他在一起，知道他並沒有睡過，恐怕看他這樣子，只當他是早已經睡過起來了。

崔薇勉強與他點了點頭，想了想一邊就道：「聶大哥，昨兒謝謝你幫忙了，只是我也知道聶大哥以後是要做大事的人，薇兒高攀不上，聶大哥的好意，我銘記在心，只有以後再報答了。」

崔薇並不想跟他扯上關係，之前孫氏說她是癩蝦蟆以及牛糞令她很是氣憤，因此她這會兒與聶秋染挑明了，免得往後孫氏還當她對聶秋染存了非分之想！冤得崔薇心裡鬱悶無比，聶秋染再好，可也不一定就是她的菜，就算人人都說他有前途想嫁給他，不代表自己就非要跟別人想法一樣不可。再加上這傢伙性情腹黑，跟他在一起，哪天被他賣了替他數錢都有可能，崔薇哪裡還敢與他在一起，自然是有多遠就躲多遠了。

聶秋染眼睛一下子眯了起來，臉上雖然還帶著笑，但崔薇不自覺地就打了個哆嗦。其實聶秋染對這小丫頭也並不是多麼喜歡，畢竟只是一個小孩子，覺得她有些可愛便已經不錯了，事實上娶不娶她都可以，他昨天那樣說，只是權宜之計，若是往後相處幾年，她要是有了其他主意，大不了他以成婚為名義將她帶出去，到時她自個兒再打主意便是。若是她能活，在哪兒都能活得好好的；若是她沒有其他想法，兩人成婚也不錯，反正夫妻就是為了生兒育女，他又沒有其他喜歡的人，而且聶夫子與孫氏等人的想法不代表就是他的，就算往後仕途，聶秋染也沒有要靠哪個女人的意思，因此才提了這事。

他沒有料到的是，他都有法子想辦法令眾人聽他的，可偏偏崔薇卻是拒絕了這件事情！聶秋染挑了挑眉頭，本能地覺得自己要是失去這樣一回機會，以後肯定會後悔，雖然這個念頭有些莫名其妙的，不過只要有一點兒這樣的感覺，聶秋染自然便上了心，想了想，擱下書，一副準備與崔薇長談的架勢，他自顧自倒了面前一杯水喝了幾口。

這一晚在她這兒，瞧他倒是像在自己家裡一般，桌上還擺了一些糕點等物，不過看樣子他吃得並不多，這傢伙倒是不會委屈自己，崔薇嘴角不住抽了抽，若不是現在情景不對，談的事情也不對，估計她有心思還可以笑得出來。

「是不是因為我娘的關係？」聶秋染敏銳地察覺到這一點，放下杯子，伸出手指在書頁之上磨蹭了兩下。

「有一些關係。」崔薇很坦然地看著他，並沒有隱瞞自己心思的意思。「但最主要的，是我不想因為該成婚而成婚，我不想好不容易從一個泥沼出來，又陷進另一個泥沼裡。更何況聶大哥是有出息的人，應該有一個學識好，且琴棋書畫無一不精的大家閨秀相配才是，我並不敢高攀。」

崔薇並不知道因為自己無意中想要推卸與聶秋染關係的一句話，讓這腹黑的傢伙聽在耳中頓時眼光便亮了亮，雖然她並不承認孫氏的話，不過在這會兒若是能讓好心幫忙的聶秋染下得台來，她便忍著咬牙，將自己稍微貶低了一些，而最主要的，她認為自己想過的是簡單的生活，而不是天天跟孫氏那樣的婆婆戰鬥著過日子，往後還有一個不省心的小叔子，一想到那樣的日子，崔薇便覺得麻煩無數，雞毛一地，自然拒絕。

聶秋染低垂下頭來，掩去了眉眼中的算計，半晌之後抬起頭來時，一本正經地望著崔薇。「薇兒不必擔憂，妳雖然現在琴棋書畫並不精通，但我略懂一些，待我有閒時，便會過來教妳。若我在外求學時，妳便每月寫上五百篇，回來再交給我看，妳現在年紀還小，識字讀書也很快，等到了年紀，妳一定也成，不要羨慕別人，妳並不比任何人差。」說完，一副鼓勵的樣子看了崔薇兩眼。

崔薇頓時覺得頭頂一大群烏鴉叫個不停地飛了過來，腦袋像是剛被大象踩過五百腳，有些回不過神來。她表達的意思並不是這個，而是想讓聶秋染打消主意，現在怎麼成了他給自己布置家庭作業，而自己還要來寫了？她眼皮不住地跳了跳。

「放心，若妳每月堅持，定能練出一筆好字，若還有什麼羨慕旁人的，只管與我說，我全部都教妳就是了，下次自城裡回來，我定給妳尋一把好琴，每天彈個一個時辰，便熟能生巧了。」

崔薇一聽到這兒，終於忍不住了，而聶秋染則沒有給她反口的時間，反倒是轉了話題，不再說剛剛那事，一臉嚴肅道：「崔三郎還沒找回來？」

崔薇心裡鬱悶得險些一口血噴了出來！她現在才理解之前孫氏被兒子算計之後跑得很快的感受是什麼了，如今她也有一種自己明明掉他陷阱中卻有話說不出來的鬱悶，而他問的若是旁的，自己可以不理睬，偏偏他問的是崔敬平，到底是不是故意的？這傢伙實在太精明了！

「我三哥沒有找著，聶大哥，我想說的是……」為了避免家庭作業，崔薇也顧不得其他了，打算將話直接說出口。

聶秋染嚴肅地打斷她的話。「崔家那邊將妳的東西送過來了，說是妳大嫂等人交出來了。」

「……」崔薇終於忍不住了，一邊怒瞪他，一邊快速道：「聶大哥，我想說我不是癩蝦蟆，也不是非要學琴棋書畫。」一口氣終於說出來了，崔薇心裡生出一股暗爽。

聶秋染看了她半晌，點了點頭。「妳果然在意我娘的話。不過妳既然知道自己不是像她說的那樣，不學琴棋書畫妳也並不因此自卑，那還有什麼問題？」

崔薇眼皮頓時一陣亂跳。「我還是覺得配不上你……」

「所以一切可以慢慢學的！」他輕易地用一句話就帶入了死胡同裡。

崔薇面臨著不嫁他就要學沒完沒了的琴棋書畫，不知要到哪一天才是個頭的情況；要不則是嫁給他，和孫氏戰鬥到底，哪一邊都不是什麼好的。明明她可以不選擇的，不知道怎麼將自己弄到這樣一個進退兩難的境地，這姑娘終於忍不住崩潰了。

將人逗到發了狂，聶秋染嘴角邊這才露出一絲細微的笑意，一邊摸了摸她腦袋，一邊瞧了瞧外頭天色，抖了抖自個兒衣裳，準備回家了。

他一晚沒有回去，若是留在這邊過夜就算是什麼也不做，恐怕也會給崔薇名聲帶來不好的影響，再說兩人現在還並沒有正式訂親。看她這會兒一臉惱怒卻說不出話來的樣子，倒是多了幾分活力，不像之前一臉虛弱慘白的模樣，他這才心裡滿意，自個兒收了自個兒的東西回去了。

崔薇鬱悶得要死，反正今日麻煩不少了，蝨子多了她也不愁了，乾脆先煮了飯自個兒吃了，又給早已經餓得受不了的狼狗兌了些奶粉餵了，將狗窩搬到客廳裡放好，這才和衣在床上躺了一會兒。只是睡沒多久，她卻是惡夢不斷，想到如今不知道跑哪兒去了的崔敬平，崔薇終於忍不住還是哭了起來。

第四十三章

這會兒崔家那邊早就已經鬧開了鍋，楊氏沒找到兒子，徹底倒下了，嘴裡還在不住喚著崔敬平，當夜就發起了高燒。

楊家人坐在崔家裡，個個都尷尬得很，唐氏這會兒還面臨著牢獄之災的事，剛剛她跟王氏回崔薇那邊還東西時，被聶秋染逼著寫下了債書，還按了手印，一人要還一兩半錢銀子，她這會兒愁得都要死了，哪裡還管得著吳氏等人尷尬不尷尬。

崔世福沈默著坐在堂屋中，雙手抱著頭一言不發。林氏正坐在身旁，一瞬間崔世福看起來像是老了不止十歲的樣子，兩鬢都已經添了些銀絲。

崔敬懷滿臉的煞氣，盯著跪在屋中的王氏，一邊深呼了一口氣，一邊問道：「說吧，怎麼回事，要是說得不清楚，今兒不只拿妳去見官，我還要休了妳！」

王氏之前挨了他一腳，這會兒喘氣胸口都疼，一面怕被見官之後斬手斬腳，一面又想著聶大郎讓自己簽的東西，任王氏再是凶悍，這會兒也忍不住快要崩潰了，崔敬懷剛剛說了一句，還沒有用上酷刑，她就招了。

「娘這幾日跑四丫頭那邊罵，卻沒聽到動靜，猜著她恐怕不在家中，跟了三郎出去瞧過一回，今日一大早便讓三郎回了外公家，說是有事與外婆商議，三郎被指了出去，娘又讓人趕在他前頭給外婆傳訊，就說將三郎留在楊家玩上兩天，並讓外婆等人過來，下午……」

下午的事情現在崔世福也知道了，就是楊氏將崔薇的圍牆給拆了一小半，若不是當初那死丫頭建牆時用的是石頭，恐怕一下午的時間工夫，楊氏早將那半面圍牆都拆得乾淨了。而楊氏一拆了牆，王氏想著反正牆都拆了，崔薇回來還不是要氣上一回，她又尋思著崔薇屋裡有好東西，因此帶了一把錘子過去便要敲門，誰料被唐氏瞧見，非也要跟著一道進去，開始時王氏還心裡將這唐氏咒了個半死，後來才知道有這樣一個人跟自己共同分擔債務是件多麼愉快的事情。

崔敬平後來跑了，估計是因楊氏這樣騙他，他這樣信任楊氏，楊氏最後卻如此對他的緣故。

王氏雖然心裡並不知道崔敬平怎麼想的，但這會兒為了能減輕一些罪，不要讓崔敬懷休了自己，否則她欠下一兩半錢銀子，若是被捉了官砍了手腳，那她還有什麼好活的？王家人肯定不會幫她，唯有崔敬懷，若是他不休了自己，看在小郎的分上，看在夫妻一場的情分上，他一定會幫自己這回忙的。

王氏心裡是真正怕了，說完便忍不住抱著崔敬懷的大腿哭了起來。

崔敬懷也氣得眼睛通紅，楊氏如何，她是母親暫且不說了，但王氏將事情知道得這樣清楚，恐怕她沒少從中間動過心眼兒！崔敬懷氣得厲害，王氏抱著他的腿，他順勢站起身來便是一腳。

「老子打死妳這個攪事的！」崔敬懷眼珠通紅，又重重一腳踹在王氏大腿之上。

王氏慘叫了一聲，只覺得腿上鑽心的疼，她這才知道以前崔敬懷打自己，還是留了幾分力氣的，否則這樣一番打下來，恐怕以前早沒了命。她這會兒心裡怕了，忍不住四處開始躲了起來，拉了唐氏的身體便朝她身後轉，連累唐氏也跟著挨了幾下，忍不住尖叫著嚎哭了，楊大郎一想到一兩半錢銀子的債務，終於也忍不住，伸手揍了她。

屋中一時間熱鬧非常，崔世福只覺得腦子像要炸開一般，大喝了一聲。「不要打了！等天明了，大郎你送她去縣裡見官，多的也不說了！」

王氏正被打得又怕又痛，聽到崔世福這話，剛勉強忍住的哭聲頓時又響了起來。「爹，饒命啊，您讓大郎打我吧，我再也不敢了，我不敢了！看在小郎的分上，爹，小郎不能有一個被送了官的娘啊！」若是崔世福讓兒子打王氏一頓，那麼便證明這個事恐怕還有迴旋的餘地，可他竟然直接說讓大郎送自己見官，王氏頓時心裡嚇得三魂七魄都不見了大半，她實在是冤枉啊，半兩銀子都沒瞧見，若真看到了，她早跟唐氏拚命了！

都怪這小賤人獨吞了銀子，害得自己被打不說還要還錢！王氏與唐氏兩人不由自主地相互對望了一眼，心中都閃過同樣的一個念頭。

這邊鬧得不可開交，那頭被抬回了屋裡的楊氏卻是嚶嚀一聲醒轉了過來，一睜開眼睛，便死死拉住了娘親吳氏的手，驚慌道：「三郎回來了沒有？若是回來了，我去給他煮幾個蛋吃，別餓著了。」說完，便要下地來。

吳氏眼眶裡含著淚珠，一面背過身去擦了擦，一面道：「還沒有回來哩，妳先將養著自己的身子，養好了才好出去找他，估計這會兒他就躲在哪個地方，與妳捉迷藏呢，小孩子最調皮了，像立全也是有時候不聽話的。」到底是自己的親生女兒，吳氏看楊氏這模樣，她心中也心疼，雖想著崔敬平是凶多吉少了，不過嘴上卻完全不敢說出來刺激楊氏。

聽見崔敬平沒有回來，楊氏眸子裡的目光便迅速黯淡了下去，接著便捶著胸口，撕心裂肺的大哭了起來。「我的三郎啊，三郎啊，回來啊，三郎啊！」

楊氏聲音尖利，哭聲裡帶著的痛楚，讓原本心中還有些恨她行事魯莽的林氏也忍不住跟著有些酸了起來。林氏自個兒也是當娘的，哪裡不明白此時楊氏心中的難受，事實上崔敬平是她孫子，她這會兒心中都受不了。不過這村中小孩子原本就不容易養大，夭折的也多，就當少生了一個就是。

崔世福冷冷望了痛哭不已的楊氏一眼，雙眼通紅，那表情像是要吃人一般，若不是吳氏等人攔著，恐怕他又衝過來給楊氏幾耳光了。

「嚎什麼？現在知道心痛了，早幹什麼去了？妳幹的哪一件是人事？我也想通了，如今三郎不見了，妳等下自個兒收了包裹回去吧！」說到後來時，崔世福臉上的疲態露了出來。

一旁吳氏沈默著沒有開口，而她的大兒媳刁氏卻是忍不住了。「妹夫，也不是我這當嫂子的人愛插嘴，姑奶奶嫁到你們家幾十年，為你生兒育女的，又沒犯了七出之條，你憑什麼將她休回娘家？」更何況如今楊家能不能養這樣一個沒臉的女人不說，楊家又哪兒來的多餘房間給楊氏住？以前楊氏幾個姊妹的屋子，如今早分了給兒子等人，根本沒有多餘的，她不准楊氏回楊家來。

「沒犯七出？三郎因為誰出的事？今日這一番鬧的又是為什麼？我倒是想問孩兒他大舅母一聲了，今兒三郎去你們家，你們憑什麼將人給扣下來？若是三郎有個什麼意外，我要你們填命！」崔世福眼睛通紅，表情猙獰，將原本心中還極為不滿的刁氏嚇了一跳，下意識地就後退了一步。

刁氏氣得要死，明明這事是楊氏惹出來的，她說殺了隻羊，讓他們全家人過來吃，若是早知道最後會惹出這樣的事，就是有肉吃她也不過來！

幾家人鬧得不可開交，楊氏最後因為沒了兒子，已經有些懵了，嘴裡來來回回便喚著崔敬平，整個人都垮了，林氏雖然恨她無事生非，不過見到她這個樣子，到底是心軟了下來。說到底，這事老大家的也有責任，她和崔世福鬧過之後，才逼得楊氏要改了方向建屋子，才生了把崔薇這邊拆了的主意，若楊氏沒想著要拆崔薇那邊房屋，便不會有後來的一些事情，說到底，仍是大家各打一百大板，誰都有責任！林氏開了口，楊氏自然暫時不用被接回楊家，只說留到她身體好些了，再做打算。

而楊家人這趟過來沒撈著好的，反倒還吃了官司，若是崔敬平找不著，恐怕崔世福還要找他們麻煩，那唐氏又欠了崔薇一兩半錢銀子，可是聶家那位十里八鄉都出了名的小秀才作保，他們哪敢賴帳？一想到這些，便頭疼欲裂，心中也鬱悶得很，氣惱無比地走了。

崔敬平到底是沒有回得來，第二日聶秋染陪著崔薇出去尋找了一整天，接下來崔薇每日都出去找一段時間，甚至拜託人幫著找他了，可惜也再沒找到崔敬平的身影，不知他去了哪兒，像是一下子真從人間消失了般，許多人便都深信他死了，楊氏險些沒發了瘋，成天逢人便問看到她的三郎沒有，整個人瘦了一大圈不說，而且也老了十來歲，一瞬間險些都崩潰了。

再大的怨氣，因為崔敬平的消失而散了些，崔薇心裡難受，也不想再與楊氏有什麼瓜葛，幸虧當日聶秋染幫她將事情說清楚了，往後若楊氏再欺人太甚，也是占不住理的。她重新買了石料，乾脆又將院子推了建得更大一些，又將院子裡受損的地重新理了一遍，連每日聶秋染布置的任務、功課崔薇也做了，為的就是打發心裡對於崔敬平消失的難受，好像只有忙著一些，沒空閒去多想了，她才覺得心裡好受一些。

那被楊氏拉去殺了的母羊，崔世福知道她專門買產奶的羊，又給四處跑著買了幾頭來賠她，崔敬忠的婚事自然就耽擱了下來，不過那日崔薇對這個二哥實在是厭煩得很，他的事，崔薇自然也根本不去多管，如此一來，事情忙著，很快就過了兩、三個月。

時間邁入冬季了，崔薇的院子也重新建了起來，是聶秋染指著人弄的。那天回去之後也不知道他跟孫氏等人說過什麼，他再過來的事情聶夫子沒有反對，倒像是默認了一般，而孫氏每回見著崔薇時雖然仍是不滿，但也最多不理睬她，外人只道這兩婆媳關係現在如此僵，往後成了婚恐怕日子難過了，倒將崔薇氣了個半死。

沒了一個崔敬平，現在聶秋文倒時常過來幫著她做些事，崔薇也常留他下來吃飯，只要聶秋文在家中時，她就覺得像是回到了當初崔敬平也在家裡的時光一般。村裡人人都說崔敬平是掉進糞坑裡死了，幸好這幾個月以來並沒有人從家裡打撈出屍體來，只是山裡糞坑到處都是，也不知他若是掉了，究竟落到了哪兒，活要見人，死要見屍，竟然如今連屍體都撈不到，崔家人對此大受打擊。

楊氏經此一事，身體是徹底地弱了下去，她接受不了這個打擊，也不知道這是不是就是自己的報應，成天以淚洗面，倒是使得原本對她還有怨氣的崔世福，後來也忍不住憐憫起她來了。

聶秋染如今在城裡求學，每個月卻依舊要回來一趟，每回他一回來就是崔薇特別痛苦的時候，這傢伙一來便讓她先將之前做的作業全取出來，讓他一一過目，再要讓她彈一曲給他聽，教崔薇險些崩潰了。

她要的生活並不是這樣的，與聶秋染在一塊兒她時常都是渾身緊繃。練字與練琴什麼的，最多用來打發一下時間而已，偏偏聶秋染有本事讓她覺得這樣打發起時間來特別的痛苦難挨，就像是回到了上輩子她被老師逼著查作業的時候，而且這個老師特別的腹黑，總有法子讓她乖乖聽話，也不知道怎麼跟這傢伙打上交道的，以致二人變成如今這模樣。孫氏看到她時還一副挑剔不滿、得意洋洋、且又瞧不起她的各種複雜模樣，令得崔薇心裡也不痛快，卻偏偏氣又無處可發。

十一月時，天氣已冷起來，此時正是農閒的時候，一年之中村民們也只得這幾天最為悠閒，再過些時日便要過年了，家家戶戶便都開始準備起過年時要買的年貨來，一次買完誰都忍受不了出錢時的肉疼，因此一點一點的買著，趁這會兒東西便宜，眾人倒也一回買上一些往家裡搬。

崔家裡冷冷清清的，而崔薇這邊她自己一個人則是沒什麼好過年的，她如今不缺銀子，家裡什麼東西都有，只是沒有人，平日吃慣了肉，幾乎天天都吃著好東西，她對於人家期盼過年吃肉穿新衣裳的樂趣是一點兒也沒感覺到。身邊那隻狼狗這幾個月倒是跟瘋了似的長，崔薇懶得給牠取名字，就管牠叫黑背，每日羊奶喝著，再加上大骨頭與豬肉拌飯吃著，這狗不知道多逍遙幸福，但確實是凶狠，有一回孫氏過來喚聶秋文回家，險些沒被狗追得咬掉了鞋，幸虧她跑得快，幾乎像是爆發了生命中所有的潛能一般，跑回家裡頭，從此是再也不敢過來了，崔薇這些日子能清靜，多少靠了這小東西的原因。

「崔妹妹！」

外頭的腳步聲還沒有響起之前，留在院子外的黑背便已經豎起了耳朵，聽到是王寶學的聲音時，牠才懶洋洋地舔了舔爪子，一下子躺了回去。

崔薇去開門時就看到王寶學背上揹了不少的東西站在門口，一邊心有餘悸的朝裡頭望了望，見到那狗沒有衝過來時，這才鬆了口氣。黑背那狗東西，咬人也是看心情的，若是從崔薇這兒拿了東西走，便是衣裳上頭沾了根線，牠也要追！王寶學拿過一回糖，被追到自己家屋門口，丟臉地哭了好久，從此過來時都有些提心弔膽的。

「我娘讓我給送些青菜頭和大頭菜過來，還有萵苣稈。」王寶學側了側身子，露出後頭滿滿一背的東西。

崔薇連忙讓他進來。王寶學的娘劉氏對她倒是真好，雖說王寶學有時留在這邊吃飯，不過她總是要送些東西過來，崔薇也不好意思收，每回便要送些東西給王寶學，可惜黑背那鬼東西精明，一看到王寶學拿了東西走就要追，喚牠好幾聲才回來，王寶學怕牠怕得要命，要吃什麼東西，乾脆在崔薇這兒吃夠了才離開，有時崔薇給他送過去了，下回再見時這狗便衝他極為不友好的叫，將王寶學嚇得半死。

中午將王寶學留在這邊吃飯，聶秋文聽到消息也趕了過來，這幾天臨近過年了，他家裡也買了肉，不過孫氏做飯手藝沒有崔薇好，再加上小孩子喜歡的又是那種眾人圍在一起吃飯的樂趣，自然家裡千好萬好都比不上了。

飯桌子上，聶秋文一面吃飯，一面想到這幾天孫氏給的消息，也不管他娘千叮嚀，萬囑咐，讓他不要出來說，毫不猶豫的就將他娘當作秘密的事情說了出來——

「崔妹妹，我爹和大哥要回來了，我大哥上回讓妳寫的字，妳寫完了沒有？」一說到這兒，聶秋文臉上忍不住都露出同情之色來，崔薇也太倒楣了些，不知怎麼就被他大哥給盯上了，每回一回來就要查作業，連他聽著都打哆嗦，那樣幾百篇大字，得寫多少時候？

事實上這段時間崔薇懶了，根本沒有動一下，這會兒一聽到聶秋染要回來，她頓時慌了神。

吃完飯送走了這兩人，崔薇登時便開始了天天寫字練琴的地獄生活，事實證明，臨時抱佛腳真的沒什麼用，雖然在聶秋染回來的前一天將字寫完了，可是她卻也累得連話都說不出來。

聶秋染回來當天晚上就往她這邊過來了，聶秋文那個沒義氣的根本沒來，崔薇小心翼翼地開門迎了人進來，一邊倒了羊奶奉上，一邊誠惶誠恐地將自己寫的字捧了出來交給大爺檢查。

「寫得雖然不算凌亂，但也不大工整，是這幾天才開始寫的吧。」聶秋染一面喝著羊奶，一面翻著紙頁，漫不經心的一句話卻將崔薇的情況一下子就點了出來。

崔薇臉色一變，乾笑了兩聲，她這會兒一想到自己當初胡言亂語所說的話，便想抽自己兩個耳光，誰叫她說自己沒習過琴棋書畫配不上聶秋染，誰叫她說話衝動。

「能在這幾天時間內，寫得完這樣多，還不顯得亂，已經不錯了。」聶秋染喝完羊奶，將空杯子放了下來，看了崔薇一眼，示意她又給滿上。

崔薇連忙又殷勤地給他倒上，雖然聶秋染這話聽起來像是誇獎人的，不過崔薇瞭解他性格，肯定不只這樣而已。

果然，聶秋染一邊喝著羊奶，一邊就與她道：「既然幾天時間就能寫完五百篇，看來一個月寫一千篇妳也能寫得完了。對了，薇兒，我這趟回來要過完年再出去，到時我可以過來幫著妳了，妳高興不？」說完這話，聶秋染找了個位置，故意歪了頭看崔薇，果然見她臉色青白交錯，頓時眼裡就閃過笑意。

「我不寫了，我又不是要去考狀元，我學這麼多幹什麼！」崔薇終於忍不住了，也不討好他了，乾脆拉了椅子坐下來，她這會兒已經八百次後悔當日因為聶秋文而認識這傢伙了，實在性格太惡劣了！難怪聶秋文被他吃得死死的，連孫氏都逃不出他手掌心，實在是整人的方法花樣繁多還不帶重複的，王氏與唐氏當日立下字據欠了她的錢，據說到現在已經利滾利滾到一兩八錢銀子了，王氏現在一聽到姓聶的，就要打個哆嗦，連看到了崔薇她都要躲著走，可以想見她怕成什麼樣子了。

「好，妳不考，我去考。」聶秋染的話像是帶了一絲無奈，又像是在對一個任性的小女生在說話一般。

崔薇雖然知道自己現在本身就是個小女生，但見到他這一副「孩子，妳真調皮」的模樣，她依舊忍不住打了個哆嗦。「考狀元？聶大哥你不是還沒考舉人嗎？」

聶秋染不動聲色地點了點頭，看到她一坐下來就捏著手腕揉，頓時招手示意她坐過來一些，見她不動，索性自個兒拉了她椅子就將她連人帶椅給拽過來了，一邊將小姑娘的手腕握在手裡，替她不輕不重地揉著，看她原本不情願的神色漸漸柔和了下來，聶秋染也忍不住露出一絲笑意，卻又故意嚇她。「我跟我爹保證過了，考中狀元就娶妳過門！」

崔薇剛撿顆羊奶糖吃了，一聽這話，忍不住頓時咳了起來，她忍著沒有將奶糖給吐出來，卻是咳得滿眼淚水。

聶秋染有些無奈的替她拍著背，一邊叮囑著她小心一些，一邊接過桌上放著的奶壺，替她倒了杯羊奶，端著餵她喝下了。

崔薇順了一口氣，一旦停了咳，立即便過河拆橋，將杯子奪了過來，怒瞪著他。「我不會嫁給你的！」尤其是在這幾個月生活得水深火熱之後，崔薇無比堅定而且肯定這一點。

不想嫁給他這句話不是第一次說了，聶秋染不會再將小姑娘這句話當作隨口開的玩笑，眼睛裡也認真了起來，一邊瞇了瞇眼皮，一雙漆黑的眸子時頓時閃過算計之色。

「不想嫁給我？為什麼，妳怕我中狀元太遲了，所以有些擔憂？」他爹娘估計也是這樣一個意思，畢竟此時年少有為中狀元的並不多。

若是聶秋染一次不中，聶夫子便打著想要先給他說親的主意，找個岳家給他幫忙，直到他就算以後有天大機緣能中狀元了，崔薇也被拖得年紀大了，說不定早就嫁了人，就算沒嫁，而聶秋染早已經成了婚，有了正室，就像當日崔敬忠說的，聶秋染納了崔薇，看在都是同一個村子的分上，也並沒有什麼，不過就是多個人、多張嘴吃飯而已，孫氏可不是好相與的，崔薇就是嫁過來，也不是平白無故就等著吃飯的。

聶夫子雖然對自己的兒子有信心，不過此時中一個舉人都如此的困難，說到狀元，又談何容易，他不過是在哄著兒子，暫時穩住他而已。

「不是的，聶大哥，你是秀才也好，狀元也罷，跟我又有什麼關係？」崔薇看著他，正色道：「我喜歡的並不是聶大哥這樣的，聶大哥很好，大家都喜歡，可我就是笨，不會欣賞。」崔薇深怕再給自己設絆子，因此小心斟酌著開口，一個字一個字地說得極其認真。

居然說喜歡的不是他這樣子的人！聶秋染想過好幾種答案，都沒料到這小丫頭竟然會這麼回答，他原本對於這小丫頭也並沒有什麼印象，可是越相處，卻越覺得她可愛，若一開始說娶她為妻只是為了給她解圍，現在覺得真跟她過一輩子也不錯，至少每天瞧她為了習字苦惱無比的模樣，他看了就想笑！可是這小丫頭竟然說她喜歡的不是自己這樣類型的！

聶秋染忍不住在心底狠狠笑了起來，一邊臉上神色卻更溫和了些。「薇兒不會是在哄我吧？那妳跟我說說，妳喜歡哪種模樣的，若是胡說八道，可騙不過我的。」

崔薇一聽他連這都要問，頓時絞盡腦汁，硬著頭皮道：「要高大威猛的，還要身體結實的，反正不能像聶大哥這樣讀書的人，我最討厭讀書了！」最後一句話說得鏗鏘有力，果然是她心裡最真實的想法。

聶秋染將她隨口所說的話全牢牢記在了心裡，這才衝崔薇冷哼了一聲，笑著露出潔白的牙齒來，一看就不懷好意。「我不管妳喜歡哪個，反正不嫁給我妳就天天抄書識字，而且妳也別想嫁給別人！」

這人也太霸道了！崔薇有些不服氣。「憑什麼，我不嫁給你，我也不讀書識字，我喜歡誰就嫁給誰，我偏不聽！」她實在不想像個孩子似的跟聶秋染吵架，但真是忍受不了了啊！

「妳不聽話，我娘天天來纏妳！乖乖的，不然到時我也幫不了妳了。」聶秋染說完，看她憤憤不平的模樣，忍不住又是想笑，半晌之後才忍住了，一面就伸手拍了拍她小臉蛋。小丫頭幾個月下來出落得好粉嫩，臉頰摸著像上好的嫩豆腐般，讓人愛不釋手。

他這樣一安撫一威脅，雖然崔薇不怕孫氏，也知道他是故意來逗自己，但很快氣勢卻被他打了下來。

第四十四章

年節很快到了，家家戶戶開始殺起豬來，四處都一派歡聲笑語的，崔家這邊卻是一片愁雲慘霧，崔敬平到現在還沒回來，楊氏又悲傷過度，臥病在床了，家裡抓湯藥等日子過得很是拮据，她那幾兩銀子是要留著給崔敬忠娶媳婦兒的，自然不肯在現在便拿出來用了。雖說沒了一個兒子，但總還有其他兩個兒子在，眼見著快要過年了，楊氏便也打起精神起了身。

崔敬忠如今已經滿十七歲了，像他這樣年紀大的，並不好說親，事實上他之前中了一個童生，照理來說在這村裡頭也是一個大喜事，可誰知道偏偏有個聶秋染也一塊兒去趕考了，而且最後他還中了秀才，死死壓在崔敬忠頭上，瞬間便把崔敬忠本來就不多的一些光彩給蓋了個乾乾淨淨，再加上崔家最近出了這樣大的事情，又哪裡有人不知道的，因此楊氏說親，自然沒人肯幹。

如今崔家名聲不好聽，尤其是楊氏，連女兒也能這樣刻薄，對別人家的女兒就更不會善待了，楊氏拖著病體，相看了好幾家，好不容易瞧得上眼的，人家又不樂意，有些人讓她出聘禮多一些的，楊氏又瞧不上，跑了一天下來渾身痠軟，回到屋裡王氏那懶鬼卻連火都不生，這樣冷的天，她連口熱水也喝不上，別提心裡有多嘔了。

在外頭受了氣，楊氏回來時面對崔世福那張臉，她哪裡敢去撒，只逮了王氏過來，劈頭蓋臉地罵了一頓，心裡這才舒坦了。

王氏被她罵得敢怒不敢言的，只能陪著臉討好的笑著，不甘願地出去做飯了，如今她的事情還沒解決，之前只是眾人都忙著找崔敬平，還沒來得及與她算帳而已。

那頭崔敬忠從屋裡走了出來，最近楊氏與他說親的事情他也知道，雖說表面不提，但實則他內心也在意，如今他年紀不小了，若是再拖下去，別人家孩子都成群了，可他還沒有著落，哪裡可能安靜得下來。

楊氏的房子建了一半便因為這樣那樣的事情停了，任誰瞧著都糟心，崔敬忠沒能住得到新房子，自然也不痛快，心裡不只是不喜崔薇，反倒是將她給恨上了，幸虧現在崔敬平死了，沒人和他爭房間，若是往後成了婚也不用苦惱住的地方，他這才沒有鬧出來，不過平日臉色也不大好看就是了，這會兒見到楊氏這模樣，他哪裡不知道事情結果，頓時臉色就陰沈了下來。不冷不淡地看了楊氏一眼，連招呼也未打，便要進屋裡去。

楊氏自然看得出兒子的冷淡來，連忙站起身來喚住他道：「二郎，娘這幾天跑了不少地方，想給你說門親事，你有什麼意見沒有？」楊氏失去了一個兒子，便將崔敬忠看得尤其重要了些，一邊迎上前來，討好地與他說道：「如今臨近過年了，我跑了隔壁村的王老財家裡，他家有一個閨女，今年剛不過十六歲，極為能幹，若是你娶了她呀，往後一定能好好侍候著你的。」楊氏提起精神對兒子笑了笑，卻見崔敬忠絲毫感興趣的神色都沒有，頓時心裡有些酸澀，連忙又道：「要是那個閨女你不喜歡，還有其他的……」

看到楊氏這獻寶一般的神情，崔敬忠沒來由地覺得心裡有些煩悶，大聲地打斷了她的話。「娘，您說的這些如此粗鄙女子，如何能配得上我？若是娘看來看去只看那些專會種田餵豬的，我寧願終身不娶！」崔敬忠說完，重重地揮了揮袖子，冷哼了一聲，轉身回房間裡去了。

崔世福站在門口看到這情景，氣得渾身發抖。

楊氏轉過頭來時，臉色慘白，跑了一整天，這樣冷的天氣，她連熱水都沒顧得上喝一口，腳底板都快磨破了，結果相看了幾天就換來兒子這樣幾句話，頓時心裡有些發懵。

崔世福看她這樣子，真是心裡既可憐她又覺得她極為可恨，他心裡還有怨氣在，崔敬平至今未曾找到他的下落，崔世福心裡對楊氏根本沒有憐惜，冷哼了一聲，自顧自拿了東西便進屋裡去了。

如今村裡家家戶戶都已經開始置辦年貨，人人都歡聲笑語的開始走親訪友，偏偏崔家卻是一片愁雲慘霧，冷鍋冷灶的，在周圍熱鬧的情景下，顯得越發凋零了些。待崔世福冷著臉進屋裡去了，楊氏終於忍不住，伏在桌上痛痛快快地哭了一場，她也有些後悔啊，她的兒子啊，如今不知是死是活，如果是死了，屍體在哪兒，總要給他安置了；如果還活著，他是不是被拐子拐跑了，現在快要過年了，他過得到底好不好？

楊氏越想，心中越是難受，越是哭得大聲了些。

雖說崔敬忠那日說的話令楊氏狠狠哭了一場，但哭過之後該辦的事情還是得辦，俗話說得好，有錢沒錢，娶個媳婦兒好過年，崔敬忠年紀不小了，已經滿十七，許多人像他這樣大的，孩子都抱上了，他有了媳婦兒，明年也好專心讀書。照楊氏看來，自己這個兒子雖然會讀書，也能讀書，不過如今他也只會這一樣而已。雖說他有學文，可等他中秀才，能謀得到位置，掙得到銀錢，不知是什麼時候了，在這期間若是能給他娶上一房能幹的媳婦兒，一來可以照顧著他，二來也能幫家裡做些事情。

最主要的是，若崔敬忠中了秀才，那自然不必說了，楊氏就是三媒六聘的也要給他找個門當戶對的，可他並不是秀才，人家秀才家的女兒怎麼瞧得上他，就是願意將女兒嫁過來的，那要的聘禮也是不少，動輒便要好幾兩銀子，崔家就這些家底，若是全折騰光了，一家人難不成喝西北風去？再者楊氏心裡也有數，恐怕就是將家給拆了，也不一定能給人家湊得齊聘禮，因此她才將腦筋動到了鄉下姑娘身上。

在楊氏看來，找個勤勞些的姑娘沒什麼不好的，既是能幹，身體又強壯，而且還能生，家裡還算多了一個壯勞力。若是討個秀才家的姑娘回來，肩不能扛手不能提的，如今家裡這樣多地，只靠崔世福父子種，如何能行。

楊氏一整晚愁著這事，也沒睡好，雖說知道自己家的情況，不過仍是想滿足兒子心願，頭一個老大便娶了一個不頂事的王氏回來，鬧得家裡如今成了這般，她若是要給二兒子娶媳婦兒，便要挑一個性情軟弱好拿捏，且又要能做事，娘家又不如自己強勢，而且還是讀書人家女兒的。

這個條件苛刻了些，但楊氏跑來跑去，倒真在十一月底時，給她找著了這樣一戶人家。

那戶人家原是姓孔的，那姑娘今年正好十六歲，與崔敬忠也算相配，家中原本父親也是個秀才，可惜死得早，那姑娘是個長姊，做事能幹不說，且模樣還出挑，最重要的是，她性情軟弱好拿捏，家中只得一個剛滿十三歲的弟弟與寡母，屋裡窮得都揭不開鍋了，正等著好嫁了女兒一家人能吃上口飽飯。

這可是天上現成掉的餡餅了！沒料到自己竟然遇著了這樣天大的好事，楊氏當即喜不自勝，這姑娘條件可說是樣樣都滿足了崔敬忠的喜好，出身不是普通的農戶，而且那性情柔順令她也滿意。而且這家裡急著用錢等買米下鍋，姑娘年紀大了，還沒遇著人家說親，因此要的聘禮並不多，只要二兩銀子而已，而且他們願意將親事在半個月之內辦妥當，能在過年之前便將這門親事給結了。

如今整個崔家裡都冷冷清清的，若是能在過年前說妥一門親事，而給崔家沖沖喜，那可是天大好事了。再加上崔家最近事情鬧得不少，許多人礙於楊氏等人的名聲，不肯與她結親家，她怕夜長夢多，時間久了這家人反悔，也不肯將女兒嫁過來，因此慌忙便找了媒人去下聘禮，一來一回的不出十來天親事便辦得妥當了。

王氏想著楊氏這趟給崔敬忠娶媳婦兒花出去的錢，不知比當初娶自己時多了多少，心中跟打翻了五味瓶一般，難受得緊。

崔薇跟隔壁的楊氏等人算是已經鬧翻了，她又不喜歡崔敬忠，因此崔家辦喜事時她並沒有過去，只是隔著兩道城牆聽到隔壁敲鑼打鼓的聲音倒也熱鬧，歡聲笑語的，倒也將最近隔壁的沈悶消褪了幾分。

也不知這會兒崔敬平哪兒去了，雖然許多人都說崔敬平死了，但崔薇就是覺得他根本沒死，那傢伙機靈著呢，這小灣村附近他哪兒都是跑熟了的，又哪裡那麼容易跌進糞坑裡，不過是躲在哪裡，恐怕不願意回來而已。

她嘆了一口氣，給幾頭母羊擠了奶，剛想拿出聶秋染布置的作業給做一會兒，聶秋染便過來了。他是獨自一人過來的，聶秋文沒有跟在他身邊，崔薇懶洋洋地側開身子等他進來。

兩人熟悉了，崔薇對他便沒有一開始的客氣，進了屋見他自個兒已經倒了杯羊奶喝了，招手示意她坐過去，崔薇翻了個白眼，這才坐了離他最遠的地方，還沒有開口，聶秋染已經笑了起來。「薇兒，再過幾日便要大年三十了，妳一個人在家裡也冷清，不如去我家裡吃飯吧。」

一聽到這話，崔薇本能地就警惕了起來，想到孫氏那張臉，頓時便果斷地搖了搖頭。「我不去，我自個兒家裡挺好的，要是看到你娘那擺出來的臉色，我根本吃不下，再說了，我還沒有那樣厚臉皮，我不去！」

崔薇說這話時根本不客氣，也絲毫沒有顧忌聶秋染的意思，當人家面說他娘，一點兒羞愧都沒有。孫氏這會兒恐怕是恨不得教訓她一頓，不過找不到機會而已，她跟孫氏之間絕對是相看兩相厭，為了能好好過個年，崔薇絕對不願意去聶家那邊。

估計也是早就料到崔薇會有這樣一個答案，聶秋染連眉頭也沒動一下。「妳要不去也成，我過來陪妳吧，反正家裡有聶秋文。」

估計他一早打的就是這個主意，崔薇鬱悶無比，不過一想到能有個人陪著，說不定也好些，雖然聶秋染總是說他要娶自己，不過現在兩人年紀都不大，再說孫氏又沒有做過提親的事情，崔薇心裡也只當聶秋染是在說笑，根本不放在心上，他幫了自己不少的忙，若能一起過個年也不錯，因此便點了點頭。

想到去年過年時自己在崔家的情景，根本如同一個透明的人般，大家都圍著崔佑祖轉，若是今年有人陪著自己也不錯。崔薇原本對於過年還提不起什麼興致，這會兒乾脆找了紙筆出來，一邊倒了茶水磨墨，一邊有些興奮道：「聶大哥想吃些什麼？」一個人過年連吃飯都覺得跟平常無異，現在有人陪著，才多了幾分過年的歡樂。

聶秋染看她眼睛都亮了起來，忍不住也彎了彎嘴角，認真想了想，果然說了幾道自己愛吃的菜，崔薇又添了幾道平常崔敬平也愛吃的，一併加在裡頭，決定等下次趕集時便過去多買一些。

臨近過年了，不只是村民們家家戶戶都在採買東西而已，連林府也在買年貨，最近林家人幾乎都吃慣了崔薇送來的一些吃食糖果等小點心，這回林管事乾脆訂了一大筆乳糖與奶粉，叮囑崔薇在第二日送過來，一邊則是取出十兩銀子交到了崔薇手上。

能在過年前還發一筆小財，崔薇心中自然也高興，買了東西剛出鎮上，竟然遇著了在鎮口處站著的聶秋染，也不知他是在這兒等著，還是無意中走到這兒，等到聶秋染接過了她背上的東西，輕飄飄的拎著背簍帶子提在手上時，崔薇才肯定他是來接自己的，頓時心裡便湧出一股難言的滋味來。

崔薇自己做的奶糖與點心等是要先送到林府去的，自然不能再輕易做來吃，就算是能做一些，也要留到大年三十之時，因此早在鎮上時她便秤了好幾斤糖果子，一回到家，王寶學與聶秋文二人便圍了過來，崔薇也不小器，倒了大半的糖果子出來放在桌上，看著這兩人歡喜不已的模樣，家中倒也充滿了一些歡聲笑語。

很快到了大年三十之時，崔薇雖然沒有養豬，但早早的就試著買了些豬肉回來做臘肉。一大早聶秋染便過來了，同來的還有聶秋文跟王寶學二人，因這兩人過年，難得都穿了一身新衣裳，崔薇房間裡其實也放了一套給崔敬平做的，雖然他沒有機會穿，但崔薇仍是做了放著。一上午忙著炒花生與乾胡豆，聶秋文二人又幫著去割了羊草，倒也痛快。中午只是隨便吃了一些，最重要的是晚上那一頓，許多配菜都是已經切好了，只管等晚上炒時下鍋而已。

天色漸漸黑了下來，四處都傳來鞭炮的響聲，崔薇麻利地將菜分別炒好了，又將一些早就弄好的冷盤讓聶秋染幫著忙端上了桌，那頭聶秋文二人便已經忍耐不住，非要吵著出去放鞭炮了。這是過年的傳統，崔薇自然不會反對，只是她原本不想出去的，卻被聶秋染硬是拉了出去。

兩個孩子各自拿了鞭炮掛在崔薇家門前的屋簷角上，一面二人各自點了根香，便要往鞭炮上點，草叢中傳來一聲細微的響動，崔薇這會兒正是有些害怕鞭炮的響聲，捂緊了耳朵，眼睛頓時便落到了草叢上，不知為何，她心裡本能地就緊了一緊，大聲道：「先等一下！」

「怎麼了？崔妹妹。」王寶學二人正是興起之時，一聽到崔薇喊停，不由都有些鬱悶了起來，只當她是有些害怕而已，剛想安慰她幾句，卻見崔薇拎了裙襬就往草叢中跑。

聶秋染眉頭皺了皺，連忙跟了過去，如今雖然是冬季，草叢中沒有蛇蟲鼠蚊的，但四周冷冰冰的，地上結了霜，若是在今日滑倒，難免有些不好。

崔薇這會兒卻哪裡管得了這樣多，剛剛她看到草叢裡一閃而過的身影，依稀看著竟然像是崔敬平一般，她還沒跑到草叢邊，便忍不住喊了起來。「三哥，出來吃飯了！」

聶秋文二人一聽這話，愣了一下，接著有些興奮了起來，哪裡還顧得了去放鞭炮，連忙將手裡的香插在了地上，一邊搓著手呵著氣就跑過來。「崔三那傢伙在哪裡？」

草叢裡動了動，卻並沒有看到有人影鑽出來，聶秋文有些失望，看崔薇還探了身子想往裡頭瞧，連忙拉了她勸道：「崔妹妹，崔三兒那傢伙不在這兒，若是他知道妳在喊他，哪裡會不出來的，妳肯定是看錯了。」

「三哥出來，要是不出來，以後我可不理你了，你出來！」崔薇並沒有聽聶秋文的話，仍是朝草叢裡喊了一句，忙就要踩過去瞧，草叢裡窸窸窣窣一陣之後，一個瘦弱的身影從裡頭鑽了出來，崔薇還有沒有看清面容，忍不住一把就撲了過去，大哭了起來。

是崔敬平，幾個月沒見，他長得高了些，不過瘦了好多，頭髮亂糟糟的，身上衣著單薄，手掌冰冷入骨，崔薇二話不說拉著他先出了草叢，草叢裡的水氣將他身上染得有些濕，一行人這會兒也顧不上放鞭炮了，崔薇死死拉著崔敬平的手往屋裡走，心裡既是有些歡喜，又怕他一不注意真的跑了。

聶秋文二人興奮地又取了鞭炮拿回屋裡，這會兒哪裡還顧得上去放，忙跟了進去，聶秋染被留在外頭，苦笑了一聲，索性走在最後關了門。

屋子裡崔薇一看清崔敬平的臉色時，便忍不住哭了起來。他臉色凍得發紫，頭髮亂糟糟的，一向明亮的眼神黯淡了不少，身上穿的衣裳還是他以前的，這幾個月長高了，便露出腳踝來，腳上穿著一雙草鞋，上頭沾了不少的泥土，早看不清本來的顏色了。

崔薇再仔細打量著他，幸好他雖然看得出來受了些苦，不過好歹沒有大傷口，她鬆了口氣，倒了一杯熱羊奶遞到了崔敬平手上，一邊也顧不得問他去了哪兒，忙就要去給他燒些熱水，讓他將澡洗過了，換身厚實的衣裳再說。

「三哥，你先歇著，我去給你燒鍋水，你換身衣裳，免得凍著了。」

崔敬平搖了搖頭，一邊顫抖著從懷裡摸了一個袋子出來，哆嗦著手將袋口解開，從裡頭倒了約有兩百來個銅板在桌上，那銅板跳到桌子上時發出清脆的響聲，可是這些聲音卻像是敲到了崔薇心裡一般。「妹妹，這是我掙到的，給妳修院子。」

估計是太冷了，崔敬平聲音有些僵硬，一雙腳不住抖著，聽得崔薇心裡一酸，忍不住就哭道：「三哥，你出去，就是為了掙這些錢？」幾個月前楊氏等人做的事後來崔世福已經跟崔薇說過了，並不關崔敬平的事，想到他出去這幾個月不知吃了多少苦頭，崔薇心裡越發難受起來，哭得肩膀一抽一抽的。

聶秋染嘆息了一聲，伸手按在她肩上，一邊就道：「無論如何，先給三郎打些熱水洗過再說，若是中了風寒，可不是好的。」如今正值寒冬臘月，外頭風吹得呼呼作響，要是在這個時節受了涼，恐怕還真不好醫治。

聽到聶秋染提醒，崔薇這才點了點頭，一邊吸了吸鼻子，屋裡剛剛煮飯時一口灶可以燒兩個鍋，正好一個鍋裡炒菜，一個鍋裡便燒著熱水。崔薇感激地看了聶秋染一眼，這會兒也不與他多說，連忙進了廚房打了熱水提出來，催著崔敬平拿了衣裳去後頭洗了個熱水澡，自個兒則是將已經有些涼的菜又熱過了一次，等崔敬平出來時，飯桌子前眾人便都已經坐滿了。

看到原本撒在上頭的銅錢被崔薇收了起來，崔敬平臉上露出一個釋然的笑意來，剛剛洗過熱水澡，他臉色好看了一些，這樣一笑，瞧著倒是多了幾分以前的氣息。

崔薇連忙衝他招手讓他坐過來，一邊替他添了飯，問道：「三哥，你最近去哪兒了，爹可著急了，如今你回來了，要不要與爹說一聲？」

「不說了。」崔敬平這一趟出去，整個人像是多了許多的變化，像是從一開始天真無邪尚有幾分調皮的孩童，一下子就被迫成長起來，他端了碗笑道：「往後我就想在妹妹這邊住幾天，不知妹妹收不收留我？」

他這一回來，崔敬忠又是娶了妻的，恐怕他回去崔家還真沒住的地方，崔薇自然是希望他跟自己住一塊兒的。

一個除夕夜的團年飯，因為崔敬平的回來而變得熱鬧了幾分，他將當日楊氏騙了自己去楊家送信，結果被楊家扣下來的事情說了一遍，至於後來他逃出小灣村的事情，崔敬平並沒有多提，不過看得出來，他這段時間過得並不怎麼好。

既然他不想說，崔薇也不問了，只是看他瘦弱的樣子，有些心疼。她之前做的衣裳長度倒是剛好，不過穿在他身上卻是顯得寬大了些，幸虧此時正是冬天，這身衣裳又厚實，因此只將腰帶紮緊了，衣裳便看起來合身了些。

幾人剛拿了筷子，外頭便傳來崔世福的敲門聲，崔薇看了崔敬平一眼，連忙擱了筷子就要去開門，聶秋染卻是看了她一眼，率先站起身來。「妳坐著，我去吧。」

崔世福手裡拿著一個簸箕，裡頭裝了三、四塊豬肉，每塊瞧著都有四、五斤重，看到前來開門的是聶秋染時，崔世福不由自主地衝他露出一個和藹的笑容來，一邊就道：「染哥兒也在。」

上回聶秋染替崔薇解了圍之後，便當真是對崔薇極為照顧的樣子，因著他的原因，村裡說閒話的人也少了許多，他並不像是一個做事不負責任的，因此崔世福從一開始的對聶家有些不滿，到如今對聶秋染變得極有好感了起來。

崔世福一面提了簸箕便往屋裡走，一面就道：「今兒剛殺了豬，我給薇兒送些新鮮的豬肉過來。」

「崔二叔，三郎回來了。」崔世福都已經過來了，這事瞞是瞞不住的，聶秋染免得他等下嚇到，乾脆先與他說了一遍。

一開始冷不防聽到三郎兩個字，崔世福還有些沒明白過來，半晌之後，他才猛然一回頭，臉上表情有些驚駭，失聲道：「你說什麼？」

這會兒屋裡眾人聽到外頭的聲響，連忙都站了出來，崔薇走了幾步沒有開口說話，就看到崔世福目光死死的盯在一旁的崔敬平身上，忍不住身體顫抖了起來。

「先進屋裡再說吧，外頭黑燈瞎火的，風也大。」崔薇說道。

崔世福透著燈光，有些看不清兒子的表情，只模糊聽到他喚了聲爹。聽見崔薇開口時，他連忙答應了一聲，拿著簸箕就進了屋。

一行人這會兒也沒心思吃菜了，其實心裡都歡喜，崔敬平將自己前些日子的事情都一五一十的說了一遍，他當日受楊氏欺騙，實在氣不過，又覺得自己沒有臉面見妹妹，因此便生了想找個活計做了掙錢賠她院子的心思。

他一個年紀才剛十一歲的孩子，出去哪裡能找得了什麼活兒幹，幸虧崔敬平聰明，平日幫人在客棧裡擦椅子端菜盤等，偶爾可得到客人打賞，如今年關漸到了，他手裡也存了些錢，一路捨不得吃喝便趕了回來，想賠崔薇一個院子。

「你是個好孩子。」崔世福忍不住拿袖子按了按眼角，雖然是大年三十，但他身上穿的卻是打了補丁的襖子，那上頭的補丁都已經看不出原來的布色來。他一面拍了拍崔敬平的肩膀，又盯著兒子看了好久，像是有些不敢置信一般，不住道：「回來了就好，回來了就好。」

這會兒天色晚了，原本崔世福是想將崔敬平帶回去的，不過崔敬平自個兒不肯，只說明兒一大早再過去。兒子好不容易得回來了，崔世福哪裡肯在這個時候勉強他，連忙就答應了幾聲，又問他錢夠不夠用，連忙要從身上拿錢出來給他買零嘴，崔敬平都一一搖了搖頭。

崔薇看著崔世福激動異常的模樣，又見他身上穿的衣裳，嘆了口氣，回屋裡將之前替崔世福做的棉襖拿了出來，疊了厚厚一大團，放到了崔世福手上，一邊正色道：「爹，這是女兒對您的一番心意，您自個兒穿著，也不要節約，大哥那兒我另外有備著，只是……」

她沒有提崔敬忠，崔世福哪裡還有不明白的，只點了點頭，也不顧崔薇幾人讓他留下來吃飯的話，便讓崔薇將肉撿出來了，自個兒拿了空簸箕回去了。

這會兒屋裡沒有大人，幾人乾脆湊著這冷菜便吃了一些，聶秋文二人又非拉著崔敬平要出去放鞭炮，如今同黨回來了，這兩人也不再稀罕非要將崔薇拉上了。

聶秋染留在屋裡陪她，一面幫著她收拾碗盞，一邊看了崔薇一眼。「誰都想到了，薇兒還沒有給我也做身衣裳。」他身上現在還穿著墨綠色襖子，一襲厚重的襖子不只沒有讓聶秋染外表看起來臃腫，反倒是這顏色襯得他如同一枝翠竹般，高潔而清雅。

崔薇這會兒正心情好，聽他這樣一說，又想到聶秋染最近幫了自己不少的忙，順口就將這事答應了下來。她手裡如今還有好些緞子與棉花呢，上回進臨安城買黑背時她買了不少的棉花，後來聶秋染每次回來時又給她捎帶一些，如今做了四、五床棉絮，蓋的鋪的都夠了，衣裳做了幾身都還有剩。

聶家兄弟在這邊玩得歡快，而另一頭聶家裡卻是冷冷清清的，孫氏夫婦面對著一桌子的菜，可惜屋裡兩個兒子一個都不在家，孫氏心裡的火氣一波波忍不住就湧了上來，大年三十，氣得連吃飯的心情都沒有了，一邊就罵道：「養了兩個兒子，沒一個著家的，這還沒成婚呢，就將我摔過了門，大郎如今也太大膽了些！」

孫氏越想越氣，也顧不得自己平日極怕聶夫子，連忙又道：「崔家那死丫頭也不知道有什麼好的，一看就瘦瘦弱弱的，脾氣倒是不小，如今竟然有本事了，勾得我兩個兒子大年三十的都不回來，這都是你教的好兒子！」

孫氏氣到極點，不管不顧地發了一通脾氣，正巧就對上聶夫子冷淡的眼神，原本心頭的怒火霎時便如同被人迎頭潑了一盆冰水，一下子就被澆了個透心涼，剩餘的話她也不敢再說了。

「我警告妳，有什麼事等明年秋染趕考之後再說，妳若誤了大事，別怪我饒不了妳！如今他喜歡往那崔家跑，妳也不要管得太多，畢竟那小丫頭還沒過門，憑什麼就得對妳畢恭畢敬的，妳也沒見得對人家有多好。」

聶夫子皺了下眉頭，口氣並不如何嚴厲，但孫氏就是怕他，聽了他這責罵，一句話也不敢還嘴，只是鬱悶無比地答應了幾聲，心裡雖然極不贊同聶夫子這話，可到底不敢再發牢騷了。

王寶學的母親劉氏打著燈籠在子時之前將兒子死拉活拽的弄了回去，十二點後是要守歲的，一家人不在一起成什麼話。王寶學雖然想留下來，不過他的細胳膊沒能擰得過他娘的粗大腿，一年一次的大事，劉氏就是再慣著他這會兒也不會由著他。

黑燈瞎火的，劉氏看到崔敬平時還嚇了一跳，後來才聽王寶學說崔敬平根本沒死，否則劉氏恐怕會以為自己闖了夜鬼了。

聶秋染也是在子時之前離開的，他倒不是懼怕聶夫子等人生氣，而是他知道這會兒崔敬平一看就是累了，剛剛玩耍時都還只是勉強提起的神而已，現如今聶秋文是興奮異常，而崔敬平根本是支撐不住了。

聶家兩兄弟剛一離開，崔敬平果然就忍不住了，一坐下來就打了好幾個呵欠，他趕路回來這幾天沒少吃苦。

崔薇也顧不得和他多說，只一邊拿了棉絮鋪起了被子，很快將床鋪好了，崔敬平連眼睛也睜不開，倒頭就睡，不一會兒就響起了打呼聲音。

崔薇坐在床邊，看他睡得極沈的模樣，頓時忍不住就鬆了口氣，崔敬平回來了，真好，她摸著懷裡的那一小袋銅錢，心中酸澀異常。

而崔家那邊崔世福回去之後，看到崔敬忠跟那孔氏已經鑽進了屋子，外頭只剩了崔敬懷跟要死不活的王氏與楊氏，頓時將崔敬平回來的事情說了一通，楊氏險些高興得要發了瘋，連忙出去要將兒子喚回來。崔敬平失蹤好幾個月了，她心裡早絕望了，如今聽到他又回來，楊氏恨不能兒子立馬出現在自己面前才好。崔世福警告她不准現在就去，她這才強忍了心裡幾分激動。

因著這事，崔家人也沒了心思守夜，早早的給祖宗上了飯菜之後就睡了。

第四十五章

第二日天不亮時楊氏便起了身，一面割了肉給煮上，尋思著兒子喜歡吃的東西，連忙就弄了好幾樣。

一家人原本準備大年初一去楊家走親戚的，本來這初一該去崔世財那邊吃飯，但後來建房之事兩家心裡都生了嫌隙，崔世福表面不說，其實心裡也有些怨，那日自己不在家，大嫂劉氏明明知道這事是因為建房而起的，不能建在崔世財那邊，可她也不該讓楊氏往崔薇這邊來，長嫂如母，她本來就該勸著些，或者聽到這事時與自己說一聲，可後來回來時就偏偏看到她站在外頭看笑話的樣子。崔世福心裡也有了氣，後來更是因為兒子的失蹤，大哥崔世財往這邊來了幾回，他也沒搭理。

天亮了之時，崔薇陪著崔敬平一道出了門，崔家她是不想過去的，就站在門外，楊氏早已經等在外頭，看到兒子過來時，還沒有說話，眼淚便唰地流了下來，嘴裡嚎叫了一聲，撲了過來。

「我的三郎啊！」

楊氏哭得撕心裂肺的，幸虧這會兒大年初一出去四處走親訪友的人不少，她這樣哭泣的模樣倒也沒旁人看見，楊氏只哭得上氣不接下氣，看到兒子回來時，才鬆了一口氣，只忙不迭地問他餓了沒有，在外頭吃了些什麼。

只是崔敬平雖然乖巧，她問的話都應了，但神態間卻有些疏遠，楊氏看得眼淚忍不住又流了下來，心裡知道這個兒子恐怕是與自己疏遠了，當下恨不能連一顆心也掏給了他，卻是又不敢靠近了。

楊氏一邊讓崔敬平進屋，崔敬平猶豫了一下，回頭看了崔薇一眼，楊氏看得心裡又是酸楚，連忙討好地道：「薇兒也一起進來吧，我、我早上做了些東西，要不妳……」母女間經歷了那樣的事情，終究雙方心裡都留了裂痕。

崔薇知道她只是為了崔敬平才喚自己進去，也猶豫了一下，看在崔敬平今天才回來的分上，也跟著走了進去，只是嘴裡道：「我已經吃過了，三哥要吃就他吃吧！」

聽到她這樣一說，楊氏不由鬆了一口氣，她做的東西全是兒子愛吃的，若是崔薇也要吃，她真怕崔敬平不夠，看到崔敬平瘦了大半的樣子，楊氏心裡又是有些發酸，連忙將人迎了進去。

屋裡崔敬懷跟崔世福都已經坐著在候著，唯有崔敬忠卻是不見身影，他如今正是新婚時期，每日起來得也晚，男人家睡得久便罷了，可兒媳婦也這樣，楊氏進屋時臉色就有些不好看了起來。

崔世福也忙著給崔敬平拿凳子，拉了他坐下了，一邊衝崔薇招呼道：「薇兒吃飯了沒有，也一塊兒坐過來吃。」

他一旦發話了，楊氏表情便有些勉強起來，昨日崔世福送了豬肉過去給崔薇，也沒見這女兒拿什麼東西過來還禮的，不過之前拆房屋的事情還沒過去，楊氏縱然心裡頗有微辭，卻哪裡敢說，一面轉身進廚房裡端菜了。

王氏看到崔薇也過來，恨不能立即鑽到桌子下頭躲著，尷尬地笑了笑，忙擠到崔敬懷身邊去躲著，一邊連頭也不敢抬。

崔薇搖頭拒絕了崔世福喚她坐下的意思，一面從提過來的布袋子裡取了衣裳朝崔敬懷遞過去。「給大哥做了件襖子，今兒順便送過來。」昨天崔世福的衣裳已經給他了，今日估計是沒有出去訪友，他並沒有穿著新衣裳，反倒是穿著舊的。

崔敬懷有些不好意思的將衣裳接了過去。

王氏懷裡抱著兒子，雖然崔薇沒有一來便朝她開口問還錢令她有些高興，只是到底看到人家都收了好東西，自己卻沒有，不由有些泛酸。「四丫頭不給我做就算了，不過小郎可是妳侄兒，不知小郎有沒有？」

崔薇還沒開口說話，崔世福便冷笑著朝她看了一眼。「薇兒自己的東西，愛給誰給誰。小郎跟她可沒什麼關係，妳有本事，先把那一兩半錢銀子還了，不然自個兒還是進衙門領些板子吧，不過瞧著過年，還沒發落妳而已！」

王氏心裡不服氣，哪裡說分了家便真的沒有關係了，崔世福也實在太過偏心了些，小郎可是他的孫子。但這會兒王氏一聽到衙門以及銀子幾個字，頓時嚇得縮了縮肩膀，又看到一旁崔敬懷的臉色，恐怕今兒要不是大年初一，他還要動手的。

這樣一想，王氏又有些怕了，連忙抱了兒子道：「我去瞧瞧二郎，都這樣長時間了，還不起來，果然是年輕人，貪個新歡！」

這話說得，崔世福都不好意思瞪她了，知道這個兒媳的德行，心裡對她十分厭煩。

王氏深恐眾人目光落在自己身上，連忙就想找了崔敬忠夫妻出來分擔一些，抱了孩子便去敲著門。

很快地，屋裡傳來一陣窸窣的穿衣聲，一個軟綿綿的女聲傳了出來——

「來了。」

「都到了這個時辰點了，還在睡，莫非真以為自己是個什麼秀才娘子不成！」王氏心裡極不服氣，嘴裡不由自主的就唸叨了一句。

這話崔世福沒有瞪她，事實上過年初一的已經到這個時辰了崔敬忠夫妻還在睡，實在是令崔世福有些不快，便任由王氏去拍了好久的門。

崔敬忠才拉開門出來，臉色漆黑，身後跟了一個臉色通紅，低垂著頭，身材纖瘦的女子。

「兒媳給爹請安！」那女子綰了婦人的頭髮，額頭幾縷劉海，膚色雖然算不得有多白皙，不過相比起王氏來說不知好看了多少倍，面色羞紅，一看就是安靜害羞的模樣，這還是崔薇頭一回看到崔敬忠的媳婦兒孔氏，看樣子倒是個靦覥的。

孔氏才剛成婚不久，身上穿的襖子是大紅色嶄新的，看得王氏一陣眼紅，她成婚時是在夏天，而冬天穿的衣裳又灰撲撲的，原本長相就比不過人家，如今一看這孔氏綰了個髮髻，又簪了一支木釵，說不出的好看，頓時心裡就有些泛酸。「弟妹新婚有些貪玩也是常理，不過這都多少時辰了，還在睡，娘不說，妳心裡也該有分寸才是！」

一句話說得孔氏臉色煞白，眼裡湧出淚水來，吸了吸鼻子，福了一禮忙慌亂道：「大嫂教訓得是，我這就去幫娘的忙。」說完，便要起身過去，走到崔薇身邊時，頓了頓腳步，回頭就看了崔敬忠一眼。

這會兒崔敬忠的目光並沒有落在孔氏身上，反倒看著崔薇，神色大變，滿是怒氣。他心裡恨極了崔薇，又十分嫉妒聶秋染，那日崔薇當場不給他臉面，令他記恨到如今，這會兒臉上哪裡還有半分讀書人的傲骨與清高，臉色猙獰刻薄，指著門口便衝崔微大聲喝道：「誰讓妳來這邊的，滾出去！」

崔世福臉色鐵青，大年初一的崔敬忠便開始鬧起來，他伸手重重地在桌上拍了一下，厲聲喝道：「逆子！你在胡說八道些什麼，這個家老子還沒死，輪不到你來作主，要滾也是你滾，誰給了你開口讓人滾的權力？」到了這會兒，崔世福對這個兒子是十分失望起來，原本以為他讀書多了，總還明白一些事理，誰料最後養出這麼一副德行，崔世福氣得渾身發抖。

崔敬忠瞪大了眼睛，有些不敢置信地看著崔世福，接著蒼白的面皮脹得通紅，重重地一揮袖子。「哼！此處不留人，自有留人處！」他說完，氣沖沖地便要進屋收拾東西。

崔敬忠身後孔氏嚇得渾身發抖，他原本是想等著孔氏求情，崔世福便乘機下了台來，他也能保存幾分臉面的，誰料這會兒孔氏竟然如此沒用，他又羞又惱之下忙就要進屋裡去，誰料剛剛崔世福的大吼倒是將外頭的楊氏招了進來。

楊氏手裡端著幾大碗炒好的肉，一進屋門便看到屋裡緊繃的氣氛，崔敬懷沈默的樣子，王氏幸災樂禍的抱了兒子站在一旁，孔氏則是低垂著頭抹眼淚，而崔世福面色鐵青，瞪著崔敬忠的背影說不出話來。楊氏頓時心裡一慌，連忙道：「這是怎麼了？好端端的，大年初一怎麼又吵了起來，這樣吵著，不吉利的！」

「妳自個兒問妳養的好兒子，一把年紀，讀書不知讀到哪兒了，連做人處事的道理也不懂。我瞧著他這模樣就是當了官，恐怕也是害人不淺的！」崔世福氣得要命，指著崔敬忠便罵了一句。

楊氏忙對著地上呸了幾句，心裡自然不滿。

崔敬忠冷哼了一聲，欲要與崔世福吵起來。

崔敬懷看他這樣子，忍不住嘆了口氣。「二郎，到底是父親，父子之間哪裡有什麼仇的，今日三郎回來是好事，又何必在過年時吵吵鬧鬧的。」

崔敬懷這個大哥在家裡一向很少說話，這會兒一開口，崔敬忠心裡自然不滿。他連楊氏夫婦都看不上，對於這個沒什麼出息，又只知道在地裡刨著的大哥自然是更沒什麼敬意，甚至根本瞧不上他，現在見他竟然敢教訓自己，頓時便撇了撇嘴。還沒開口說話，他便回過神來，一聽到崔敬懷說三郎回來的話，果然一轉頭就看到崔敬平，不由大吃了一驚。「三郎？你怎麼還沒死？」

這話說得就像是咒崔敬平早死一般，這回就算是楊氏面色也有些不痛快了起來。

崔敬忠看到崔世福滿臉陰沈的神色，頭一回慌忙道：「我不是那個意思，三郎，我還以為你出事了，這幾個月，你去哪兒了？」他說完這話時，神色有些不自在，顯然心裡並不如他表面的一般關心弟弟。

崔敬平出去幾個月，對人情冷暖自然看得更透，他對於這個二哥原本就並不怎麼熟悉，以前崔敬忠看不上崔家人，尤其是他這個調皮不已的弟弟，不是教訓便時常是不理睬，如今能說出這樣的話自然也不奇怪。

「在外面縣裡，二哥成婚了，我不在，在這裡給二哥恭喜了。」

崔敬平態度冷淡，崔敬忠也顧不上，只是面色有些不好看，猶豫了一下，看了楊氏一眼，有些為難。「娘，三郎回來他住哪兒？我屋裡肯定是住不下了，反正他之前能在外頭過幾個月，想來也是有住的地方，不如開年之後……」

「你給我閉嘴！」崔世福聽到這個兒子如此自私的話，頓時氣得渾身顫抖，他沒有料到崔敬忠讀了這樣多年的書，竟然讀成這麼一個德行，若是早知道如此，當初便不該聽楊氏的話，送他去讀勞什子的書，一個月繳到私塾都是好幾十枚銅錢，若不是為了他，家裡何至於會過得如此緊巴巴的，可就這樣，卻供出了這樣一個心狠手辣的東西！崔敬平在外頭過的是什麼樣的日子，昨兒他已經說過，崔世福就算是沒有親眼看到，想著也心疼，他這個當哥哥的不只不想著照顧弟弟，竟然敢說出這樣的話來。若是往後時間久了，豈不是要將他們這兩個老的也趕出去，由著他們自生自滅了？

一想到這些，崔世福便覺得心寒，冷著臉道：「這屋子是我的，三郎也是我兒子，自然要回來住，沒有讓他出去的道理，你如今年紀大了，也成了家，給你成婚花了不少的錢，你唸書多年，想來也是個有本事的，你搬出去自個兒找地方住吧，那屋子讓給三郎！」

楊氏一聽這話，嘴唇便動了動。那頭崔敬忠臉色脹得通紅，這已經不是崔世福頭一回開口趕他走了，他自尊心哪裡受得了，連忙便氣沖沖的進了屋裡。

楊氏大急，忍不住哭道：「當家的，好端端的一個家，你要將二郎趕到哪兒去？」

「妳沒聽說他要趕三郎走？三郎在外頭過的是什麼日子，妳這當娘的看不出來，妳沒瞧見他瘦了一大圈？」雖說兒子回來是件好事，但一回來便鬧成這般，崔世福就是想忍，那火氣也忍不住，一下子站起身來，指著楊氏的鼻子便怒喝。

王氏抱著孩子幸災樂禍的站在一旁看著這齣鬧劇，孔氏早嚇得六神無主了，只知靠在牆壁哆嗦發抖。

楊氏原本要想讓孔氏說幾句好聽的話讓崔世福心軟的，可一見到這兒媳的模樣，便知道她靠不上了。自己強勢了一輩子，最後竟然娶了這樣一個扶不上牆來的爛泥，以前瞧著這孔氏是個柔順的倒是挺好，如今看到這情況，楊氏險些忍不住一口血都要噴出來。也顧不得去罵她，楊氏連忙拉了崔世福道：「三郎我當然心疼，可是二郎也是我身上掉下來的肉啊，這大過年的，你讓他去哪兒？不在家裡，你要讓他去哪兒啊！」楊氏說到後來，忍不住就哭了起來。

屋裡頭崔敬忠氣沖沖的收著東西，也想要自己出去，定要讓崔世福心疼嚇上一會兒，他求了才肯回來。

「他沒將我當老子，我也當沒他這個兒子！」早在當初拆崔薇房子時，這個兒子的表現便已經令崔世福極為失望了，如今再看到他對三郎的冷漠，更是讓崔世福心裡寒了下來。

楊氏一見不好，連忙就朝崔薇看了一眼，也不敢去瞧她的臉色，看兩個小兒女拉著手坐一塊兒，崔敬平也沒有開口的樣子，她低下頭來，不敢去看他們的眼睛，一邊道：「薇兒那邊房子大，三郎回來，不如在她那邊暫住一段時間。」

吃過虧了，她還打著這樣的主意！崔薇倒是沒什麼，只要住過去的是崔敬平而不是旁人，她自然是無所謂的。

崔世福一聽氣得厲害，忍不住又重重拍了一下桌子，大聲喝道：「住過去也成，只要薇兒願意，妳也將三郎簽個賣身契送到薇兒手上，往後妳不要再去打擾他！」

「那怎麼行！」楊氏嚇了一跳，她哪裡捨得真跟兒子斷開了，之前幾個月不見兒子的面，都險些讓她發了瘋，一想到兒子不屬於自己了，楊氏便心如刀割一般，連忙擺手。

崔世福冷笑著看了她一眼，喝道：「既然捨不得，那便閉了嘴，沒人當妳是啞巴！」

「只住一段時間，薇兒，娘求妳了，只住一段時間，開了年我便找人來建房子，讓三郎搬回來……」

外頭吵得不可開交，屋裡崔敬忠卻見根本沒人來勸自己，頓時大怒，拎了簡單的一袋子東西便要朝外頭走，路過崔薇時，那目光跟要吃人似的，一邊拽拉著孔氏往外走，一邊對於楊氏殺豬似的嚎哭聲當作沒聽到一般，冷冷地甩開了楊氏伸過來要拉他的手，拉著媳婦兒便走了出去。

崔世福冷笑著看這兩人離開，沒有要過去挽留的意思，楊氏看到這樣的情況，忙要出去追，崔世福衝她喝道：「妳敢去，出去這道門妳便別回來了！」

楊氏忍不住大哭了起來，卻是再也不敢出去了。

崔敬忠提了一小袋書出門，和孔氏二人相互望了一眼，都覺得有些尷尬，這會兒出了門被冷風一吹，崔敬忠全身激靈地打了個寒顫，今年的小灣村雖然沒下大雪，不過這會兒卻是冷得厲害，他在屋裡不覺得如何，可一出來才覺得受不了。

崔敬忠平日就是個沒怎麼吃過苦頭的，如今哪裡能受得住，風一颳來便打了個哆嗦，忍不住抱緊雙臂打了個噴嚏。他剛剛一時氣憤之下出來了，原本以為楊氏和崔世福二人必定會來拉他的，誰料崔世福沒有被嚇得來拉住他不說，連楊氏也沒追出來！

一時間崔敬忠心裡不由湧出巨大的怨恨來，冷著臉站在門口沒有動彈。

屋裡楊氏哭得肝腸寸斷，崔敬平回來本來是一件好事，可誰料一個兒子剛回來，一個兒子又要出去，這還是大年初一的，楊氏哪裡受得住，忍不住哭得越發厲害了些，坐在凳子上低垂著頭不住拿衣袖擦眼淚。

崔世福聽得心裡煩躁，一面就冷聲喝道：「妳哭什麼？大年初一的，也不嫌不吉利，屋裡又沒有死人！妳兒子就那副德行，我瞧他有骨氣出去，妳看他過幾天回不回來！」崔敬忠是沒有吃過苦的，全憑一股讀書人的氣在撐著，可外頭又沒吃喝，岳家明明就是個靠不上的，他在外頭能挨得過兩天，崔世福也佩服他了。

楊氏心裡不服氣，可是看著崔世福一張冷臉，哪裡還敢去多說。

這頭崔薇想到剛剛崔敬忠的話，心裡也有些不舒服，連忙就站起身來要出去，崔敬平跟在她後頭。

楊氏連忙跟在後頭喚道：「再坐一會兒吧，連飯也沒吃哩，多少吃一些吧。」看著崔敬平，語氣裡像是在哀求一般。

崔敬平定定地看著楊氏，一邊道：「娘，下次再吃吧，我先跟妹妹回去了。」

楊氏一聽，連忙又挽留崔薇，這還是她頭一回對崔薇露出哀求之色的模樣來。「那薇兒也留下吃一些吧，就吃一點兒，少吃些也行。」

「我不吃了，三哥若是要吃，三哥就留下來吧，我正好回去做些點心，等下給三哥當零嘴。」崔薇回頭衝崔敬平笑了笑，一邊拎了裙襬就要出去。

崔世福忙將她喚住了，從胸口裡掏出一個小口袋來，倒了約有七、八枚銅板出來遞過去，這銅板還沾著崔世福的體溫，一邊捉了崔薇的小手，又摸了摸她的頭，溫和笑道：「咱們薇兒大啦，雖然妳能幹，不過這是爹給的，拿去買點兒吃的。」

崔薇收到錢，有些愣神，抬頭看著崔世福溫和的笑臉，忍不住眼眶有些發燙，低下頭匆匆應答了一聲，才跨出堂屋門。

崔敬平到底還是被楊氏留了下來，崔薇一出院子門，便聽到外頭崔敬忠在跟孔氏說話——

「妳去大門前跪著，求爹娘讓咱們進去！」

雖然早就知道崔敬忠不是什麼好人，可原本崔薇看他那樣子是個傲氣有出息的，誰料這會兒竟會聽到這樣的話。她也不知道自己出去時崔敬忠會是個什麼表情，她猶豫了一下，仍是故意拎了衣襬出來。

那頭孔氏唯唯諾諾的應答了一聲，果然要拎了衣襬便往地上跪，崔薇一出來時兩夫妻都愣了一下，崔敬忠臉上先是有些不敢置信之色，接著又是面皮泛青，又脹得通紅，有些惱羞成怒，衝崔薇狠狠甩了甩袖子。「妳怎麼出來了？」

知道他剛剛是因為說了那樣的話被自己聽到了有些不滿，但崔薇也懶得理他，出了門便朝自己那邊走。

孔氏原本還跪在地上，一看到崔薇便眼睛一亮，忙跪著挪了兩步，拉了崔薇的裙襬便道：「姑娘，求您幫幫忙，幫夫君求求情，讓爹娘將夫君喚進去吧，我身體不足惜，但夫君是讀書人，如何能挨得這寒冷。」

「妳不要求她！」崔敬忠忍不住有些羞怒，一邊拳頭握得極緊，看起來極其暴躁的樣子。

崔薇倒是有些啼笑皆非，這孔氏看來連她是誰都沒看出來，這會兒竟然就讓她求情。看崔敬忠這樣子，就算她幫忙求了情恐怕他也不會領情的，對於這樣的人，上次還想壞自己名聲來著，她怎麼會幫他做這種吃力不討好的事情，乾脆也笑了笑，側過身讓開了孔氏的跪拜，連忙就朝自己家的方向走去。

崔敬忠在後頭暴跳如雷，沒料到自己說不要她幫忙，這死丫頭當真就不幫了，登時氣得面色猙獰。「滾吧，滾得遠遠的些，往後都不要過來。」

「我滾不滾倒還有家回去，可是二哥就不一樣了，這一滾了，連個住的地方都沒有，二哥不要擔心我，還是想想自個兒吧！」這崔敬忠以前瞧著倒是好的，不過那只是因為他時常因為讀書早出晚歸罷了，沒料到這一沒中秀才，回來之後竟然就成了這麼一副德行，實在是惹人厭惡，自己平白無故的，一句話也沒說便能招到他這樣一句話，實在也是太可笑了一些。

「妳說什麼？」崔敬忠一見她回頭衝自己笑，頓時便忍受不住了，他哪裡受得了這樣的侮辱，頓時腦中一熱，往四處看了看沒人，掄了拳頭便要往前衝。

「君子動口不動手，你幹什麼？」

不遠處一聲冷哼響了起來，崔敬忠下意識地轉頭去看，卻見聶家門前不遠處，聶秋染穿著一身藏青色厚襖子隔著幾條田埂正朝這邊大踏步過來。崔敬忠沒料到剛剛還瞧見沒人，正欲出出心中一口惡氣，便被聶秋染看到了，頓時面皮便脹得紅紫。

那頭聶秋染拎了衣襬跑得極快，一雙眉頭皺得極緊，面色冷淡，跑到崔薇身邊時還有些喘氣，站在她面前衝離自己不遠的崔敬忠道：「枉你是個讀書人，如今竟然做出這樣有辱斯文的事情！」

「我要如何，跟你無關，不要以為你中了個秀才便有多了不起，這是我們崔家的事情，輪不到你來管！」崔敬忠之前出門時便含了一肚子的火氣，他心裡又焦急自己這一出來看崔敬平沒跟崔薇一塊兒，深怕自己的房間被崔敬平占了，崔世福平日瞧著對崔敬平多加責罵，可這些日子崔敬平不見倒是想念得緊，剛剛更是為了他讓自己滾。開始時還含了一口氣，誰料出來之後崔敬忠才認清了現實，他哪裡能像崔世福所說的熬上兩天，就是連半刻鐘都忍受不了，但出來了就沒臉面回去，指使孔氏去求情又被崔薇聽到，他惱羞成怒之下又覺得沒臉面，一時氣衝上頭才會想要動手，誰料剛一舉拳頭便被聶秋染看見，崔敬忠心裡的難堪與怒火頓時滿漲。

「薇兒現在可跟你沒什麼關係，你今兒要是動了她試看看！」聶秋染也是有些火大，他沒料到崔敬忠好歹也是個讀書人，竟然能幹出如此無品的事情，頓時冷了眼站在崔薇面前，他年紀雖然比崔敬忠小了三歲，但現在看起來竟然絲毫不比崔敬忠矮到哪兒去。

崔敬忠一看他這樣子，頓時嚇了一跳，深恐自己打不過聶秋染要受皮肉之苦，連忙後退了幾步，警惕道：「你要做甚？休要以為我怕了你！」雖然嘴中說著不怕，但面上卻是表現出怯懦來。

聶秋染冷哼了一聲，轉頭雙手攬在崔薇肩上，推著她便往她家裡方向走。

崔敬忠還在後頭不停的放著狠話，孔氏的抽泣聲不住傳來，兩人卻是理也沒理睬。

第四十六章

「小丫頭，那崔家可不是好去的地方，往後要出來，還是讓崔二叔送一送。」聶秋染一進了屋，想到剛剛的情況，臉色還有些不好看，伸手替崔薇理了理頭髮。事實上他此時心裡還有些火氣，想到崔敬忠若是一下子打在了崔薇身上，恐怕這小丫頭還真要吃疼的。

他想了想又道：「妳二哥的事情交給我來辦，妳往後出去，把黑背帶上。」崔家實在是太危險了，沒想到崔敬忠竟然也會動手，難保哪一日他不在，崔薇一個人會吃虧。

崔薇其實也不怕崔敬忠，不一定崔敬忠打過來她就不會躲的，只是剛剛沒料到這個一向以讀書人自居的崔老二竟然會動手而已，看來他口中所稱的君子動口不動手還是要看人的，若是能打得過的，當然他是用手，若是打不過的，自然便用口了。崔薇心裡也是氣憤，聽到聶大郎說交給他解決，猶豫了一下，雖然不想讓這件事情來麻煩他，可若要收拾崔敬忠，或是防著他，說不得還真得要聶秋染幫忙才成，因此想了想，仍是輕輕地點了點頭。

「聶大哥怎麼過來了？」

「我爹娘今兒要走親戚，我過來瞧瞧。」他一邊說著，一邊跟著崔薇進屋。從懷裡掏出一個小袋子來，遞到崔薇手上，一邊摸了摸她腦袋。「給妳的壓歲錢，願妳來年平平安安，好好收著，平日想吃什麼，自個兒去買。」

崔薇嘴角抽了抽，聶秋染剛剛那動作明顯跟對待小孩子似的，崔世福之前給壓歲錢就是做的這般動作，沒料到一大早就收到了兩份壓歲錢，她都已經不知道多少年沒收到過這東西了，崔薇有些哭笑不得。袋子中裝的不像是銅錢，倒像是一個硬疙瘩，崔薇好奇地打開袋子，一邊往裡頭瞧了瞧，裡面約莫有一個五兩左右重的銀元寶，她如今手裡銀子不少了，林府中的人給她錢時就有兩粒這樣的銀子，見到這樣多錢，頓時將她嚇了一跳。

「這麼多錢？」這樣多的銀子就算是聶夫子有，也不可能全給了兒子，聶家生活雖然比村裡大部分的人要過得好，但這樣一大筆錢絕對也不是輕易便能拿得出來的。

聶秋染笑了笑，自個兒進屋拿了桌上的壺想倒杯水喝，卻是摸了個空，隨即又將杯子放下了，一邊坐下來，衝崔薇也招了招手。「放心吧，是我的，我娘不知道的。」他說完，又想了想給崔薇解釋道：「平日學院裡替人抄卷宗寫文章賺的，妳收著就是，要是想買什麼，就再跟我說。」

沒料到在這個時候聶秋染便已經幹出替同學抄作業掙錢的事情來，崔薇怎麼看他也不像是能幹這種事的，而且竟然還有賺錢的意識，實在是出乎她意料，不過五兩銀子可真不少了啊，之前聶秋染替她帶棉花等都沒收錢，如今反倒還要給她錢，崔薇哪裡願意收，連忙就要將銀子還回去。

「我不要，這樣多錢，聶大哥自己放著吧。」她說完，要將荷包遞回去。

聶秋染看了她一眼，沒有去收，一邊道：「是給妳的壓歲錢，妳可不能不收，我再過幾日又要進城了，到時妳幫我做些點心，我拿到學院裡。」
見他沒有要將錢收回去的意思，崔薇也不好意思與他拉拉扯扯的非要他收回去，硬著頭皮有些猶豫地將捏著錢袋的手又縮了回來，答應了一聲，又問道：「聶大哥中午要在這邊吃飯嗎？」
聶秋染點了點頭，看她將錢收下了，眼中露出笑意來。「我爹娘跟秋文都去外婆家了，我就在這邊陪妳。」
說不準他明明是因為自己不會做飯才這樣說的！崔薇心裡有些陰暗的猜想。
聶秋染像是知道了她心裡的想法般，瞇了瞇眼睛。聶家如今一大早就領著孩子們出去過年了，連兩個女兒孫氏都領了出去，就是想要在親戚家裡得些壓歲錢的。聶秋染說要留在家裡看家，自然沒去，孫氏也不怕他那份溜了，畢竟聶秋染如今名氣大，唯一可惜的是不能將兒子帶出去獻寶，自然是有些遺憾，不過她對於兒子的話自然是沒有反駁餘地，因此也不敢勉強他，聶秋染這才一個人留在了家裡頭。
看著天色還早著，反正兩個人在家裡也沒事，先是給羊擠了奶，聶秋染雖然不會這個，但一些簡單的事情還是會做。
如今冬天了，草是沒有新鮮的，幸虧趁夏季時崔薇自個兒割了不少草曬乾了保存下來，現在切碎了混著各種調料，羊一樣愛吃。家裡如今已經養了好幾頭羊，打掃羊圈的事被聶秋染逼著落到了聶秋文身上，崔薇每日做的事情也簡單，有人幫著遞桶遞水的，做事倒也快，擠了奶又煮好了，倒了一大壺新鮮的出來，其餘的崔薇想著答應了崔敬平的奶糖，忙又準備再做一些。

聶秋染幫著燒火，他做這事還不大順，不過好在還肯幹，不像崔家裡那位二大爺，平日就是坐著也不會幫忙搭把手的，光是這一點，就算聶秋染沒中秀才也比崔敬忠不知好了多少。

二人準備著午飯，崔薇一時間也不知該做什麼，乾脆轉頭問聶秋染。「聶大哥喜歡吃醃肉不？」在十一月時她就買了些肉自製了些麥醬刷了上去，又掛在院子裡風乾著，又灌了不少的香腸，如今她院裡既是養了狗，那圍牆也高得很，根本不怕有人進來偷東西，昨天崔世福又送了幾塊新鮮肉過來，她也準備等下一併製成醃肉掛著。

鄉下人做臘肉的倒是不少，聶秋染家裡都有，孫氏過年時煮了一大桌，味道倒只剩了鹹與煙燻味兒，他抬頭看了崔薇一眼，見她眼睛閃亮的興奮模樣，猶豫了一下，頓時點了點頭。

做了好多醃製肉，還沒有一個人捧場嚐過的，崔薇前幾日一說到要做時，聶秋文那傢伙根本不給臉面的就搖頭，她可是買了好多做的，若是沒人吃真是浪費了，她自己一個人又吃不完，到現在也沒嚐過，現在聽到聶秋染願意陪她吃，崔薇頓時興奮了起來，連忙跑了出去。

院子角落裡陸陸續續掛了一大排肉，黑背正守在下頭，看到崔薇過來時動了動耳朵，連忙跳了起來拚命地甩了甩尾巴，嘴裡發出了嗚嗚的聲音，前爪一邊搭了隻過來，崔薇見牠這樣子，連忙就朝屋裡喊。「聶大哥，給黑背倒點羊奶。」

一聽說有吃的，這狗東西尾巴甩得更厲害，也不管崔薇了，連忙守到了廚房去。

崔薇取了塊醃肉下來，想了想又取了隻醃好的豬蹄膀，雖說上回劉氏說讓她不要吃豬蹄，但崔薇哪裡會理她，醃製時買了幾根一併回來做上。

聶秋染一邊在外頭逗狗玩，崔薇在屋裡麻利地切肉，配菜等都是提前買好的，洗了鍋塞了些之前崔世福送過來的兩挑曬乾的玉米核進去，那火使一下子燒旺了起來。舀了塊凝固的熟豬油下去，看油化開了，又放切好的大青椒絲，燻製肉切得厚薄均勻，一扔下去不多時那肥肉就變得跟透明的一般，香味就爆了出來。與鄉下裡炒出來千篇一律的味道不同，聶秋染原本還只是看崔薇有些興奮的樣子，當哄她高興才說自己要吃的，誰料一聞到這味道，倒也真是香。

飯是一邊在生火時就已經燜上了，這豬蹄是燉來晚上吃的，幸虧崔薇在醃製時就讓人將這蹄膀砍成兩半，她也好切一些。聽到裡頭乒乓的砍骨頭聲，聶秋染眉頭跳了跳，連忙洗了手進來，就看到崔薇拿了刀在菜板上砍著，頓時就過來將菜刀搶了過去。

中午崔敬平是過來吃飯的，楊氏後來過來喚了他好幾回，他也沒回去，午飯家裡就三個人吃，原本聶秋染還認為應該是最不受歡迎的麥醬肉，最後倒成為了大家都最喜歡吃的。

飯桌子上幾人也沒什麼講究，崔薇想到崔世福之前將崔敬忠趕出去的事，忙問了出來。

「我走時看二哥指使著二嫂跪在門口，讓她求爹娘讓他們進去呢，不知最後可是回去了？」

一聽到這話，崔敬平抬起吃得油光光的臉，一面撇了撇嘴，青椒混和著臘肉的香味，最是下飯，比他早上在崔家那邊吃的香多了。一聽到崔薇問話，崔敬平頓時臉上露出不屑的神色來。「二嫂在屋門口跪著哭，求娘讓他們回去了。」

這個結果想也想得出來，聶秋染又因為這事而叮囑了一陣，心裡將這事給放在心裡了。晚上的燉豬蹄也香，崔薇抓了把乾豆子下去燉著，晚上聶秋染是吃了飯再回去的，崔薇想到今兒收到的五兩銀子，心裡也有些坐不住，送走了人便想著聶秋染的身形，開始裁起了衣裳來。

初二照往年來說是楊家過這邊來走親戚的日子，崔敬平雖然住在崔薇這邊，恐怕也要過去一趟，就算不留在那邊吃午飯，但至少他回來了，少不得要去給吳氏等人露露臉，因此兄妹兩人早早的就燒了熱水洗了臉和腳睡下了。

崔薇看著屋裡還沒有換過的櫃子，打定主意等到一開年便要去找人將屋裡的家具再重新換一通，她如今手裡又不差錢了，這房子當初也只是匆匆建成，若不是她如今年紀尚小，恐怕房子也該再換過才是。

第二日時果然隔壁熱鬧了起來，一片小孩子的歡笑聲與鞭炮聲吵得人睡不著，四處都在噼哩啪啦的響，村裡漸漸也傳來了歡聲笑語，四處都有了走親戚的人。崔薇剛起來打開門，就看到一旁崔敬平也披了衣裳起身了，還揉著眼睛，明顯沒睡飽的樣子。

外頭傳來響門聲，夾雜著楊氏呼喚兒子的聲音，村裡這兩天也有人聽說了崔敬平回來的事，都趕到了崔家來看熱鬧。這也是一件好事，楊氏準備擺兩桌慶賀一下，崔世福的意思是喚了崔薇也過去。

這樣的時候，之前又跟崔家鬧得那樣僵，崔薇自然是不會過去的，崔敬平一邊穿了衣裳，崔薇又給他梳了頭髮，他這才自個兒哆嗦著出去了。

外頭天色還早呢，霧氣濛濛的，一出去他便打了個哆嗦，黑背睡在廚房裡頭，一聽到聲響也跟著鑽了出來，精神抖擻地甩了甩身子，崔薇乾脆也放出門讓牠出去遛一圈，順便上個廁所。這傢伙憋了一天，不肯在家裡羊圈中解決，非要出去才成，寧願忍著，這會兒一見到開門，歡喜得忍都忍不住竄了出去。

小灣村裡養狗的人家本來就沒幾戶，像黑背這樣已經長了幾個月尤其看起來威風的狗更少，不少小孩子看到是既怕又好奇，都想伸手去摸，崔薇站在門口看了一會兒，這才將門掩了，又轉身進屋熱起羊奶來。

剛將羊奶燒好，倒進壺中還沒來得及喝上一口，外頭便響起了狗的狂叫以及小孩子的哭喊聲與大人們的喊打聲。崔薇愣了一下，連忙擱了奶壺便出了門來。這附近養狗的人家幾乎可以說只得她一個，剛剛那叫聲聽著倒也像是黑背的，跑到門口處崔薇便看到已經聚了一大群的人，狗尾巴上毛被炸開了一大團，上頭有一塊地方血肉模糊的，明顯是被炸開的。一個小孩子被壓在了狗爪子下頭，哭得撕心裂肺的，穿著一身新衣裳的唐氏，正拿了手裡的東西往黑背身上砸。

崔薇頓時大怒，轉身撿了個石塊朝唐氏砸了過去，怒聲道：「妳幹什麼？」

唐氏冷不防地就挨了這樣一下，看兒子被狗撲在地上，那狗跟要吃人似的，原本心裡就害怕，崔薇扔過來的石塊砸到她背上，就算是穿著厚厚的衣裳，沒有多疼，可也將唐氏嚇了一跳，回頭看到崔薇便跳著腳道：「將妳家這死狗弄開，牠咬到我兒子，我要牠償命！」唐氏臉色都急得慘白了，手裡不知從哪兒撿了個細竹棍，就往狗身上抽。

崔薇看得大怒，一邊喚著黑背，一邊狠狠推了唐氏一把，瞪了眼睛怒道：「妳再打牠，信不信我讓牠咬妳！」

「一隻畜牲，哪裡有這麼聽話的！」唐氏不肯信，怒從心頭起，又狠狠抽了黑背兩下。

崔薇頓時大怒，轉頭衝狗道：「黑背，去，咬她！」

狼狗本來就聰明，一些簡單的命令牠都能聽得懂，這一招喚狗咬人是崔薇早就教過的，一聽到這話，黑背本能的忠誠令牠忍了尾巴上的疼，放開了地上的孩子，朝唐氏撲了過去！

沒料到這狗還真會聽人話咬人的，唐氏嚇了一大跳，這會兒連兒子都顧不上了，拿竹棍嚇唬了黑背兩下，但這樣一個細東西在這麼大的狗面前哪裡起得到什麼作用，一下子就被咬斷了。剛剛黑背去上完廁所回來便被人在屁股後頭炸了一個火炮，嚇了一跳不說，而且還疼，這傢伙也發了狂，追著唐氏就開始咬，唐氏尖叫了一聲，沒命地朝崔家跑去了，將兒子丟在這邊，嘴裡一邊鬼哭狼嚎的，一下就不見了蹤影。

楊立全一個人留在這兒，頭上戴著的帽子都落了，身上穿的新衣裳在地上蹭了不少的泥灰，他坐起身來就看到崔薇冷冷瞇著眼睛瞪他的樣子，頓時嚇了一跳，只是隨即而來他卻是抓了地上一把泥土便朝崔薇臉上砸過去。「打死妳！妳這小賤人，小賤人，打死妳！」

好幾個月時間沒見了，這死小孩還是這麼討厭，崔薇頓時心裡火起，上回的帳還沒跟他算呢，這回黑背上的傷一準兒是這小東西給弄的，調皮也應該有個限度，像楊立全這般的實在是太討厭了。崔薇轉頭看了看，就見到一旁之前被黑背咬斷了的竹棍，頓時撿了起來，一邊在手上拍了兩下，一邊問楊立全。「我家狗尾巴是不是你給弄的？」

「是我又怎麼樣？妳難道還敢碰我一根手指頭？我讓姑奶奶打死妳！」這小東西平日沒少做壞事，上回雖然被崔薇打過，估計這會兒是早就忘了。

崔薇原本就還帶著火，一聽到這話，哪裡還忍得住，登時也不管跟個小孩子計較丟臉了，連忙拿了竹棍便往他身上抽過去。「我家狗怎麼招你了，你這麼討厭，上回還敢弄我家的羊，我今天打死你！」雖說打一個小孩子實在不是什麼光彩的事，不過這楊立全實在是太討厭了，崔薇自然也不手下留情。

估計也沒料到崔薇會真的動手，剛剛還嘴硬的小孩子挨了幾下便哭了起來，他穿得厚實，其實並沒有挨到幾下，也不怎麼疼，不過手心剛剛去擋了一下，倒真是火辣辣的，最重要的是，楊立全長到現在還怎麼沒被人打過，少數的幾回中大部分都是被崔薇打的，倒真是被嚇著了。

崔家裡傳來一片喝斥聲與喊打罵的響聲，崔薇也怕自己的黑背吃虧，顧不得再打楊立全，冷哼了一聲，指著他道：「下回要再敢碰我的東西，我打死你！」

楊立全臉上還掛著淚珠，愣愣的看著崔薇急忙朝崔家跑去了，他半晌之後才反應過來自己可以告狀，也忙抹了眼淚，臉上露出憤恨之色，連忙跟了上去。

崔薇過來這邊時，就看到崔敬平將黑背護在懷裡，一旁楊氏等人手上拿著扁擔與鋤頭等，林氏還在一旁勸著崔敬平讓開。唐氏抹著眼淚，刁氏等人都表情難看的樣子。

看到崔薇過來時，唐氏愣了一下，接著憤憤地指著崔薇道：「姑母，就是這死丫頭，指使了她的狗來咬我，那狗還將全哥兒撲在地上了。」一說到這兒，唐氏才想起了自己的兒子，頓時嘴裡慘嚎了一聲，呼喚著全哥兒，一面飛奔了出去。

黑背看到她一跑，連忙炸了毛也要跟上去，楊氏一見牠這模樣，連忙道：「三郎，你讓開，這畜牲還要咬人了。」

「我養的狗，誰敢打？」崔薇也是怒了，見唐氏剛剛那模樣不像是被咬到過的，令她心裡忍不住有些遺憾，看楊氏等人的動作，一面冷笑著一面將狗招了回來。剛剛狗有崔敬平護著，看起來倒沒有吃虧，雖然尾巴上頭受了傷，但看到崔薇時仍是顯得十分溫順，伸舌頭就舔了舔她的手。

「薇兒，這惡狗咬人哩，妳瞧瞧妳表嫂剛剛也差點被咬了，若不是穿得厚實，可不就見血了？要是大年初二的被狗咬到，那多不吉利啊！」吳氏站了出來，一面就衝崔薇柔聲勸道。

那頭刁氏冷哼了一聲，她心裡對於上回聶秋染讓唐氏寫了欠條一事還有些不滿，回頭想了想，便認為崔家人這是給他們楊家下了一個套，故意想來誑銀子的呢，這一趟不想過來，但耐不住吳氏才是一家作主的，忍了氣過來，沒料到唐氏又被狗追了，頓時氣不打一處來。「不就是一條狗嘛，咬了人可不能白咬，要給錢的！」

崔薇聽到刁氏這話，頓時便也跟著冷笑了起來，大過年的，既然她自個兒要找不痛快，崔薇自然會稱了她的心願。

崔薇指著狗尾巴，便開口道：「給錢可以，照著傷處給，我家這狗可是尾巴被楊立全炸傷了，舅母也就隨便給個半兩銀子便是了！」一說完，崔薇又看了黑背尾巴一眼，這一看越發冒火，剛剛離得遠了沒看清，走得近了才看到小半根狗尾巴都被炸了開來，原本尾巴就沒肉，皮一翻開毛掉了不說，連裡頭的骨頭都看到了，頓時更怒。

「半兩銀子？妳訛人不成？一條狗罷了！」唐氏抱著兒子回來，忍不住就氣憤道，她上回欠的銀子一直拖到現在，連崔家也沒敢過來，若不是眼瞧著過年了來玩耍一天，又有家人陪著，她也是不敢過來的，剛剛楊立全已經跟她告過狀了，一聽到崔薇竟然敢打自己的寶貝兒子，唐氏更是氣憤。「妳打了我兒子還沒算呢，妳就想要半兩銀子，殺了妳這條狗來壓驚還差不多！」

一聽到這話，黑背頓時又拱起了背來，嘴裡發出嗚嗚的叫聲，嚇了唐氏一跳。

崔薇連忙安撫似的摸了摸牠的腦袋，一邊看著唐氏冷笑。「我這條狗，比妳都金貴，今兒要是不給錢，上回妳欠我的正好一併還了，若是不還，馬上拉妳到縣裡告官去！」

唐氏一聽這話，雖然心裡仍是有些犯怵，不過嘴上卻是硬不肯信，污言穢語罵了一通，崔薇頓時大怒，又拍了拍黑背的頭，狗一下子朝唐氏衝了過去，眾人都嚇了一跳，楊氏手裡的扁擔也下意識地砸在狗背上，唐氏這回抱著兒子沒逃得過，屁股上被咬了一口。雖然穿得厚實沒有咬破皮，不過也是夠痛的了。屋中頓時一片混亂，好端端的一個過年竟然變成了這般，楊氏也有些發懵了。

崔薇卻並沒有就這樣算了，回頭上午聶秋染過來時便將這事與他說了一遍，下午他就出了門，夜深時分才回來。第二日午時，吳氏便表情沈重的領著崔家人又回來了。

還沒吃午飯時，崔薇家的大門便又被人敲了起來，崔薇還沒有去開門，聶秋染便頭也沒抬就道：「妳娘他們過來了。」

他昨日下午出去的事崔薇還不知道，聽他這麼說不信，崔家人今日一大早便去了楊家，每年過年初三時他們都要去楊家吃飯，直到傍晚時才會回來的，崔敬平也被楊氏喚著去了，不可能到這個時候就會回來。

聶秋染見她不信，忍不住就抿了抿嘴，一邊衝她笑道：「妳不信就去瞧，若真是他們，回頭我走時妳得給我裝兩塊麥醬肉。」

他就是不打賭自己也會給他裝的。崔薇一聽這話，頓時翻了個白眼，屋裡黑背早在聽到敲門聲時便有些不安地拱起了背，聶秋染見到這情況，便衝黑背招了招手。那狗聽到他招呼，漸漸地才安靜了下來。

門外站了一大群人，果然崔世福等人也在裡頭，其中還有吳氏等人，楊大郎一看到崔薇，頓時火冒三丈便衝了出來，一隻蒲扇似的大手就要往她臉上搧。

崔敬懷看得真切，忙一把將他拉住了，大聲道：「大表哥，你要幹什麼？」

楊大郎氣得要命，一邊狠狠將崔敬懷推了一把，一邊將手掌改握成拳頭，另一隻手指著崔薇便怒聲道：「這小賤人將你表嫂捉去了，你現在還幫著她說話，往後你不要再來我們楊家了！」

一大早的，這楊家人就衝了過來，崔薇還沒弄明白什麼事，險些就被打了一回，頓時往裡頭退了一步，刁氏等怒氣沖沖便要往屋裡擠進來。

不知什麼時候聶秋染站在了崔薇身後，皺著眉頭看門外的一群人，聲音冷淡地說：「你們要是誰敢沒請就進來，我一個都不放過！」

明明聶秋染只是一個看起來斯斯文文的書生，但他這樣一喝，就是長得三大五粗的楊大郎也愣了一下，接著嚇了一跳，果然站在門外不敢進來了。

「妳這小東西，年紀不大，心眼兒倒是不小，大年初三的，妳就使了人將妳表嫂抓走，妳還是不是個人啊？天啊！立全啊，你以後沒娘了啊，這全是你這表姑給害的啊！」一個年約四十來歲的婆子拍著大腿便哭了起來。

楊氏面色鐵青，站在一旁沒有說話。

崔世福連忙攔著眾人，一邊道：「這事還沒有說清楚呢，憑什麼就說是薇兒幹的。」

「就是她！不是她還有誰，咱們家大妞可沒有跟誰結過仇的！」那婆子滿臉凶狠，指著崔世福就道：「看在親家一場的分上，你趕緊給我讓開！不然要是碰到我哪兒了，我讓你吃不了兜著走！」那婆子一邊說完，一邊衝崔世福挺了挺胸，嚇得崔世福連忙將手縮了回來，那婆子這才撇了撇嘴，一邊衝崔薇道：「今兒妳要是不拿出個說法來，妳也別想好過了，婆子我一頭撞死在妳門前！若想解決，妳給我三兩銀子，我好去衙門打點！」那婆子一邊說著，一邊便要往地上賴。

崔薇冷冷的看著這樣的情景，氣得胸口不住起伏，身後聶秋染拍了拍她的肩，乾脆轉身便進了院子。

崔世福還在那兒焦頭爛額的勸著楊家眾人與那哭鬧不休的婆子，這婆子擺明是要來訛銀子的，他三言兩語的哪裡說得通，人家目的就是在錢，也不可能因為崔世福幾句話便打消了念頭。

崔敬平費力的從外頭擠了進來，一邊站在崔薇面前，那頭聶秋染提了一桶冒著熱氣的水出來，屋簷下那婆子還在不住的啼哭痛罵著，一邊要在地上打滾，聶秋染將崔薇推開了些，一桶開水便潑了過去！

第四十七章

眾人一見不好，連忙各自退了開去，唯有那坐在地上的婆子耍賴著，動作便慢了一步。

那婆子原本還兀自哭鬧不休，嘴裡咒罵連連，就想著要討些好處的，誰料兜頭一桶開水便潑了過來，頓時被燙得「嗷」的叫了一聲，動作敏捷地從地上跳了起來。頭上的開水還好，始終一流就下去了，可身上穿著厚厚的衣裳，一旦被打濕了便死死黏在皮膚上，燙得她不住跳腳，偏偏又不能將衣裳給脫下來，外頭這樣多人，若是脫了衣裳，可真是沒有臉面了。

「你、你、你，竟然敢拿開水來潑人！」那婆子又痛又難受，身上的開水溫度冷了下去，裡頭燙得厲害，外頭被風一颳卻是凍得人直打哆嗦，這會兒她連哭都哭不出來了，哪裡還有力氣去罵人，只是指著聶秋染的鼻子，氣得說不出話來。

大舅母刁氏冷冷的望了崔薇一眼，也是憤憤不平，指著聶秋染便道：「枉你是個秀才的，竟然敢打人，還有沒有王法了？」

「非也！我這只是在拿家裡不要的水，潑到薇兒的家門口而已，去去髒東西，誰讓她偏巧哪兒不坐，坐薇兒這門邊，我可沒碰著她一根手指頭，又何來打人一說？」聶秋染被刁氏指著鼻子罵，絲毫沒有心虛，反倒是將桶往一旁放開，回頭便衝崔薇笑。「薇兒，不知妳這門口，我潑得水還是潑不得？」

他當然是能潑得！崔薇看著那叫罵不休的婆子渾身濕透了，整個人成了一隻落湯雞一般，頓時忍不住笑了起來。早知道聶秋染腹黑又損人，沒料到他如今竟然能將這婆子比成髒東西，還拿開水潑人家，也不知他哪兒想出來的方法，偏生又叫人說不出話來，忍不住心裡笑了個半死，面上卻是點了點頭。「聶大哥，當然潑得，我記得鍋裡還有開水，正好想燒了來下午喝的，如今門前還沒潑乾淨，不如再提些過來。」

聶秋染眼裡閃過笑意，頓時點了點頭。

那婆子被潑水時雙手本能地便護住了腦袋，手背上頭起了幾個細小的水泡，直捧著雙手嘴裡哎喲哎喲的叫喚了起來，一聽到聶秋染還說要提水過來，頓時嚇了一跳，嘴裡喊道：「潑不得，潑不得啊！燙死人了！」

崔薇又是一陣想笑，那頭刁氏看親家母竟然如此無能，頓時心裡厭煩，又火大無比，指著崔薇便罵道：「妳這小賤人，不學好，小小年紀便如此刁鑽狠毒……」她話沒說完，聶秋染便衝她揚了揚手裡的水桶，刁氏一看到兒媳唐氏的母親那副慘況，如今還捂著臉和手不住呻吟，眼皮霎時便狂跳不止，也不敢再罵了，冷了臉乾脆拉了楊氏出來。「小姑子，這話妳自個兒去說吧，妳生的好女兒，反正我兒媳現在被抓了，立全年紀還小，哪能沒有娘，若是今兒你們不將人給我弄出來，我跟你們沒完！」

刁氏這樣凶悍的話頓時令楊氏心中不滿了，她本來也不是一個好惹的人，性情潑辣得很，不過最近一段時間被崔世福打壓得狠了，又一向心裡向著娘家，才對這個大嫂禮讓幾分，如今看她竟然對自己這樣說話，還想將這事賴給自己一家去解決，誰不知道那衙門朝南開，有理無錢莫進來，她要是將唐氏給弄出來，少不得要花費銀錢打點，剛剛給崔敬忠才娶了媳婦兒，家裡窮得苦哈哈的，她還想蓋棟房子，哪裡有餘力管唐氏那破事。

「大嫂這話說得我就不愛聽了，唐大妞自己偷薇兒的東西被捉了，那是天經地義的，欠債還要還錢呢，她不還錢，官府自然要捉她，又不是我的媳婦兒，我管個屁。我是嫁出門的女兒，潑出去的水，之前有事大嫂都要落井下石，現在更不關我的事，女兒大了都不由娘，更何況薇兒如今跟我可沒什麼關係。」

楊氏一攤手，將事情推了個乾淨，又想到之前刁氏落井下石的情況，崔世福要休了她時刁氏也不肯讓她回娘家，現在竟然還敢威脅她，楊氏心中自然是不大痛快，憋了許久的氣，這會兒一併發洩了出來，衝刁氏翻了個白眼，也不客氣地衝她吼了一句。

一聽楊氏這話，刁氏自然是氣了個半死，頓時也顧不上崔薇了，指著楊氏便罵了起來，開始時還只是兩姑嫂罵，接著那婆子看不對勁，畢竟這事關係到自己女兒，楊氏又不肯負責，她訛不到錢了，自然要將這事算到楊氏身上，也跟著刁氏一塊兒罵了起來。

吳氏看不得女兒吃虧，便夾在中間，幸虧楊氏慓悍，一個罵倆，雖然沒贏，可也沒落下風，不過刁氏有幫手，她哪裡沒有，忙一揮手便招了王氏過來。

王氏因為之前的事情被崔世福父子嫌棄，恨不能夾著尾巴做人，既想討好楊氏，又見如今崔薇這死丫頭竟然發了狠，去告了唐氏，心裡也害怕哪一天這死丫頭也將自己給告了，她沒少欺負崔薇，這會兒自然作賊心虛，想著若是自己在這邊要是幫了崔薇，可也領一下情，不要再追究那銀錢的事，因此自然王氏也站在了楊氏這邊了。

兩家人頓時吵得不可開交，到後來雙方兒子也忍不住了，也加入進來，楊家人多勢眾，但刁氏的丈夫哪裡好出手打自己的親妹子楊氏，因此就楊大郎領著弟弟上前，崔敬懷一看母親要吃虧，也忙跟了進去，崔敬平也幫著拉人，唯有崔敬忠，深怕自己被打到，一面就站得遠遠的。

楊氏被刁氏按在地上，冷不防抬頭就看到了這個二兒子臉上嫌棄厭惡的神色，頓時愣了一下，心裡便是一痛。

那頭刁氏看楊氏不反抗，逮到機會便朝她臉上抽了一耳刮子。

楊氏心裡又氣又怒，對崔敬忠隱隱還有一絲失望，一把翻身起來便將刁氏壓在身下，她年輕時候未出嫁時也是跟刁氏本來就不對付，這對姑嫂好像是天生的敵人一般，如今幾十年後大家兒孫都有了，再是打架，便是要將當年的怨氣都發洩出來一般，一時崔薇門前熱鬧不停。

前一刻這些人還要找著自己的麻煩，沒料到後一刻便都各自扭打成一團了。崔薇嘴角不住抽抽，看著眼前正在上演的激烈武打片，尤其是楊氏跟刁氏的，那打得叫一個激烈，兩人頭髮都散亂了，一凶悍起來果然是撕衣裳拽頭髮的，崔敬平偶爾跳來跳去便在刁氏身上踩上一腳。上回關他在楊家的就是這為了吃羊的刁氏！

崔薇看得眼角不住的抽抽，乾脆轉頭靠向聶秋染，臉湊近他胸口邊，細聲問道：「現在該怎麼辦？」原本這群人是來找她問唐氏問題的，可唐氏的事情還沒解決，這邊就打得如此凶悍，實在是令崔薇有些無語。

她說的話一下子就被眾人的怒罵蓋了過去，幸虧兩人離得近，聶秋染是聽得清楚了，忍不住就笑了笑，一面衝她壞笑著，一面甩了甩自己手中的水桶。

一桶熱開水不能將人淋走，可若是多來幾桶，估計這些人也吃不消了，再不然後頭還有狗呢，現在這些人看樣子是打出真火來了，今兒不掐個你死我活是不可能停歇下來的，聶秋染小時候在孫氏身上這德行看得多了，自然瞭解。

「懶得聽他們吵鬧，讓他們要吵自個兒回家裡去吵吧！」

崔薇這是什麼意思，聶秋染自然明白了，兩人相互看了一眼，都不懷好意地笑了笑，乾脆轉身進屋裡去了。

那頭楊氏等人果然如聶秋染預料的一般，是打出真火來了，抓掐咬揪是百般武藝都使了出來，眾人忙著去拉開這些打架的人，自然沒有注意到一旁聶秋染跟崔薇都不見了，崔敬平卻是注意到了，連忙拉著楊氏要起來，一邊嘴裡道：「娘、娘，快別打了，換個地方再打吧！」他話沒說完，就看到裡頭聶秋染跟崔薇一人一個提了桶出來了。

還應該感謝今天一大早就燒了開水的，現在才能倒得出一些來，雖然每只桶裡剩得不多了，但若是用來嚇唬嚇唬人也不錯。

楊氏被崔敬平拉著，一回頭就看到崔薇兩人提了桶出來，頓時眼皮亂跳，連忙一把起身，也顧不得刁氏趁她離開時揪了她一把，雖然疼得咧嘴角，卻仍是拉了兒子閃開，一邊又伸手去拉了崔敬懷一下，順便在楊大郎身上踩了幾腳，反正別人家的兒子她打著不心疼，刁氏剛剛掐她那一下，正好在她兒子身上報回來！

刁氏看得分明，頓時便要開罵，那頭崔薇已經一瓢熱開水朝她潑了過去，頓時潑得刁氏「嗷」的叫了一聲，連忙往旁邊一跳，捂著臉就慘叫了起來。

崔薇將桶往地上一放，扠了小腰便衝刁氏神氣道：「你們要吵要打閃開些打，再在我門前鬧，我又燒了一大鍋開水，專門用來招呼你們！」

沒料到這死丫頭也如此狠的心，楊氏有些後怕的拍了拍胸口，幸虧以前崔薇沒用這招來對付自己，不過剛剛她還好是閃開了，不然恐怕也得被潑，只是一看到刁氏那捂著臉慘叫，痛得連話都說不出來的模樣，楊氏忍不住解氣地大笑了起來，一邊指著刁氏便罵道：「活該，妳這賤婦就該被潑，妳這出門被車撞，坐船船要沈的鬼東西，老天不收了妳，老娘咒妳不得好死！」

正是過大年的時候，楊氏竟然罵這麼惡毒的話，鄉下裡的人都認為這幾天咒人最是靈驗，刁氏也顧不得捂著自己的臉，頓時又大怒。

聶秋染揚了揚手中的木桶，眾人都嚇了一跳，想到剛剛被潑的兩個婦人，哪裡還敢逗留，忙不迭地轉身跑了。

一下子就清靜了下來，崔薇忍不住靠著門框笑得厲害，聶秋染這傢伙也實在太損人了些，又教會了她一個法子，光是看剛剛刁氏等人的作派，便知道很有用。

笑完了，崔薇擦了擦眼角笑出來的淚珠，一邊進屋一邊關屋，聽著隔壁吵架的聲音，看著聶秋染道：「聶大哥，你將大表嫂給告了？」剛剛刁氏等人鬧騰得如此厲害，她自然是聽出了經過。

聶秋染點了點頭，替她將一縷碎髮撩到耳後，一邊就道：「將她告了，免得她總來找妳麻煩，給個教訓也好，死不了人的，最多挨上幾板子就會放回來，不過苦頭是少不了，往後妳那大嫂也好得個警示，只要再將妳二哥弄走，妳在這邊，有妳爹瞧著，安全得很。」

崔薇聽他這樣一說，心裡也是感激，低垂下頭來，半晌之後才說了一聲謝謝。

一旁崔敬平看著心裡有些酸溜溜的，不過他也知道目前自己要幫崔薇的忙倒還真比不上聶秋染，至少聶秋染想的法子，自己都想不出來，不由有些羞愧，半晌之後才突然抬頭道：「我也要去讀書，以後好保護妹妹！」

一臉堅決的樣子，看得崔薇忍不住笑了出來。崔敬平一向是不喜歡讀書的料，不過他這樣大了，還沒上私塾，也跟崔家沒錢已經供了一個學生有關，若是他自己願意，崔薇倒不介意幫他一把。

聶秋染看了崔敬平一眼，卻是突然間笑了起來。「三郎若是喜歡，倒不必非要唸書，我瞧著你坐不住的，縣裡有一家鏢局，若是你願意，我倒是可以給你引薦，到時你學些本事，一樣可以保護薇兒，若是真有本事了，從軍也是一個前程。」

崔敬平一聽這話，眼睛頓時便亮了起來。

崔薇一聽，忙要拒絕，一聽從軍就不是好玩的，若是出了個什麼事哪裡了得，可又想想這事連影子都沒有，往後崔敬平起了這個念頭再打消也不遲，若是自己現在就拒絕，激發了他的逆反心理，那恐怕便不好了。

這邊幾人有說有笑的，那邊崔家卻是鬧得不可開交，崔世福一個頭簡直是有兩個大，刁氏哭得跟死了老娘似的，今兒去找女兒麻煩，兩個婦人都被潑了開水，燙得不輕，讓他又是想笑又是覺得頭疼。

那廂隔壁的林氏也驚動了，好歹幾個人一起勸著，楊氏跟刁氏才稍微冷靜了一些下來，只是雙方各自都掛了彩，在老娘吳氏以及婆婆林氏的勸說下，楊氏好不容易忍下心頭的怒火，一面領著刁氏進屋換自己的衣裳去了，若是這樣冷下去，說不得刁氏便要受風寒的，幾人一番折騰下來，這會兒早就已經午後了。

刁氏一面穿著楊氏的衣裳出來，一面嫌棄地扯了扯。「我那身濕衣裳可是嶄新的，不與妳換的！」

這一句話說得楊氏又要發火，吳氏連忙瞪了兒媳一眼，嘴裡罵道：「不說話妳那嘴是不是要屁臭？妳要是再鬧騰，信不信老娘今兒打妳？」

刁氏也曉得吳氏的脾氣，見她發火，不敢再鬧了，心裡卻是想著這婆婆果然偏心，自己這個當兒媳的成天侍候她，可偏偏她心裡最維護的還是女兒，頓時臉色就沉了下來。

楊氏氣得有火無處發，鬧了半天，肚子也餓了，回頭便看到一旁站著的崔敬忠夫妻倆，崔敬忠滿臉的冷淡站在一旁，像是跟眾人格格不入一般，一想到剛剛兒子那陌生冷淡的眼神，楊氏心裡又酸又澀。看到孔氏哆嗦著站在崔敬忠身後，她頓時氣不打一處來，剛剛自己這邊人不多，吃了刁氏不少的虧，這二兒媳婦卻是站在一旁只知道哭，也不知道上前來幫她一把手，如今還這副哭喪樣，這大年初三的，哭給誰看，家裡又沒死人！

「妳嚎什麼嚎？妳再哭給我滾回娘家去，一副木頭模樣，娶妳回來老娘是要拿妳供著的啊？如今大家都餓了，還不趕緊滾去做飯！」楊氏指著孔氏的鼻子便一陣亂罵。

孔氏眼睛裡含著淚珠，要掉不掉的，怕得嘴唇顫抖，連忙應答了一聲，趕緊進廚房裡去了。

楊氏心裡的火氣還沒有熄，連看也沒看崔敬忠一眼，想到剛剛他的眼神，多少心裡還是有些難受，又想到崔世福平日與自己說的話，到底是對崔敬忠生出一絲傷心來。

崔敬忠自然看得出來楊氏不痛快了，但他心裡也不痛快，楊氏在外頭跟人打架，實在有辱斯文，若是被人瞧了去，他往後臉面還往哪兒擱？這不是影響他的名聲嗎？瞧楊氏這模樣，竟然像是要他也幫著一起打似的，實在是唯女子與小人難養也！

那頭眾人都稍微冷靜了下來，孔氏很快燒了熱水出來給眾人洗臉，這個兒媳膽子雖然小了些，但好在還算勤快，比王氏不知勤快了多少，楊氏心裡也滿意了些，不過一想到剛剛打架時王氏也幫了自己的忙的，頓時對王氏的怨念也少了不少。

眾人洗了把臉，又重新綰了頭髮，刁氏二人被燙傷了不少，自然免不了又咒罵崔薇一番，聽得崔世福臉色漆黑，一副要翻臉的樣子才算作罷。

唐氏一大早就被衙門裡來的人抓走了，那些人凶神惡煞的，刁氏等鄉下婦人平日連世面都沒見過，哪裡敢去阻攔，也只有在崔薇這兒來鬧上一番。出出氣不說，順便想讓崔薇給些錢，讓他們打點了將唐氏接回來，可是今兒過來卻是出師不順，錢沒要到不說，那聶家的小子如此難纏，歪門鬼道的主意不少，反倒吃了虧，刁氏心裡怒火翻湧，乾脆將氣全出到了楊氏身上。但打了一架，她也看得出來楊氏不可能會拿錢給她接唐氏了，反正那唐氏不是自己女兒，刁氏一怒之下也不管了，唯有唐氏的母親假惺惺哭了一聲，一聽說留在崔家吃飯，頓時也不鬧了。

那邊又重新安靜了下來，崔薇剛剛潑了這些人一回開水，心裡舒坦得無以復加，將飯菜端了出來，幾人吃過飯了，聶秋染怕楊家的人還要過來找麻煩，直到傍晚時看他們自個兒回去了，這才鬆了一口氣。

最後聽崔敬平說，唐氏到底還是放了回來，只是衙門的人來抓過她一回，竟然沒人出錢去保她，頓時衙門裡的人心裡不大痛快，打了她十板子才讓楊大郎將人領了回去，據說當時腿都打折了，屁股血肉模糊，抬回家時人便不是清醒的，吃過這一回虧，唐氏白挨打了一回，欠崔薇的錢還沒有賴得脫，楊家的人也沒有敢再鬧騰，躲都躲不及了。

正月十五過後，聶秋染還是準備啟程了，他走之前來崔薇這邊一趟，崔薇將自己給他包好的幾塊麥醬肉、以及提前做好的十來籃子糖果也一併裝在了裡頭，點心蛋糕等另外拿了個方形的竹框裝，上頭便用白布做的蓋子給合上，既是防灰又是乾淨，給聶秋染做的衣裳正好這會兒天氣還冷，他乾脆穿著便走了，臨走時聶秋染給她叮囑了一大堆，這才拎著東西離開了。

年一過完，崔薇漸漸地又閒了下來，陸續地又買了兩頭產奶的羊，圈裡竟然關了七、八隻了，每日崔敬平便幫著割些草。

崔薇之前便打的想做家具的主意，這年一過，自然又將那曹木匠給召了過來。她之前因為急著要家具，這才只做了簡單的幾樣，如今手裡不缺銀子，家裡空蕩蕩的，便將想要做的讓曹木匠都記了下來。崔敬平現在住的屋子也沒有家具，楊氏雖然說只讓他暫時住兩個月，但就算只是兩個月，反正做家具也花不了多少錢，崔薇便一併做了。

天氣漸漸暖和起來時，村裡的人又開始了播種，楊氏也漸漸忙起來，聶秋染上個月元宵剛過就離開了，二月並沒有回來，到了三月中時才回來，這會兒崔薇家裡已經整弄得差不多了。平日閒得無聊了，崔薇便做些小東西擺在屋裡，屋裡也漸漸多了些家的感覺，不像以前簡簡單單的了。

聶秋染這一趟回來時先走的就是她這邊，崔薇開了門看到他時還有些不敢置信，這會兒天色都已經大黑了，聶秋染的馬車便停在門外，他先是跳下身來，給崔薇招了招手，一邊就往馬車上搬東西，大包小包的不一會兒便擺得滿地都是。

崔薇愣了一下，看到地上擺的東西，一面有些吃驚道：「聶大哥，你怎麼買了這樣多的東西？」

聶秋染自個兒拎了東西便往裡走，一面招呼了還坐在堂屋裡的崔敬平也出來跟著搬，幾人走了好幾趟才將之前聶秋染放在外頭的東西搬進屋裡，堆得滿滿都是。

崔薇拆開一個包裹裡看了看，裡面有頭繩、絹花、以及一些小髮式等物，都是女孩子用的東西，還有一大塊疊得整齊的緞子等，看樣子都是小女生喜歡的東西，崔薇翻揀了兩下，臉色頓時有些發青。

「聶大哥，你這都是給誰買的？」她一邊說著，一邊從包裹裡揀了一個白色絨毛的小簪子出來，這東西像是用兔毛做的，雪白可愛，就算是小簪子，可戴在頭上不只不會讓人覺得成熟，崔薇反倒敢肯定，戴上這東西，一定會拉低年齡。

「給妳的。」聶秋染說完，一面又從胸口裡拿了個盒子出來，打開來看了，裡頭放了一個五顏六色的碧玉手串，一邊說著，一邊示意崔薇將手伸出去，替她戴在了手上。

崔薇感覺到那冰涼的手串戴在手腕上，頓時愣了一下。「全給我的？」聶秋染帶回來的東西全部都是一般小女生愛用的，這樣多的東西，恐怕要花不少的錢，看得出來這一回他進學的地方富貴的同窗不少。

「全是妳的，薇兒，明天戴這個。」聶秋染說完，拿起了那對白色小絨毛的髮簪，一邊衝她比劃了兩下，想了想又將另一個包裹打開，裡頭放了一個粉色裹細白絨毛邊的小披風，他拿了起來，抖了抖，一邊目光閃亮。「來我瞧瞧，看合不合身。」

那小披風後頭還連著個帽子，上頭同樣滾了白毛邊，崔薇有些無奈，剛想說不用試了，那頭聶秋染已經自己將她拉了起來，一邊拿了披風替她搭上，一面連帽子都給她戴上了。

頓時崔薇整個身體都裹在了披風裡，暖和倒是暖和，裡頭夾了棉花，披在身上暖乎乎的，頭上的小白毛柔軟的刷在臉邊，極為舒服，披風下襬以及裹邊處都是拿皮毛給鑲嵌了的，崔敬平看到崔薇這樣子，眼睛一下子亮了起來。「好可愛！」

聶秋染忍不住也露出笑容來，一面又轉身開始朝包裹裡翻了起來，不多時將絹花與那小絨團製成的簪子都與她試了個遍。

崔薇感覺他像是在打扮洋娃娃一般，忍耐了片刻，終於忍不住崩潰了，一把將披風脫下來，一邊取著滿頭的東西。「聶大哥，你趕了一天路，應該餓了吧？吃東西沒有，我給你做點兒吃的。」

聶秋染一看到她臉色漆黑，也沒有再提要給她打扮的事情，忙拉了她坐下來，一邊從懷裡掏出一個小荷包，朝崔薇遞了過去。「這是給妳的。」

崔薇捏了捏袋子裡頭，好像又是銀子，她連忙打開荷包瞧了瞧，果然裡頭躺著一個約有三兩重的銀果子，頓時愣了一下，剛剛聶秋染買的那些東西恐怕都應該有二兩銀子左右了，他竟然還剩得下這樣多，難道臨安城裡頭的人真是錢多得沒處使，請個人幫忙寫作業也要給這樣多錢？

「上回妳給我帶的糕點，我賣給人家了，得了二兩銀子，我又湊了一些，妳放著，下回我再走時給我再做些點心。」聶秋染一邊說完，一邊就衝崔薇笑瞇了眼睛，小姑娘還有些傻愣愣的，催著她將銀子收好了，這才轉頭與崔敬平說起話來。

這樣滿桌子的東西，還加了手裡的銀子，崔薇總覺得有些怪怪的，雖然說聶秋染提了這是他賣糕點的銀子，不過轉頭又看了一眼正與崔敬平說著話的聶秋染，崔薇知道他性格，上次給的五兩銀子都不讓收回去，這回估計他也沒有要將給出來的銀子收回去的意思，因此崔薇有些猶豫地將錢收下來，一邊進廚房裡去了。

聶秋染看她將錢收了，嘴角邊不由自主地露出一絲笑容來。

那頭崔敬平看得真切，不由就道：「聶大哥，妹妹這樣多東西，你有沒有給我也買禮物啊？」他原本只是隨口說說，誰料聶秋染竟然真的從一旁的包裹裡拿了一個小包出來，放到了崔敬平面前，崔敬平打開一瞧，裡面就擺了幾樣糕點，與崔薇這滿桌子的東西一相比，頓時就失了顏色。糕點他現在多的是，崔薇平日沒事就做一些，他吃慣了崔薇做的，外間賣的自然便沒了興致，還是看在聶秋染的分上，拿了一塊起來嚐了嚐。「還不錯，裡面有杏仁片，不過沒有妹妹做的好吃。」

見崔敬平一口就把這糕點裡頭的味道給叫了出來，聶秋染頓時臉上露出笑意來，一邊衝崔敬平招了招手。「三郎，你現在不愛讀書，不如你幫著薇兒學做些糕點怎麼樣？現在薇兒做的糕點在我唸的國學裡十分受歡迎，你若是能學會了，往後說不定還有一場好事等著你呢。」

崔敬平原本一邊嚼著一邊還在批評著，誰料聶秋染竟然說了這樣一句話出來，頓時吃了一驚，吃點心的動作頓時一愣，忙就抬頭看了聶秋染一眼。

兩人正說話間，崔薇已經端了飯菜進來了，看到這情況，聶秋染也顧不得跟崔敬平多說，連忙收拾了桌子，將滿桌的東西全部又收好了放在一旁的凳子上。

崔薇只做幾樣簡單的飯菜，知道聶秋染喜歡吃麥醬肉，她專門切了一些來炒著，家裡如今蔥蒜等物也都是現成的，那院子角落裡的幾樣青菜已經長了起來，崔薇砍了幾根萵筍，拿萵筍稈切了絲涼拌了，那葉子則切了新鮮的肉片一併煮了個湯，沒多大會兒工夫便弄了個三菜一湯。火大了，趁著炒菜的工夫便又做了米飯，她怕崔敬平也跟著嘴饞，因此是盛了兩碗飯出來。

聶秋染也不跟崔敬平說了，一邊端起碗便狼吞虎嚥了起來，那頭崔敬平卻是若有所思的樣子。崔薇將吃飽喝足的聶秋染送出門時，就看到崔敬平神色間像是下了什麼決心一樣，頓時忍不住就笑了起來。她倒沒覺得崔敬平這傢伙能幹出什麼大事來，只是打了水，二人各自洗了腳睡下了。

聶秋染一回來，每日便會過來串串門，而他一來就要挑了絹花等讓崔薇打扮上。在戴著一對白絨毛小團子去林府送過一回東西，一路引了不少人回頭之後，崔薇終於忍不住了，一出了林府門，見到在府外等著的聶秋染時，頓時要扯了這兩支簪子下來。

看到小姑娘黑沈著臉，一邊賭氣似的要將東西扯下來的模樣，實在是可愛得很。聶秋染哄了她不准她將簪子取下來，一面則是接過她手裡的東西陪她在鎮上晃，他連臨安城如今都逛得有些不耐煩了，更何況這小鎮上賣的東西幾乎都是農家裡自己帶來的，不過是跟在崔薇後頭，看她買些菜而已。

也不知啥時候變的模樣，只要是聶秋染在家裡，陪著崔薇來鎮上的便只是他而不是崔敬平了。

崔敬平最近不知怎麼了，非要跟著自己學做糕點，崔薇也不拘著他，更何況崔敬平想學東西也是一件好事，往後有個手藝，在這個世道裡也能謀個生，否則他到現在既不是幫著崔世福下田種地，也不是像崔敬忠一般讀書習字，就算上頭有父母，可自己總也要有個安身立命的本事，他要是學了做糕點，往後也不愁找不到差事。

「薇兒，如今妳做的蛋糕等在我們學院裡倒是有人感興趣，我吃過臨安城好幾家老鋪子的東西，都沒妳做的好吃，妳有沒有想過要在臨安城裡開一家點心鋪子？」兩人出了鎮上，聶秋染手裡拎著一個背簍，走在崔薇身邊，轉頭看了已經快到自己肩頭的小姑娘一眼。估計是出了崔家之後她日子過得越發好了，小姑娘瞧起來粉嫩水靈的，比一開始單薄的樣子看起來倒有肉了些，頭髮也幽黑柔亮，雙頰飽滿了不少，一看氣色就極好。頭上戴著兩個小白毛團子，看起來跟可愛的小兔子一般，他忍不住動了動手指，最後終於沒能忍得住，借著替她整理頭髮的機會，不由在崔薇臉上摸了一把。

「開鋪子？」崔薇倒沒意識到聶秋染吃了自己一記嫩豆腐，這傢伙外表看起來一副溫文爾雅的樣子，其實就是一個絨毛控，還是一個愛給人打扮的，崔薇敢肯定，若是有個洋娃娃遞到聶秋染手上，他一定喜歡！

聶秋染點了點頭，不知道小姑娘心裡陰暗的想法，一邊與她說道：「臨安城裡大概買下一個宅子連鋪面約要二百兩左右，若是租用則便宜一些，但妳的糕點做得很好，我怕到時有人會找妳麻煩，今年先好好賣些糕點掙錢，到時買了鋪子下來，直接開個鋪面。我瞧著妳三哥最近都愛跟著妳學做這些東西，往後妳若是忙起來，正好可以讓他幫妳的忙。」

這句話說得崔薇倒是有些心動起來，買間宅子前面弄成鋪面後面弄成住的地方，大概需要二百兩銀子，這些銀子對於普通人來說無異於天方夜譚，恐怕整個小灣村的鄉民們全部加起來也不一定有這麼多錢。不過崔薇不一樣，這一年來在林府那邊掙了約有六十多兩銀子，加上之前聶秋染給自己的幾兩，現在她手上大概有七十幾兩的樣子，離二兩百說多不多，說少也不少了，若是再真存上一年，恐怕還真會夠。

開個鋪子雖然有些麻煩，不過若是能真尋到一處地方，不只是可以住，又能做些糕點零食賣，最重要的是往後這邊小灣村裡住不下了，她也能再有個去的地方，那實在是最好不過了，更何況還能給崔敬平找個事做，讓他能有個工作，崔薇一下子就心動了起來。

「聶大哥是說臨安城中一棟宅子賣兩百兩左右銀子？」這城中買地的價格真是村裡人不能想像的，村裡的人一般建棟房子二兩銀子左右便能弄一個院子了，城裡卻足足需要二百兩，可這些錢對別人雖然算多，但對崔薇來說，也不是完全沒有希望的。

「二百兩左右，我都替妳問過了，前面可做鋪面，後頭妳可弄個庭院自己住。雖說也有便宜的，但已經是西城，所以我替妳瞧的，都是在東南面一帶的地方。」

自古以來，一般達官貴人所住的便是在東南面，一般平民百姓都是住在西北面，許多人一輩子掙破了頭想往這東南面擠，但若是沒有些關係與臉面，就算是有家財萬貫也不一定能買得到那地方的位置。崔薇對這個道理一開始還有些不大明白，但聶秋染給她解釋過後，她則是一下子就明白了過來。

先不說平民百姓跟達官貴人間的地位差別，而她賣糕點既然圖個新鮮，味道又好，自然就不是一般平民百姓能買的，若是偶爾買來嚐嚐鮮就罷了，可若是買幾塊糕點動輒要一兩銀子，恐怕不少人都捨不得那個錢。就拿林府來說，他們是財大氣粗，自然能時常買崔薇的糕點與奶糖吃，可若是換了一般的村民，一聽到那些銀子，怕是想也不敢想了。

在東南面若是能買到宅子，只要她的點心味道好，便不愁沒有人過來買，從林府的人身上便能看得出來，這些人只要是好吃的，便不吝嗇銀子的，往後不愁發不了財。若是真能有了錢，以後在臨安城安家落戶，找個關係上了戶籍，說不定還能離楊氏等人遠遠的！

這大慶王朝也講戶籍制，這也是為了防止黑戶以及一些不上稅的人制定的，每隔幾個月便有人查上一次，若是黑戶一般都照奴隸算，這也是崔薇後來有了錢，可也不敢離開小灣村的緣故，若是因為一個黑戶而被人拐了，那才真正是叫天不應，叫地不靈了。

一路上因為聶秋染的話而存了個心思，崔薇回到家時看到崔敬平在廚房裡學著做糕點的模樣，忍不住就笑了起來。

聶秋染與她說過那話之後，雖然崔薇沒有給過他確定的答覆，但兩人都好像無形間有了一個默契般，聶秋染走時又帶了不少崔薇做的東西離開，這一趟他回來在家裡的時間並不多，孫氏不由只得感嘆起自己像是給別人養了一個兒子般，心裡雖然不滿意，但到底因為有聶夫子的警告在前，不敢再去找崔薇麻煩。

第四十八章

崔家那邊楊氏估計也真怕自己養的兒子最後跟她離了心，雖說這一趟崔敬平回來之後對楊氏冷淡了不少，但楊氏心裡還是想與兒子回復到過去的關係，因此天氣稍暖，便忙又找了人過來修宅子。

這下子她不敢再往崔薇這邊打主意，之前便因為這個事而與丈夫鬧翻，險些被休，又差點兒失去了一個兒子，楊氏哪裡還敢過來。連忙就在原本崔世財那邊修房子的地方又重新開始建起房子來，反正那兒本來牆壁就是弄好了大半的，而且她現在建的是自己的地方，又不是將崔世財家的房子給拆了，若不是因為劉氏當初一鬧，她哪裡可能最後險些失去了一個兒子。

一想到這些，楊氏心裡便止不住的怨恨，哪裡還管劉氏痛不痛快，專門令人在原地又蓋起房子來，兩妯娌幾十年來雖然沒有真正親如姊妹，但也從來沒有鬧得這樣僵過，這一回雙方險些大打了一場，如此影響得崔世福兄弟也尷尬了起來，兩家幾乎不再來往。

而崔家的事情崔薇現在並不去搭理，她開始教崔敬平做糕點，不知道是不是崔敬平真在這做糕點上頭下了苦功，還是他本來就有天賦，雖然做的糕點味道沒有崔薇的好吃，但比起上回聶秋染從臨安城帶回來的東西卻不知好吃了多少倍。

聶秋染每個月回來一次，還給她帶上十十兩銀子左右，小半年下來，崔薇本來手裡只得七十多兩銀子，加上自己賺的，如今已經存到約有一百三十多兩，離聶秋染所說的二百兩銀子也不遠了。

六月時是崔敬平的生日，他今年滿十二歲了，去年他過生日時崔薇還沒有搬出來，自然不可能給他辦一桌酒席，今年情況不一樣，他過生日時又正好碰著趕集的日子，兩兄妹乾脆早早的就起了身，去鎮上買了不少的菜。

崔敬平心裡也是興奮，一路嘰嘰喳喳的，自從去年他跑過一回之後，還很少看到他這樣歡快的樣子，崔薇一面含著笑和他說話，一面挑了不少菜就放到了背篼裡頭。如今正是地瓜成熟的季節，這種地瓜不同於現代時被稱為紅苕的地瓜，而是一種甜甜的，水分也多，長在土裡，跟水果差不多的東西。

此時人愛用這東西來炒肉，不只是甜，而且還脆，崔薇稱了好大一筐，剛一拿到手，崔敬平便取了個小地瓜，撕了皮便咬了起來。

這一趟趕集王寶學跟聶秋文二人都沒有跟過來，估計聶秋染時常過來找崔薇，孫氏雖然不敢明著來找碴，但心裡卻仍是不舒服的，因此特意不讓小兒子過來。崔敬平也不以為意，他如今一天到晚跟著崔薇學做點心，哪來時間跟那倆小的廝混，王寶學最近年紀不小了，他娘估計看到聶秋染的模樣，有意送他去學堂，因此現在都將他拘在家裡頭。

兄妹二人剛回屋，崔薇忙不迭便要將昨日裡收的髒衣裳先拿去洗了。現在時間還早著，煮飯時間也快了些，崔敬平擱下東西拿了桶便出去挑水了，兩兄妹各忙各的，崔薇搓了衣裳回來，便看到崔家大門前圍了一大群人，王氏拍著大腿站在門口哭，依稀能聽到「小偷」的字樣。

崔敬平這會兒正在家裡給羊擠奶，一看到崔薇進來忙洗了手便將羊奶提進了廚房，出來時幫著崔薇晾衣裳，一邊就與她說道：「一大早大嫂就喊著哪個偷了妹妹妳幫大哥做的新衣裳，現在還喊著捉賊呢。」他一邊說著，一邊朝崔家那邊揚了揚下巴，又道：「娘還說米也沒有了，說是被偷了好幾升，連米缸都被鏟空了！」

倒是雞鴨之類的還沒被人捉走，也不知哪個人跑來偷東西會偷米和衣裳的，就是要偷也應該偷比較值錢的雞鴨等物，那小偷倒也好玩，只偷了不大值錢的東西，倒真是讓人奇怪。崔薇搖了搖頭，也沒放在心上，雖然被偷了東西很是火大，不過損失的又不是什麼特別貴重的，因此外頭罵了一陣之後，漸漸聲音就歇了下來。不過小灣村裡一向很少發生這種偷盜東西的惡劣事件，還是引得不少人心裡跟著有些忐忑了起來，就怕有人趁趕集時又來偷東西了。

中午剛在做飯，那頭聶秋文兩個還是來了，已經有好長段時間沒有看到了，兩個小孩子都分別變了些，聶秋文一來便抱怨個不停，連帶著平日話少的王寶學拉著崔敬平便是一陣訴苦。他娘不知抽了哪門子的瘋非要他去讀書，最近天天讓他在家裡，給他新買了書本三字經等讓他看，現在王寶學大字不識一籮筐，看到這些就一個頭兩個大，偏偏一向寵他的劉氏卻不肯依他了，就是王寶學還不會識字，也非要讓他拿紙來描著，總要讓他學會寫了才成，王寶學肚子裡自然是一汪苦水。

崔敬平聽得不時捧腹大笑，客廳裡不時傳來歡樂的笑聲，崔薇正做著飯時，聽到客廳裡的聲音忍不住便也跟著笑，正準備將最後一道菜下鍋，那外頭便傳來敲門的聲音，黑背不安分地拱起身，嘴裡發出「嗚咽」聲。崔薇將手在圍裙上頭擦了一下，這才跑出去開門，就看到楊氏臉色有些不好看，一邊道：「三郎呢？今兒他生日，我買了些菜……」

「娘，我不回去了，你們自己吃吧。」崔敬平從屋裡出來，衝崔薇使了個眼色。

鍋裡如今正燒著，崔薇也沒有跟楊氏多說，只衝她點了點頭，便自個兒進了廚房裡，鍋已經被燒得火紅了，連忙放了油下去，又倒了乾辣椒以及花椒等，將早已經切好的泡椒也倒了進去，再拿早就切了脫過水的雞肉一併扔進去翻炒幾下。崔薇手上動作不停，一面則是聽著外頭的動靜，黑背嘴裡不停發出叫聲，崔敬平安撫了幾句之後，外頭才漸漸沒有了聲響。

勾了些豆瓣進鍋裡，又切了些酸蘿蔔以及泡菜等，再將洗乾淨的雞內臟也一併放進鍋中，酸辣的香氣頓時便飄了出來。

外頭傳來關門的聲音，崔敬平跑到廚房來，吸了吸鼻子，一邊朝鍋裡望了一眼。「妹妹煮的什麼？好香啊。」

平日在家裡頭崔薇倒很少做一些雞鴨來吃，那東西收拾著麻煩不說，而且最重要的是崔薇不敢殺雞鴨。今兒買回來還是讓那賣雞的幫忙殺的，崔薇帶回來直接宰成幾塊就行了。

鍋中還燉著酸蘿蔔鴨子湯，早在出去洗衣裳前便已經燉上了，算算時間已經有一個多時辰了。崔薇見到崔敬平進來，連忙洗了個碗給他盛了一碗湯遞過去，一邊道：「三哥嚐嚐。」

崔敬平接過來，吹了兩口，便一口氣喝盡了，一邊眼睛閃亮。「好喝！」鴨子與泡蘿蔔燉在一起味道配得剛剛好，裡頭酸蘿蔔與辣椒泡在一起，湯裡帶了些微辣與花椒的香味，喝著極其過癮。崔敬平一口氣喝罷，忍不住舔了舔嘴，這才將碗放下來，自個兒坐到了灶邊。「娘過來是讓我去吃飯的。」

楊氏那表情一看就知道了，崔薇點了點頭，臉上並沒有不高興的神色，崔敬平看了才鬆了一口氣。

崔薇自個兒洗了碗也舀了湯嚐，確實很美味，不過倒是少了些鮮味，她一邊放下碗，一邊趕著崔敬平道：「三哥，你今天生日，去陪聶二哥他們玩吧，這湯裡要是能加一些調味的就好了。」她說到這兒，頓時心裡一動。「三哥，這河溝裡我瞧著不少小蝦米，咱們下午去抓一些熬蝦醬吧？」

崔敬平生在六月的時候，這會兒天熱，天氣又陰晴不定的，前幾天才下過一場大雨，剛剛溪水漲了些，裡頭跑了不少的小魚蝦出來，大概只有指關節長短一條，溪水裡到處都能瞅得見，一聽說有吃的，崔敬平頓時來了興致，一邊站起身來。「哪裡用得著下午？反正現在還沒有吃飯，我跟聶二他們出去，保證不到兩刻鐘便給妳弄一簍子回來！」

這幾個傢伙好久沒出去玩過了，崔敬平最近天天在家裡跟著崔薇學做糕點，時間長了他也有些熬不住。崔薇往鍋裡瞧了瞧，又拿鍋鏟戳了戳鍋裡的雞肉，那肉還有些硬，此時的雞都是土雞，不是後世時的催熟雞，根本不是一會兒工夫便能弄得好的，說不定他們弄了蝦子回來，時間快一些自己熬好了添在鍋裡也不礙事，不過是晚些時候吃飯而已，反正又沒旁人，怕什麼。一想到這兒，崔薇忙就點了點頭。

崔敬平一看她同意了，頓時歡喜得跳了起來，連忙出去喚聶秋文二人去了，幾個傢伙拎了一個乾淨的木桶與簸箕便往外走，崔薇叮囑他們玩了回來記得將木桶洗乾淨。

灶裡塞了玉米核，這東西能燒得久，而且就是燒完了還能用這個當炭，正好用來熬著鍋裡的湯和煮的雞肉，崔薇這邊的廚房雖然比起崔家那邊的建得寬敞，但這會兒六月的天氣到底熱得很，她也不耐煩在廚房裡久待，連忙就出來。想著之前聶秋染給自己帶回來的緞子，這樣幾個月的時間她教崔敬平做糕點也一直沒有碰過，乾脆現在就取了出來。

這緞子是粉紅色的，在這個時候織布工藝可還沒有印花的，若想要花紋，就得自己繡了，這個顏色實在太粉嫩了，用來做衣裳崔薇都怕自己穿不出去，想了想便準備用這東西來做個蚊帳。現在天氣熱了，鄉下裡蚊子本來就多，雖然說她家裡收拾得乾淨，房間裡也空蕩，不像崔家那邊，楊氏在屋裡堆滿了東西，一看過去便陰沈沈的，晚間蚊子飛得吵著都睡不著。

而這邊就是再乾淨，可也免不了有蚊子，平日睡覺之前雖然崔薇會拿草將屋裡熏一次，可到底晚上睡得還是不大清靜，若點了煙又熏得人睡不著，這些緞子足夠她做兩頂帳子還有餘了。雖然說她不好意思用如此鮮豔的緞子做件衣裳，不過能做成個蚊帳也是不錯的。剛剪了緞子沒多久，又進廚房裡添了道柴翻了次鍋，崔敬平幾人就提了桶回來了。

收穫還真是豐富，估計以前沒少去弄這些小魚蝦，竟然這樣一會兒工夫就弄了一大桶回來，幾人褲腿都濕了，滿臉的興奮之色，崔薇也顧不上弄自己那點兒東西了，提了這些小蝦便進了廚房。先是養著倒了滴化開的油進去，過沒多久，水便變得渾濁了不少，崔薇又拿清水淘洗過幾次，每次都滴幾滴熟豬油進去，不多時水裡便乾淨了許多，看樣子今兒中午是嚐不到這蝦醬了，恐怕要放上半天才行。崔薇又看了看鍋裡，乾脆讓崔敬平幾人洗了手，一邊幫著端了飯菜便上桌。

午後聶秋文二人都被孫氏等人逮了回去，崔敬平這段時間做奶糖做得極為上手，他一吃完午飯小夥伴們一走，自個兒便鑽進了廚房中，晌午後崔薇這邊裡竟然來了個客人。

孔氏過來拜訪時，一臉羞答答的模樣，看起來靦覥不愛多話的樣子，穿著一身淺藍色衣裳，袖口與衣襟邊還繡著花朵，頭髮綰成一朵髮髻，上頭還戴了一支木釵，樣貌倒是不錯，難怪楊氏會替崔敬忠討了她。不過崔薇跟崔敬忠之間如今可沒什麼好說的，跟孔氏倒也見過幾回面，但每回一看到連五句話都沒說上，也不知她怎麼就往自己這邊過來了。

孔氏一等崔薇開門時便與她福了一禮，嘴裡輕聲道：「今兒是小叔叔的生日，娘特意吩咐我端些菜給小叔叔送過來，以前還沒好好跟小姑子見過禮呢，娘便派我過來了。」

事實上真正的原因是楊氏自個兒跟崔薇之間關係尷尬，而崔敬平如今明顯跟她生疏了不少，恐怕她送東西過來會被崔敬平送回去。兩個兒媳之中崔薇不知有多討厭大嫂王氏，而王氏也怕崔薇，躲還來不及，哪裡敢主動湊過來，因此才喚了孔氏過來送東西。

這孔氏外表瞧著溫溫柔柔的，也不多言多語，性格也極膽小，崔薇看了她一眼，便見她將頭低了下去，臉上露出一絲徬徨與失措之色來，如同一隻受驚過度的小鹿一般，抬起一雙眼睛，怯生生地盯著崔薇瞧，像是自己欺負了她一般……

崔薇皺了皺眉頭，一邊往廚房裡喚了崔敬平一聲，雖然說討厭崔敬忠，不過她跟這孔氏也沒什麼冤仇，人家好歹是過來送東西的，崔薇側了身子便讓孔氏進來。

那原本睡在角落裡正攤開四肢睡得極熟的黑背，一聽到響動聲，連忙朝這邊看了一眼，接著瘋狂的大叫了起來。

「汪汪汪！」

孔氏之前瞧見過黑背的凶悍，以前也沒看到比牠還更大的狗，見牠凶神惡煞的樣子，頓時嚇得尖叫了一聲，臉色煞白，身體哆嗦的發起抖來，手裡提著的籃子「啪」地一聲落在地上，那裡頭放著的碗一下子便摔了出來，頓時摔得四分五裂，裡面裝著炒得肥膩的肉也跟著灑了出來。孔氏一見這樣的情景，身子便抖得如同秋風中的落葉一般，像是馬上就要昏厥過去似的，眼眶裡淚珠在打轉，竟然「撲通」一聲，一下子跪在了崔薇面前。

「妹妹，這碗、這碗破了，能不能不要告訴婆婆，不要告訴婆婆是我……」孔氏說得像是楊氏平日打了她一般。

崔薇嘴角不住抽了抽，連忙朝一旁跳了過去，一邊皺了眉頭道：「二嫂先起來吧，妳又不是有意的，娘一向寵二哥，又如何會責備妳。」

孔氏聽她這樣一說，連忙抹了抹眼淚，一邊應了一聲，拎了裙襬這才站起身來，一邊小心翼翼地看著黑背，一邊拿了竹籃將碗筷又撿了進去，她手上沾了好些油，崔薇連忙去打了水過來給她洗，正好就看到孔氏目光在她院裡溜了一圈，也沒看到她眼中露出貪婪之色，崔薇這才鬆了一口氣。待孔氏洗過手之後，讓她將籃子放在院中的石凳上，一邊領著她進了屋中。

孔氏過來是送飯菜，不過她又沒有說要走的意思，崔薇便讓她進來坐坐，等會兒至少也要讓她給崔敬平親口說一聲，畢竟她是奉楊氏之令給崔敬平送吃的過來。

孔氏一進屋裡眼珠便轉了轉，落到崔薇之前做的帳子上，頓時眼睛便是一亮，嘴裡不由自主地驚呼。「好漂亮的綢緞。」她說完，像是也覺得有些失態一般，連忙低垂下頭來，撩了撩臉頰邊的髮絲，細聲細氣道：「我以前未出嫁時，小的時候爹曾給人做過西席，也曾見過緞子，但倒沒瞧過這樣的好緞子，還望妹妹不要笑話我才好。」

這孔氏看起來溫文爾雅的，說話也細緻，看她剛剛撿飯菜的情況，也不像是個懶散的人，不過不知道是不是因為崔敬忠的原因，崔薇實在是對她生不出親近之意來，聽她這樣一說，只是微微笑了笑，也沒搭話。

那孔氏倒像是有話要與她說一般，猶豫了一下，才突然開口道：「最近有一件事，不知妹妹聽說了沒有？」她說完，抬頭飛快地看了一眼崔薇的臉色，見她並沒有要接自己話的意思，不由有些難堪，猶豫了一下，面色又脹得通紅，一邊低頭輕聲道：「最近村裡的夫子與夫君作保，說是憐惜夫君乃是難得讀書的好苗子，欲修書一封至縣裡，縣裡有個私塾夫子與他極有交情，據說是個舉人，想將夫君引薦到縣中去……」

崔薇跟孔氏又不怎麼熟，因著崔敬忠的原因，她甚至平日連跟孔氏說話都極少，沒料到她現在竟然會跟自己說起這些事，若不是她有所求，便必是崔敬忠逼著她想要達成什麼目的。一想到這兒，崔薇不由想起頭一回見孔氏時，崔敬忠自認為有骨氣出了家門，想回去卻讓孔氏跪在門口求情的樣子，心裡對這孔氏也不由有些同情了起來，只是就算有些同情，她也並未開口，反倒是盯著孔氏，看她接下來還要再說個什麼。

「只是之前爹生了夫君的氣，也是我不賢，沒能勸解夫君，也沒能侍候得公婆消氣，以致爹如今還有些心結，對這事便不同意，我實在是沒有法子了，便想著來求求妹妹，想請妹妹幫著美言幾句，我實在感激不盡。」孔氏說完，扯了扯裙子又要往下拜。

崔薇皺了下眉頭，一邊站起身來，衝孔氏笑道：「這事我年紀還小，恐怕幫不上二嫂的忙了。我去瞧瞧三哥弄好了沒有，二嫂有話跟三哥說嗎？」

孔氏見她並不接自己的話，頓時低垂下頭，眼淚忍不住險些滾出眼眶，一邊胡亂抽了帕子擦著，一邊便搖了搖頭，崔薇也沒看她一眼，忙就出了客廳門，站在院中衝廚房裡喊了幾聲，不多時，崔敬平洗了手出來了。

孔氏本來只是奉楊氏的命令過來的，哪裡有話跟他說，這會兒將話帶到，又說自己灑了飯菜對不住崔敬平的話，連忙就退了出去。

等她一走，崔薇這才嘆了口氣，不知楊氏怎麼千挑萬選的，竟然挑了這樣一個兒媳婦，跟水做的似的，動不動就哭，連對她這個小姑子竟然也三番四次的要下跪，膝蓋也實在太軟了些。不過這孔氏性子如此軟綿，配上崔敬忠那樣自大的，倒也是天造地設。

她也懶得再想這事，本來想繼續做帳子的，誰料走到裝針線的籮筐邊卻發現有些不大對勁，她之前裁出來的一塊緞子原本準備用來做枕頭套的，這會兒卻是不見了蹤影，崔薇之前也是趁著做飯的工夫弄的，只當自己是記錯了，因此搖了搖頭，也根本就沒將此事放在心上。

崔家那邊鬧了幾天，聽崔敬平所說，崔敬忠不知從哪兒聽到那村裡的夫子說願意給他引薦，將他送到縣裡讀書的，崔敬忠便想著這次考試，自己本來抱了那樣大的希望，可惜最後中秀才的是那個年紀比自己還小的聶秋染，而不是比他多讀了許多年聖賢書的自己，頓時心裡就有些不大痛快，認為自己就差夫子不如聶秋染，若是當初自己也能進縣裡讀書，說不得現在中了秀才的就是自己了。

進縣裡讀書本來是一件好事，不過崔世福之前對這個兒子失望透頂了，尤其是後來他表現出來的一些冷血與刻薄，更讓崔世福心裡對這個兒子極為不滿，事到如今，崔敬忠竟然一句歉疚的話也沒跟他提，雖說父子間沒有隔夜仇，但像崔敬忠這般做了這樣令人失望的事最後卻提也不提一句，卻是令崔世福心中有些不滿，也開始跟他賭起氣來。

崔敬忠心裡既想去縣裡讀書，又見崔世福不肯鬆話，深怕崔世福讓自己去種地，而他又放不下臉面，這才將主意打到了孔氏身上，可鬧了幾天，越發令得崔世福寒了心，更加不肯出銀子給他去縣裡讀書了。一邊是丈夫，一邊是兒子，雖說這個兒子有些不爭氣令楊氏也心裡不舒坦，可到底是自己身上掉下來的肉，哪裡就能真的記恨他，自然便夾在中間為難。

因著這事，崔家近日天天熱鬧得跟過年一般，崔敬忠倒是想給崔世福一個厲害看，可他手中一無權二無錢，既無米糧又無棲身之所，除了一個孔氏，他竟然無路可去，自然唯有依靠崔世福了，手裡沒錢，連肚皮都填不飽了，骨氣自然也不值一文。

崔世福一開始還只是有些賭氣，可時間長了，見兒子這個要錢的比自己這個出錢的還要厲害，那氣焰十足不說，而且還盛氣凌人，他現在有求於自己人都敢擺出這等模樣，他日若是崔敬忠真的中了秀才，等往後自己年老了，要依靠他時，豈非他的下巴要翹到天上去了？一想到這些，崔世福也寒了心，硬是不肯答應讓崔敬忠進縣裡讀書。

崔家裡鬧得不可開交，足足鬧了一個月，崔敬忠自認自己往後是有大出息的人，崔世福要依靠著自己，自然不肯率先服軟，他一如此擺出架勢，崔世福心裡肯定也不甘，乾脆也狠了心不搭理他，這樣吵吵鬧鬧的，楊氏每日被鬧得筋疲力竭，連崔敬平都顧不上了，除了隔壁吵了一些，崔薇倒真是平靜的過了一個月。

月中時，聶秋染回來了，一回來便給崔薇帶了接近有二十兩的銀子，其實有十三兩是崔薇的糕點賣的錢，而其餘幾兩是他替人抄書，平日閒暇時替人寫書信以及賣字畫掙的，崔薇想到他這些日子以來給自己的銀子，竟然比她一個人當初賣給林府點心時還多了一大半，加上這二十兩銀子，都足有一百五十兩左右了！

崔薇心中多少有些不安，要買店鋪是她的事情，用聶秋染的關係幫著找鋪子便也罷了，如今點心奶糖等都靠他幫忙賣，這也實在是有些太過煩勞他，再加上他現在給自己的銀子除了賣糖果的，多的還不少，就算這些奶糖按林家人給的價錢算，到現在為止掙的一百來兩銀子中，恐怕也只有三十來兩是自己的，剩餘的竟然全是他的。

「聶大哥，你將銀子全給我了，以後你自己要用怎麼辦？」雖說一想到能開個店鋪往後搬過去崔薇也高興，不過欠了聶秋染這樣多錢便不說了，那人情債可不是好還的，比錢債還要厲害得多，到時要怎麼還？崔薇心下有些不安。

那頭聶秋染卻是拿了根髮繩出來，動作笨拙地替她綁了幾下，也許手勢還有些生疏，崔薇的頭髮如今又到腰下了，被他扯斷了好幾根，一陣生疼，頓時火大了起來，哪裡還記得剛剛想問他銀子的事，頓時要將頭髮搶回來。「不要鬧了，我下次做個洋娃娃送你！」

聶家也有兩個姑娘，他偏偏不愛玩，每回都來折磨她，一摸到自己頭上，果然不知什麼時候又簪了朵小絹花上去，那小辮上的髮繩都用兔子毛裹了邊，一摸上去毛茸茸的。崔薇鬱悶得要死，一邊摸了摸腦袋，想去解辮子，又怕一解下來聶秋染又想給她梳其他的，手一剛摸上去便又作罷，瞪了他好幾眼，聶秋染目光不時在她頭上徘徊，一看就是蠢蠢欲動的模樣，崔薇警惕地離他遠了一些。

聶秋染這才微不可察地嘆了一聲，表情一整，又變得溫和俊朗，一邊道：「薇兒如今手裡銀子有多少了？」

崔薇手中的錢幾乎都是聶秋染給的大半，剩餘的五十來兩估計他是不知道的，不過崔薇也不怕他當真聽到自己手中有銀子便生出心思來，若是他早有其他主意，當初也不必將銀子每個月都回來交給她了，因此想了想便小心翼翼道：「約有一百五十兩了。」

聽了這話，聶秋染點了點頭，臉上絲毫沒有露出吃驚之色來，想了想就道：「我回去找我爹借三十兩銀子，我手裡還有一些，算算應該能湊得上二百兩了，差的再想辦法，這趟我回臨安，妳乾脆跟我一道吧！」

他這話的意思竟然是直接進城買房子了，崔薇吃了一驚，連忙道：「真的？可是聶夫子怎麼會借給我？」上回聶秋染說要娶她，聶夫子還不情願，這回又怎麼可能借錢給她？不過崔薇倒是沒有料到，聶夫子那樣一個不苟言笑的人，手裡竟然存了這麼多錢。

「誰說借給妳了？」聶秋染看了她一眼，一邊取了個杯子倒了杯羊奶朝崔薇遞過去。

這羊奶都是每日現擠現煮的，為的就是怕這天氣熱，到時羊奶會變味，雖說崔敬平等都不愛喝羊奶，可是聶秋染跟崔薇倒是挺喜歡的，平日崔薇都要煮一些。而且堅持喝著羊奶過了大半年的時間，崔薇到現在也看出了效果來，她身高長了不少，而且身上比之前有力一些，不像以前揹著一些東西便渾身累得大汗淋漓。而多餘的羊奶用來洗澡洗臉等，肌膚變得又白又嫩。

聶秋染看小丫頭一臉健康的模樣，小臉上透出紅暈來，嘴唇嫣紅，配上那頭青幽幽緞子般的秀髮，上頭梳了兩個包包頭，餘下的頭髮紮成辮子，上面兩個毛茸茸的髮繩搭在胸前，不知有多可愛了，只是崔薇不肯讓他重紮辮子，看起來那頭髮稍微凌亂了一些。聶秋染有些遺憾地低下頭來，看自己剛剛說了一句話，崔薇有些等不及想說話的模樣，接著慢吞吞地開口。「不借給妳，我找爹借。」

崔薇一聽到這話，頓時愣了一下，臉上現出迷茫之色來，下意識地接過羊奶喝了兩口，聶秋染才接著道：「我就說要與同窗交遊，總要花上一些，我爹會同意的。」

崔薇沒想到聶秋染竟然也會一本正經的說要找聶夫子借銀子的話，頓時愣了半晌，又想到隔壁還在鬧著的崔世福父子倆，頓時有些猶豫起來。「聶夫子會同意嗎？要不以後再說吧，反正最多再等半年時間。」她不想欠聶夫子人情，就算是在他並不知道的情況下。

「我這回正好問到一個小宅子，正巧位於東南交匯處，是一個正五品的同知，如今任職期滿欲回京中復職，這才想將宅子出售。」臨安城雖然說大不大，可是說小也不小，不過若只是一個知縣，在當地恐怕還混不出名堂來，如同當初的林老爺便是，就算最後能弄到一些銀子，也不過回老家享福而已，卻沒有在臨安城落戶下來。一般在那個地方能買得到房子的，除了有錢之外，還得有權，碰巧聶秋染同窗之中有一個與他交好的身分不凡，靠他遊說，才知道有這樣的一所宅子。

那同知走得急，京中調令都已經下了，恐怕離開就是在這一個月左右，這正五品的官在臨安城算不得什麼，他買的宅子也並不大，只約有三進的院子而已，有個小花園，在一應達官貴人中實在算不得什麼，可也正因為這宅子不大，他才賣得不高，再加上有聶秋染同窗相助，因此價格才又更便宜了些。若是錯過這一回，往後想要再買這樣地方的宅子，便難上加難了，否則聶秋染也不會提出找聶夫子借錢的話。

要知道聶夫子手裡雖然有銀子，可照聶秋染所估計，就算聶夫子手裡有些銀子，也最多不過三、四十兩左右，他這些年替人做西席，一個月束脩最多也就半兩銀子，這在小灣村來說已經算不少了，可要存下來卻著實存不了多少，逢年過節再有主家賞賜一些，還得拿回家供孫氏等人嚼用的，剩餘的便根本不多了。

聶秋染自小讀書厲害，許多夫子就寧願教這樣的孩子，容易揚名立萬，他自小到大倒是聶家裡最少用聶夫子銀錢的人。聶秋染稍大一些，自己賣字畫或是替人抄錄書本等賺銀子，聶夫子對他使的銀子不多，這也是聶夫子到後來他說要娶崔薇時沒有多大反應的原因之一，畢竟兒子大了，連吃穿用度都不能遏制得到他，自然對他便少了底氣干涉，這也是他與崔敬忠完全不同的地方之一。

崔薇不知怎的，本能就是不想去找聶夫子借銀子，一聽到聶秋染這樣說，雖然心裡也有些意動，但仍是搖了搖頭，總歸不太願意找聶夫子，她有預感，若是找了聶夫子，往後自己恐怕還有麻煩。

聶秋染見她抿著嘴搖頭的樣子，有些無奈，不過想了想仍是讓她一塊兒此趟隨他進城，反正差不差錢，進了城再說，大不了到時再想其他法子就是。

第四十九章

心裡記掛著自己的事情，崔薇這兩天乾脆就開始做起各種點心蛋糕來，奶油等物如今的她雖然做不出七彩的顏色，但大部分原因是因為沒有果醬加入到裡面而已，若是能有果醬，也不是調不出其他的顏色，不過奶油的味道卻是已經很純正了，崔薇也怕壞，只做了約十個，準備這個是用來送禮的，順便試看看古人的口味喜不喜歡。

這回守家的仍是崔敬平，如今崔家裡鬧得不可開交，崔敬忠一天到晚要死要活的，楊氏等人根本沒有工夫來找她麻煩，更何況上次楊氏騙了崔敬平以致崔敬平逃離家之後，楊氏便是被嚇壞了，應該不大會再來鬧事。一想到這些，崔薇心裡自然更加放心。

聶秋染那邊既然決定要帶她進城，原本準備再在家裡待上幾天的，可這回便說有事要回城裡，因此提前了幾天準備離開，以便到了臨安城，能帶著崔薇好好逛一逛。

那廂崔家人還吵得不可開交，這邊天色剛剛濛濛亮時，崔薇便已經收拾了東西裝了滿滿幾個大竹筐了，一些蛋糕等物都是裝在竹筐裡的，上面用倒扣過來的竹籃子一蓋，也不怕東西壓下去會被壓壞，聶秋染的馬車停在門外時，早已經準備好的崔薇連忙就出去將門給打開了。聶秋染從馬車上跳了下來，將馬拴在一旁的大樹上，屋門也沒掩，黑背回頭看了崔薇一眼，得到她首肯後這才撒歡跑了出去。

「聶大哥過來了，吃早飯沒有？我剛煮了羊奶，再配些蛋糕嚐嚐吧。」這會兒天色還早著，現在趕路四周黑漆漆的連人都沒有，這村子四周到處都是墳場與田野，女孩子心裡對這些東西是本能的犯怵，自然希望能等一下再出行了。

聶秋染看了她一眼，也沒推辭，乾脆進了屋來，見崔薇頭髮簡單紮成兩條辮子，頭上乾乾淨淨的，越發襯得那圓細的小下巴似是上好的玉石般透明可愛，他皺了下眉頭，接過羊奶喝了，這才道：「頭上太素淨了，姑娘家總得要打扮打扮。」一邊說著，一邊自己就開始四處找起了梳子來。

崔薇見他這樣子，頓時眼皮跳了跳，忙就要拒絕，不過看聶秋染抿著嘴唇，眼神認真的樣子，想到若讓他給自己梳頭，不說他動作如何，恐怕最後不知要被捆成什麼樣了，乾脆自個兒找了梳子三兩下將頭髮捆成兩個包包頭了，又拿那雪白毛絨的髮圈在兩個髮包上纏了一圈，頓時便如同頭上長了兩個雪白的圓耳朵般，聶秋染才滿意了。

那頭崔敬平一邊燒著水，一邊有些保證似的對崔薇道：「這趟妹妹只管去，誰讓我走我肯定也不走了，要是有誰再來拆院子，我讓黑背咬他！」

上回的事看得出來崔敬平到現在心中還有些內疚，其實崔薇心裡本來也沒怪過他，聽到他這樣一說，不由伸手就想摸下他的腦袋，只是她還沒這麼做，聶秋染手已經伸過去了，順便在她頭上也摸了一下。

兩人磨蹭了一陣，瞧著天色也不早了，聶秋染幫著崔薇將大包小包的拎上馬車。如今聶秋染在城中唸書了，為了兒子能時常回家，聶夫子原是想專程給他弄個馬車，誰料沒等他動手，這一切聶秋染自己就已經辦好了。

崔薇將家裡的一百多兩銀子帶在身上，又給崔敬平留了一百多銅子兒，雖說崔敬平住在家裡也是不愁吃喝的，不過也怕他自己平日裡嘴饞了想吃肉，這些錢正好拿去買肉吃，或是買零嘴嚐。

兩人一塊兒上了馬車，聶秋染一路也不敢耽擱，就怕到傍晚時到不了臨安城，若是天色黑了下來，恐怕進不了城門。他倒是無所謂，反正也不是沒在城門外睡過，不過他怕崔薇受不了，城門外有時人多還吵鬧，這馬車崔薇又睡不習慣，若是沒進城找個客棧投宿，恐怕她在外頭會睡不著。

崔薇一爬上馬車，就看到自己的東西裝了一大半堆在角落裡頭，聶秋染自己的東西並不多，車上一個小榻，一張案几，案几上還放了本書。她坐過去馬車就搖了起來，不難想像出平日裡聶秋染靠在馬車裡倚在榻上看書的情景，實在想想就是很悠閒，可惜崔薇剛一爬過去，馬車一晃，拿了書本就忍不住頭昏眼花。事實告訴她坐車時絕對不要看書，因為暈車的情況比平日坐著還要慘！

崔薇忍不住將書本扔到一旁了，連忙爬出馬車來，朦朦朧朧的晨光裡，崔薇臉頰如同上好的細骨瓷一般，聶秋染看她坐回自己身邊來，想到她上回暈車的情景，也沒笑她，反倒是衝車裡揚了揚頭。「我之前買了醃梅子，就在桌子下的抽屜裡。」

這會兒正好崔薇肚裡有些排山倒海的，剛剛早上吃的東西現在嘴裡一股奶味，一想到酸梅，忍不住嘴裡泛出唾液來，那股反胃感果然好了許多，也沒有跟聶秋染客氣，崔薇又爬進馬車裡拿了一個油紙包出來，含了顆醃梅子，果然心裡才好受許多。

馬車一路很快駛出了小灣村，遠遠地還能看到崔家那房子裡亮起的燈火，清晨的涼風吹在人臉上，讓人渾身都舒暢起來，霧色中，馬蹄的聲音越來越遠，隨著兩旁稻田的飛逝，四周起身的人也跟著多了起來。

太陽漸漸升高，崔薇想著早晨聶秋染也沒怎麼吃東西，她想到自己提前做的奶油蛋糕，不由想了想歪頭衝聶秋染道：「聶大哥，天色不早了，趕了這麼長時間路，餓了沒？我做了奶油蛋糕，你要不要嚐一嚐？」

相處這麼長時間，聶秋染性格崔薇多少也瞭解了，雖然陰險多詐，但其實某一方面倒很像小孩，他喜歡吃零食，也喜歡毛茸茸的東西，光是從他給自己買的大部分禮物中，有一大半都是帶了雪白兔毛的。有時候崔薇都有些陰暗地覺得他每次回來都給自己帶不少東西，說不定是為了滿足他自己對於這些小東西的喜愛，能有個正大光明買的藉口而已。

「新做的？我嚐嚐。」聶秋染點了點頭，崔薇做的東西一向好吃，可惜每回他往臨安城帶的自己吃得不多，幾乎全賣了人，這回一聽到崔薇做了新東西，又是要請他吃的，自然聶秋染就點了點頭。

崔薇連忙爬進馬車裡，一面取了個蛋糕出來，拿了上頭的蓋子，想了想又取了兩個木勺出來。聶秋染趕著馬車不方便，崔薇早就料到了有這樣的情況，乾脆取了一只勺子餵他，聶秋染剛嚐第一口，眼睛便亮了起來。

這個蛋糕做得口感幾乎跟前世時的蛋糕沒什麼差別，而因為用料實在，比前世時崔薇吃過蛋糕店賣的雞蛋味與奶味更加濃郁一些，香滑的奶油配上鬆軟可口的蛋糕，可以說讓人咬一口就愛上了。這道點心是崔敬平現在最愛吃的東西，聶秋染自然也喜歡，唯一有些遺憾的便是這鎮上沒什麼賣水果的地方，否則若是能做些果醬，再加在奶油上味道恐怕更不會膩。崔薇這一趟去臨安城便打定主意若是不能借到銀子將那宅子買下來，便至少要買些水果種子，回頭自己種了。

既然都已經決定要開個糕點店，要做她自然就做大的，一開始若是能積攢些本錢下來了，往後她年歲大些，真正落了戶之後，便買些良田專門種植水果，多種一些，配在蛋糕上，味道會更好一些。這個世道，沒錢的人像楊氏等連幾文錢都捨不得花，可若是遇著有錢的，像林府那樣的，就是花上個幾十兩銀子買好吃的也在所不惜，崔薇這些糕點樣式別致，她就不怕沒人喜歡。

聶秋染就很喜歡吃這個，崔薇倒還好，她之前試了好幾天，就是再好吃的東西連著吃也有些吃膩了，更何況聶秋染雖然喜歡吃這東西，不過更多的還有一些新鮮感在裡頭。崔薇看他愛吃，乾脆自個兒將勺子放在一旁，讓聶秋染自個兒吃，他一下子趕車，一下子吃幾口蛋糕。

崔薇看著人多了起來，也怕跟聶秋染坐一塊兒太顯眼了，連忙又忍著難受，鑽進了馬車裡頭。聶家小秀才的名聲很大，估計附近十里八鄉的都傳開了，這村莊附近能養得起馬的人家本來也不多，眾人一看到這情景，都忍不住站下來看著稀奇，幸虧馬車跑得倒是快，還沒到午時，便已經到了縣中。

二人跑了一早上，不過中間吃了些蛋糕等物填肚子，倒也不餓，在縣裡時並沒有停下來用飯，這樣一路不停地趕路，到了臨安城時才太陽剛剛落山而已。聶秋染也沒立即就忙著要將崔薇帶去瞧宅子，反倒是先領她進了客棧，也怕她自己一個人身上帶著錢不踏實，乾脆也沒回學院，反倒是在她旁邊又要了一間房，兩人也算隨時有個照應。

趕了一天的路，崔薇也是有些累了，傳了飯菜進房間，又喚了熱水過來洗漱，這才爬上床睡了過去。

第二天一大早，崔薇醒來時先摸了摸自己抱在懷裡的包裹，摸到裡頭的銀子時這才鬆了一口氣，昨兒一大早起來做的蛋糕現在天氣熱，崔薇深怕壞了，一到客棧便放到了陰涼處，早晨起來開了一個嚐了一口，發現還沒壞這才鬆了口氣。昨天吃了兩個蛋糕，崔薇總共做了十個，現在還剩不少。

那廂聶秋染是早已經起來了，崔薇一開門時便見他收拾妥當站在了門外。

「薇兒，用過早飯妳拿了東西便隨我出去一趟，我那同窗如今是在學院中，找他幫忙做個中間人，咱們現在便出去吧！」崔薇也怕那些糕點壞了，連忙就點了點頭，早膳也沒顧得上吃，拿了東西便跟他一塊兒出了門。

聶秋染所唸的國學就位處於臨安城之中，當今大慶王朝重文，每個城中幾乎都設有國學，昨日聶秋染找的客棧離國學並不遠，因此兩人連馬車也沒坐，直接便朝那邊行去。不知是不是聶秋染與此人早就約好了，崔薇跟過去時，早就看到一個穿著銀錦色袍服的年輕人已經等在了那邊。

此人年約十七、八歲，跟聶秋染看起來極為熟識的樣子，兩人一見面便相互作了揖行了個禮，聶秋染給他引薦了崔薇，估計是看崔薇年紀小，那年輕人只是衝她點了點頭，並沒有再與崔薇多說，反倒是轉頭衝聶秋染笑道：「早知今日子染要來，我之前便讓侍童先行一步去投了拜帖，如今正好二位同上馬車，一併前去。」

他身旁已經停了一輛馬車，一個車夫模樣的人已經站在了一旁，聶秋染也沒跟他客氣，只點了點頭，又雙手作揖與他行了禮，這才轉頭看了崔薇一眼，接過了她手上的東西。

那年輕人眼睛閃了一下，看到聶秋染伸手扶了崔薇上馬車，幾人一坐定時，那年輕人還沒開口說話，聶秋染便示意崔薇取了一個蛋糕遞到他手上，一邊笑道：「今日煩勞秦兄，先備薄禮，如此大恩，往後再多報答。」

那年輕人一聽到聶秋染這話，眼中不由閃過一絲笑意來，他對於崔薇送過來的東西倒並沒有怎麼在意，反倒是聶秋染親自動手揭開了那竹籃上頭的蓋子，又朝他遞了一個乾淨的木勺過去，那年輕人原本不欲動手，可見到聶秋染這模樣，卻忍不住道了聲謝，便輕輕挖了塊蛋糕嚐了一口。

聶秋染看他神色頓時就變了，忍不住微笑道：「些許吃食，也不知道秦兄喜不喜歡，若是秦兄中意，待此事一了，小弟立即給秦兄送上一些。」

那年輕人開始時還有些不好意思，可是想了想，卻是點頭答應了下來。吃人家的嘴軟，拿人家的手短，那年輕人自然到時候得幫她一些。

到了那被稱為胡同知的宅子處時，崔薇一路跟在聶秋染身後，那宅子外早已經有人在候著，一番寒暄之後，眾人極快地就被迎了進去。崔薇一邊走一邊就在四處打量著，這院子確實不大，大約只有三百平方公尺左右，外頭一個小花園，後面是個三進的院子。入口處分別都有婆子把守著，第一進外頭的幾間房舍幾乎是給下人住的，進了第二道門眾人倒是沒有再往裡去，最裡面的院子是女眷的住所，聶秋染如今已經年紀不小了，還有那姓秦的年輕人，自然不好冒失的就往裡闖。

這個院子對崔薇來說已經是夠大了，但在周圍動輒便是園舍亭池，幾個院落包圍在一起的宅子來說，便顯得小了些。像是被周圍的園子夾在中間一般，難怪價格賣得比崔薇想像的要便宜許多。崔薇剛一跟進這胡家，便被一個小丫頭帶著出去到外面涼亭玩耍，估計那幾個人都認為她是一個孩子，說正事時不便與她聽。銀子崔薇是早就給了聶秋染了，她也不怕聶秋染誆她，畢竟這些銀子中有大部分都是聶秋染的，她自己其實占的並不多，也就五、六十兩，相比較起來，只是占個零頭而已，聶秋染若真是見財起意，當初也不必每個月回來都將錢給她了。

崔薇坐在涼亭中，一面就四處打量，這個院子有可能是她以後的住所，她自然要多加觀察，若是她真能有幸買得下來，往後前面是要修成鋪面做生意的，後面院落自然就要小一些。她很喜歡家中有個花園，因此那棟三進的院子便要拆上一些，幸虧她只是一個人住，往後就算房舍單薄了些，也夠她住了。

那過來陪她玩耍的小丫頭也不說話，任由她自個兒左右打量，一邊等她水喝完時便與她添上一些，侍候得周到，可是話並不多，崔薇看了一陣，吃了好幾塊點心，覺得自己肚子都有些飽了時，那院落處才有幾人一併出來了。

這院子並不大，聶秋染臉上的微笑一下子崔薇就看見了，這人雖說平日就是這麼一副模樣，不過他看過來時，卻衝崔薇微微點了點頭，外人看來這就像是他在給自己打招呼一般，但崔薇卻知道，他這意思是表示宅子買成了。崔薇心裡一顆石頭頓時就落了地。

聶秋染朝那姓秦的年輕人拱了拱手，說了幾句，便率先朝崔薇走了過來，一邊拉了崔薇的手，感覺到小姑娘手心有些冰涼微抖的樣子，就知道她其實是有些激動的，兩人也沒說話，直到出了院子時，聶秋染才捏了捏崔薇的臉。「緊張了？」

他的手溫熱，食指間帶著長年寫字帶出來的細細繭子，捏在臉上有些輕微的刺疼，崔薇也顧不上跟他計較，忙驚喜道：「聶大哥，房子買了？」

聶秋染點了點頭，一面拉著她的手，兩人順著街道便往外走，也沒看什麼方向，崔薇聽聶秋染說了半天，才終於明白過來。那姓秦的年輕人吃了聶秋染送的東西，又得了他承諾晚些時候會再送一些過來，進宅子時聶秋染又送了兩盒蛋糕給那胡同知，算是吃個新鮮，中間又有姓秦的年輕人作保，原本要價就並不高的胡同知，頓時又將銀子降了些下來。

胡同知當官這些年，並不是缺少銀子，在這兒買不了大宅子，也並非是他缺錢的緣故，而是沒那個地位買大宅子而已。當初一個臨安城的知縣都能掙到那樣大一筆家業，為了吃食捨得下幾十兩銀子，他比一個七品的知縣還大了幾級，又管的是鹽這一塊，其中撈的錢不知其數，自然更不介意那幾十兩銀子，當下就只說一百五十兩，便將宅子賣了下來。

崔薇聽著不由又驚又喜，她沒料到自己如今也算是有房一族了，總算是穩定了下來，雖說當初在小灣村時就修了房子，可是因為楊氏等人三番兩次的去鬧，讓崔薇不勝其煩，那房子之前又被楊氏等人盯著，她實在是沒什麼歸屬感，如今聽到這樣一個消息，才算真正鬆了一口氣。

崔薇感激地看了聶秋染一眼，一邊仰頭衝他認真道：「聶大哥，這回真是多謝你了，我也不知道該怎麼報答你才好。」聶秋染幫她的實在不少，如今崔薇就算是心裡感激，也不知道怎麼酬謝他，如今連買個房子還仗了他同窗的關係，否則自己就算是有好吃的東西，也不一定能見到別人，這些情況她又不是一個真正不懂事的孩子，自然心裡清楚。

聶秋染摸了摸她腦袋，表情溫柔，嘴角邊含著一絲笑意，整個人似清水一般，給人溫潤而又幽冷的感覺，一邊瞇了瞇眼睛，一邊道：「不用跟我這麼客氣，要報答我那還不簡單，我這兒還有幾兩銀子，我帶妳逛逛臨安城去！」說完，不由分說拉了她便走。

崔薇被他拉著轉了好幾個店面，才真正感覺到禍從口出是個什麼道理，早知道不要去提什麼感激的話了，聶秋染帶她轉遍了街道，買了好些個小毛球首飾給她插得滿頭都是，連耳朵上原本穿著的粗線都被人剪了下來，換成了兩個用白色小毛球拼成的墜子。崔薇隨手一摸感覺滿腦袋都是毛，因為有她一句感激後不知如何報答的話，聶秋染拉著她逛了大半天，回到客棧時崔薇腳都有些飄浮了。

以前只聽人家說陪女人逛街是個苦差事，崔薇今兒算是認識到聶秋染的恐怖之處，回來累得半死，還花了半刻鐘時間去取頭上耳朵上身上的那些東西，放在桌上，扔了滿滿一大堆。

那胡同知收了錢之後，辦事倒也極快，他如今本來就要上京待命，哪裡敢再耽擱下去，自然想辦好事的心願比誰都著急。他自己本身就是五品官，一些戶籍易名的事自然就交給了他去辦，不出兩天時間，那胡同知便已經令人將一張房屋地契送了過來。崔薇手裡捏著這幾張輕飄飄的紙，臉上這才忍不住露出欣喜的笑意來。

房子是買了，胡家人也當天便收拾了東西啟程，這邊離上京還有大半個月的路程，他是不敢再耽擱了，房子自然也空了出來，但崔薇買了房子就花了自己全部的積蓄，甚至連多的聶秋染都貼了些進去，她現在自然是沒有那個銀子去將房屋重新改裝，開鋪子的事自然便暫時停了下來，準備等攢兩個月銀子再說。

在臨安城裡逛了這幾天，買了一些布疋等物，又帶了聶秋染給自己買的那些東西，足足裝了好幾大包，聶秋染又將她帶來的糖果點心等都送了出去，除了一些奶糖送給已經搬走的那胡同知外，其餘的也不知他送到了哪兒。

崔薇有了房子，心裡也興奮得緊，一邊仍是有些想家了，已經出來了三、四天，也不知崔敬平在家裡怎麼樣了，自然這會兒便想回去了。

原本以為聶秋染要進學了，崔薇是準備自己想個辦法回去的，誰料她還未提此事，聶秋染便已經提出要送她回去。麻煩他的已經不止這一件，頭上蝨子多了再來幾個也不愁，崔薇也沒有拒絕，這城裡若是以她腳程，恐怕要走上好幾天才能回得到家，若是雇個馬車，自己孤身一人的，又是個孩子，萬一到時出了事，她才真正是呼天搶地也無用。

兩人回到小灣村時，已經天色大黑了，四周都是靜悄悄的，偶爾能聽到一、兩聲狗打呼聲，周圍黑漆漆的，這個時間不少人都早已經熄燈睡覺了。聶秋染將崔薇送到院子邊，崔薇敲了門時，屋裡傳來黑背一陣嗚咽聲，半晌之後，屋裡才傳來亮光，不多時揉著眼睛的崔敬平才過來開了門。

「妹妹，你們回來了！」一旦看清了眼前的人影之後，崔敬平忍不住就眼睛一亮，險些高興得跳了起來。

崔薇衝他點了點頭，比了個小聲的手勢，如今村裡許多人都睡了，她跟聶秋染回來的事根本沒人知道，若是吵醒了旁人，又得有一場事好鬧了。

崔薇一邊往外搬著東西，崔敬平也跟著過來幫忙，出去了好幾天，回來時黑背圍在她腿邊不住的跳躍，一副欣喜異常的樣子。

聶秋染也幫著搬了東西，這一趟崔薇買的幾乎都是緞子布疋等物，準備是用來給聶秋染與崔敬平等做身衣裳的，聶秋染搬了東西進屋，就與崔薇道：「薇兒，我這就回臨安城了，妳自個兒小心一些，有事等我回來再說。」

天色這樣晚了，若是連夜趕回去說不得到天亮了才能到臨安城，晚上夜黑，四周伸手不見五指的，若是遇著個歹人可怎麼了得，聶秋染又送了自己一整天，若再趕路回去，恐怕他就是身體再好也吃不消，崔薇猶豫了一下，想了想道：「聶大哥，不如歇一歇，明天再走吧，晚上看不清，又進不了縣裡，你也一整天沒吃過飯了，不如吃了飯，睡一會兒吧。」

聶秋染聽她這樣說，不由搖了搖頭，一邊將手擱在馬頭上，一邊道：「我回來爹娘不知道，若是回去被瞧見了，問起來也是麻煩，不如現在回去，妳也不用擔心我了。」

崔敬平這會兒目光正落在滿地的包裹上，一聽到聶秋染這話連忙就說道：「聶大哥，既然不能回你家，不如你就在這邊跟我一起睡吧。」他年紀雖小，但也機敏，再加上出去了幾個月，自然心思靈活，看到聶秋染有些猶豫，一邊就道：「反正現在天色已晚，一定不會有人看到，明天一大早聶大哥出了門，也沒人瞧見，妹妹也放心一些。」

崔薇想了想也對，因此也跟著挽留了聶秋染，這會兒天色實在是太黑了，晚上趕路就怕遇著強人，這月黑風高的，若是遇上，四周都無人，那才真是叫天不應，叫地不靈了。

聶秋染想了想，也就同意了下來，一邊牽著馬往院子裡走，一邊將馬車就停在了院子中。

把馬牽進了牲口欄裡，崔敬平連忙抓了一把平日餵羊的草料給牠吃了，估計這馬跑了一天也吃不消了，忙低頭就吃了起來，崔敬平這才拉著聶秋染進了屋。

一回到自己的家，崔薇才算鬆了一口氣，先是一邊煮飯一邊炒菜，等飯熟了時又將鍋提起來換了一個裝滿了熱水的鍋進去，一邊喚了聶秋染過來提著水去廁所洗澡，崔薇一邊開始擺起飯菜。聶秋染隨身換洗的衣裳都在馬車上頭，他留在這兒洗澡也是方便，洗完出來時崔薇也跟著去洗了一番，這才覺得渾身上下舒坦了不少。

二人都餓了，吃飯時誰也沒有說話，等這兩人放了筷子，崔敬平又端了之前趁他們吃飯時煮的羊奶上來，一邊又收了碗筷下去，洗過之後自個兒也洗了手才坐到了堂屋中來，與崔薇說起她離開這幾天的事情，說是孔氏來過好幾回，還是抱著崔佑祖過來想串門的。崔佑祖現在能下地掙扎著走幾步，這段時間的小孩子幾乎帶著是最費心力的，不像以前好哭愛睡了，一天到晚就要往地上走，光瞧著便要費不少神，王氏是個懶惰的，便天天將兒子扔給孔氏帶，自個兒則是四處串門子，那孔氏帶著孩子無處可去，好幾回都想過來找崔薇，都被崔敬平給擋了回去。

「她來找我幹什麼？」崔薇有些不解，她對於孔氏雖說沒什麼惡感，但同樣的也是沒什麼好感，動不動就下跪不說了，而且膽小懦弱的樣子，幾乎跟前身的她一個模樣，也不知道以前在家裡過的是什麼日子，養成她這樣一副脾氣來，時常被人使喚得團團轉的，真是既可憐又令人同情不起來。

「我也不知道，最近爹娘那邊越鬧越凶了，二哥說是若爹不准他去縣裡讀書，他便用一根繩子上吊，二嫂估計是想過來找妹妹妳幫著求情的呢。」崔敬平一邊拿著崔薇這回買回來的一些瓜子，慢慢地嗑著，將殼吐在一旁崔世福編的竹簍裡頭。

那邊聶秋染嘴裡含了顆奶糖，安靜聽著也不說話。

崔薇聽到崔敬忠開始尋死覓活了，頓時嚇了一跳。「二哥說爹不同意他去縣裡讀書便要尋死？」

崔敬平點了點頭，嘴裡忙不迭地吃著東西，一邊還能找空吐出話來。「娘和二嫂天天哭得沒法子了，聽說去縣裡讀書一個月要繳一百銅子兒，爹說沒錢，又說二哥不爭氣，不肯同意。妹妹，跟唱大戲似的，妳回來可是有福了！」崔敬平說完甩了甩頭，一副小大人的模樣，看得崔薇忍不住就笑了起來。

她想了想這事有些不對勁，崔敬忠跟發了瘋般一門心思想往縣裡鑽，再想到他上回險些打了自己，而聶秋染說這事交給他解決的情況，連忙就轉頭朝聶秋染看了一眼。

沒料到這小丫頭如此快就反應過來，聶秋染臉上露出笑意來，一邊衝她點了點頭，一邊道：「村裡夫子與我爹當年曾是同窗。」

這一句話就解釋了出來，也正因為兩人是同窗，最後卻同人不同命，一個在縣裡給大戶人家當西席，一個卻是在村裡教些山村娃子，一個月一個孩子收二十來個銅子，總共附近十里八鄉的還沒有送到十個孩子過來，收的銀子也就勉強餬口而已，尤其是當了秀才，總忍不住要練字讀書繪畫的，那個開銷更大。這趟聶秋染給了他一百錢，只說縣中有一個私塾夫子是有舉人功名的，欲找他招攬一個人才，那夫子既想得到舉人照顧與討他歡喜，又想賣崔敬忠人情以及看在錢的分上，便毫不猶豫地舉薦了崔敬忠。

在山裡頭，一般人家就算是送孩子讀書，大多都只是讀上一些，認識幾個字便行了，哪裡有像崔敬忠這樣一讀就是讀了八、九年的，這些年下來說實話養活夫子全家，崔家人功不可沒了。而這崔敬忠也是其中最為拿得出手的，一來他識字久了，就是榆木腦袋也多少要開竅了，比起許多人來說，他實在已經算是英才了，這夫子收了聶秋染錢財，自然一個勁兒的給崔敬忠鼓動，一個有心，一個早就有意，自然便一拍即合。

只是可惜了一個崔世福，現在估計被鬧得一個頭兩個大了！

崔薇心裡冷颼颼的，沒料到上回聶秋染說不能讓崔敬忠來找自己麻煩，他果然就不來了，而且這傢伙還用了這樣陰損的招數，現在崔敬忠心裡指不定在怎麼著急呢，他一心想進城讀書，現在哪裡還顧得上來找自己麻煩，果然是釜底抽薪的一招，崔薇想著自己又學到了。這一招也實在太毒了些，而且效果又好，但從這一點來說，也證明聶秋染這人惹不得，他總有法子能整得人說不出話來，若是崔敬忠知道自己鬧了半天最後只是人家想整他的，不知心裡是個什麼想法。

「聶大哥，你真是，好厲害。」崔薇嘴角不住抽了抽，心裡更堅定了離這傢伙遠一些的決心，崔敬忠現在不就是現成的例子嗎？被他編了一個美夢出來，最後又被戳破，若是知道，估計他想死的心都有了。但不知為何，崔薇心中卻是覺得極其的痛快，崔敬忠那人自大狂妄，幸虧現在崔世福不肯給他銀子唸書，否則最後恐怕也是要唸個白眼狼出來的。

崔薇知道了這事，也沒有去多想，心中對於聶秋染出手幫忙也實在感激，但又不知該如何說出口，只是將恩情記在了心裡。

那頭崔敬平聽得似懂非懂的，不過也猜得出恐怕崔敬忠的情況跟聶秋染有關係，他一向是知道這個聶大哥不好惹的，現在就算隱約明白一些，也並不意外。幾人吃飽喝足又洗過澡了，才各自回屋裡睡下了，第二日崔薇早早的就起了身，這幾天不知是不是在臨安城逛得久了，一回到家放鬆下來渾身腰痠背疼的，她心裡雖然覺得離楊氏近了很煩，但小灣村是她一穿越過來便待的地方，其實在這兒她心裡很有一種異樣的依賴感，因此前幾天繃著，這一回來便覺得有些不大對勁了。

強忍著痠疼給聶秋染做了早飯，剛想拿個東西給他裝些麥醬肉等，回頭就看到聶秋染已經穿戴好坐在了堂屋裡。

崔薇與他打了聲招呼，聶秋染就看到她走路僵硬的姿勢，一邊眉頭就皺了起來。「怎麼起得這樣早？我出了門帶些東西路上吃就是了，哪裡用得著妳早上起來忙。」

崔薇答應了一聲，也沒理他，一邊往筐裡裝著一罐子奶粉，回頭就看到聶秋染好奇的眼神，深怕他嫌棄帶著這個罐子不雅，連忙給他解釋道：「聶大哥，罐子我洗乾淨了，裡面裝的羊奶粉，你往後去了臨安，拿開水沖兌就是了。」她一邊說著一邊忙碌的往筐裡裝東西。

聶秋染眼睛溫和得像是能滴出水來一般，看她身影進進出出的樣子，嘴角邊不由自主地露出一絲笑容來。

將聶秋染的早飯端了出來，等他吃了又將東西給他搬上了馬車，天色這會兒雖然漆黑，不過隔壁雞已經打了兩次鳴了，再過不了一會兒，天色就要漸漸亮起來了，崔薇知道聶秋染這一趟回來是悄悄的，因此也沒敢再多留他，將聶秋染送出了門之後，聶秋染也沒讓她送，乾脆放了黑背出去遛了一圈，回來門了門便又睡上一個回籠覺。

第五十章

這一覺崔薇是被人吵醒的，睜開眼睛的時候天色已經大亮了，外頭太陽火辣辣的，崔薇出來時就看到桌子上已經擺了稀飯，崔敬平不在家裡頭，而門則是半掩著，院子裡還有些水跡，就知道他是出去擔水了。

隔壁熱鬧得跟炸開了鍋一般，楊氏的哭嚎聲還在不住傳來，間或夾雜著崔世福的大吼聲，崔薇也有些好奇，原本是想溜過去瞧的，不過一想到楊氏那脾性，現在聽起來像是很冒火的樣子，若是她過去了，難保楊氏不會將氣出在她身上，剛還想著要用個法子瞧瞧，那頭崔敬平挑著水就回來了。

「妹妹，妳在幹什麼？」

崔薇正比量著院子圍牆的高度，想著要搭上幾根凳子才夠，聽到崔敬平問話，她想也不想地回答了出來。

崔敬平喘著氣回屋將桶裡的井水倒進缸裡了，這才吐著舌頭脹紅著臉過來，一邊撩了衣襬搧風，一邊道：「我給妳想個法子。」他一邊說著，一邊進屋裡，不多時將吃飯的大桌子「吭哧吭哧」連推帶提地弄了出來。

崔薇一看到這情況，頓時嘴角抽了抽。不過這桌子確實也是高，一旦擺在圍牆下頭，上面再加兩個凳子，只要抓緊了圍牆上頭的石塊，踮著腳對面的情景也能看得到了。

崔家鬧得很凶，崔薇終究是沒能忍得住，一面由崔敬平扶著爬上了桌子，伸手死死貼在石磚上面，眼睛果然就透過圍牆，看到了另一邊稍矮圍牆後崔家的情景。

「二郎啊，你跑哪兒去了，我這是造的什麼孽，好不容易回來個兒子，又有一個跑了！」楊氏哭得一把鼻涕一把淚的，拍著大腿坐在地上。

一旁崔世福面色鐵青，周圍已經圍滿了村民，個個都朝崔家看著，也沒有哪個注意到圍牆另一端趴著的孩子。

孔氏哭哭啼啼跪在院子中間，頭髮都散亂了，臉頰上頭幾個掌印，一看就像是被楊氏給打的。

這會兒楊氏看她的目光跟要吃人似的，嘴裡一邊罵道：「妳這喪門星，娶了妳回來便沒個好事，連個男人都看不住，難怪家裡總是三不五時掉東西，妳這沒出息的賤人，娶妳來有什麼用，妳去死好了！」

那孔氏也不還手，只是一個勁兒地跪著哭，瞧著倒也可憐。

崔薇聽到這兒，吃了一驚，原本想低頭與崔敬平說的，誰料一轉頭就看到他也趴在了牆上，頓時眼皮便不住跳了跳，一邊朝崔敬平小聲道：「三哥，二哥也跑了？」

一個「也」字，讓崔敬平臉脹得通紅，他早上起來便去挑水，崔家吵得熱鬧，他也沒過去瞧一瞧，哪裡知道這些，崔敬忠失蹤的事情他也是到現在才聽說的，也不知好端端的崔敬忠怎麼也學了人家離家出走那一招，他該不會真是來了骨氣，來個離家出走了吧？

雖然表面看崔敬忠是極為風光的，以前甚至被人家稱為狀元郎，但他一直在小灣村裡唸書，同窗又都是些村裡的孩子，家家戶戶情況都差不多，他又是一心唯讀聖賢書的類型，不像聶秋染腦子靈活著還知道想辦法掙錢，可以說他身上是一文錢都沒有的，他這樣出去難不成也像當初崔敬平一般跟人打工掙學費了？那這樣的話當真是出乎崔薇的意料啊！

崔家那邊鬧了半天，孔氏最後臉被打得通紅，卻也不敢還手，只趴在地上哭，可惜勾不起楊氏一絲同情，認為她身為一個婦人卻搞丟了自己的丈夫，實在沒用，村裡不少人有認為孔氏無用的，當然也有人同情她的。

崔薇心裡想著崔敬忠的事情，又朝那邊看了一眼，這才連忙跳下了桌子來，兩兄妹收拾著將桌子抬進了屋，又搬了凳子進去。

中午時崔世福便給崔薇送籃子過來了，這些籃子是他抽空編的，不像以往看到崔薇他臉上便露出笑容來，反倒是神色有些陰沈沈的。

一問過才知道，崔敬忠走了，可是卻撈走了家裡給他建房後剩餘的兩百多個銅錢，這可是崔家留了等著急用的錢，眼見著馬上就要收割稻穀了，若是到時沒錢請不到人，難不成就任由稻穀爛到地裡？這可是關係一家人來年的嚼用！難怪崔世福現在還滿臉怒容，與崔敬平失蹤時他的著急完全不同，這會兒臉上則是帶了憤怒，一聽到崔薇提起崔敬忠的名字，便忍不住罵了一聲。

「這孽障！」崔世福罵完忍不住就搖了搖頭。

崔薇這才看到他頭上已經帶了好些白髮了，心裡不由有些發酸。上回去城裡買了房子之後聶秋染走時也給了她三兩銀子，崔薇也沒有跟他客氣，事實上若不是聶秋染這三兩銀子，她手中是一塊銅錢也沒有了，這會兒看到崔世福的樣子，想了想乾脆進屋裡取了一串銅錢出來，一下子放在崔世福面前。

「爹，您先別著急，這些錢先拿去把稻穀收割了再說。」那一串銅錢約有三、四百錢的樣子，若不是崔薇怕自己趕集時要買些東西，還能再給崔世福一點，可她又怕若是楊氏知道了，到時又生貪念，想了想仍是只數了這些給他。

崔世福一見到這錢，連忙就站了起來，搖了搖頭道：「妳二哥惹出的禍事，哪裡有要讓妳貼錢的道理，妳放心，再不濟，我先使人打了稻穀，收了之後再賣些糧食頂上，也不至於真要用妳的。」女兒如此懂事，再一想到被楊氏護著的崔敬忠，如今竟然成了這麼一副德行，崔世福心裡更是五味雜陳。

崔薇只是將錢與他推了推，她原本還以為崔敬忠是有了骨氣，誰料最後竟然鬧了這麼一齣，也實在令人無語，崔家的情況她是知道的，尤其是崔敬忠剛娶了媳婦兒，又給他修了房子，恐怕崔世福手裡緊巴巴的，要讓他真賣了糧食頂著，恐怕剩餘的糧食吃不到幾個月便要斷了，到時就算能找人借，也是一個惡性循環。

「爹您拿著，往後有了錢再給我就是了，我現在手裡有餘的，您幫我做了這樣多竹籃，這些錢給您是應該的。」

崔世福聽了崔薇這話，忙就擺了擺手。「幾個籃子罷了，哪裡用得著這樣多錢，妳自個兒撿著，存著往後也好花用……」

他話沒說完，便已經被崔薇拿了錢不由分說塞進了他手裡，兩父女推辭了一番，崔世福心裡沈重的揣著錢出了門，一想到不成器的兒子，又再想到乖巧懂事的女兒，忍不住又嘆了口氣。

崔薇開始時還認為這些錢已經足夠崔家人度過這一關，至少能挨過收割稻穀的時候，誰料三、四天後，崔敬忠仍沒有消息傳回來。崔薇一大早趕了集揹了東西往家裡走時，便看到崔家門前又圍了一大圈的人，這崔家今年也不知走了什麼背運，鬧成這般模樣，幾乎天天都有熱鬧瞧。

人群之中楊氏與孔氏被幾個穿著粗布褂子、袒胸露乳的壯漢扯了出來，楊氏哭得跟殺豬似的，孔氏也哭得淒厲，崔薇看到楊氏目光朝這邊望過來，一見就知道崔家不妙了，深怕楊氏又拽著自己當替死鬼，連忙拉了崔敬平便往家裡跑。

楊氏開始時看到女兒，眼睛不由一亮，誰料看到崔薇理也不理便朝她自個兒後頭的屋子跑時，險些氣得吐血，也顧不上咒罵崔薇了，連忙扯著孔氏的手不肯鬆開，眾人頓時扭打成了一片。

人群裡幾個一看便跟市井無賴長得差不多的漢子大聲說道：「你們崔家可不要欺負咱

們，兄弟幾個生活也不容易，要是想賴帳，還得問問咱幾個兄弟，這事說到哪兒咱也不怵，欠債還錢，天經地義，要是今兒給不出來，我便拉了這娘兒們去抵債！」

崔薇走到家門口了，這聲音還都清晰地傳了過來，四周趕集回家的村民漸漸多了，不少人連家門也顧不上回，揹了背篼便遠遠的站著望，一看人多了，崔薇這才鬆了口氣，不過仍是進了屋門才放心了些。

那頭楊氏也哭得尖利，一面喊著搶人了，一面則是咒罵不止。而孔氏一向看起來柔柔弱弱的，被這樣拉著早嚇破了膽，哭得聲嘶力竭。

崔世福去趕集賣幾隻雞鴨，原是想著湊錢足夠了便將崔薇的還上，誰料一回來便瞧見了這樣的鬧劇，頓時氣得額頭都跳了起來，一面大喝了一聲。「住手！幹什麼的，到我家裡來拉拉扯扯！」

崔敬懷也挑著一對空籮筐跟在他身邊，這會兒早已經將籮筐扔在一旁，取了扁擔下來怒視著這七、八個一看就不是好惹的漢子。

「幹什麼？崔大狀元借了咱們兄弟七分銀子，如今都到了說還的時間，現在還沒還得出來，你們瞧著老實巴交的，如今不會是想賴帳吧？」那為首一個壯漢捋了捋袖子，一邊就朝著崔世福父子倆冷笑著走了過來。

楊氏一見這樣的情況，頓時大急，連頭也不敢抬，也不敢去看崔世福那欲要吃人似的目光，一邊低垂下頭來。

「欠七分銀子？」崔世福身體已經顫抖了起來，連話說得都有些不利索了，晃蕩了兩下，險些一頭栽了下去，臉色唰地一下就變得鐵青。

那漢子見他這模樣，忍不住就冷笑了一聲，從懷裡掏出一張泛著微黃的紙條過來，朝崔世福遞了過去，一邊道：「也別說咱故意賴你，我這白紙黑字寫得分明的，你自己兒子的筆跡，想來你是認識的，你對對，若是無礙，趕緊給了銀子才是正經，咱幾個也沒時間與你閒耗，若要耍賴，咱與你公堂上見！」

「不要上公堂！」楊氏尖叫了一聲，也不知哪兒來的力氣，從那逮著她的人手上逃了出來。

幾個彪形大漢一時間沒防著她會掙脫，被她撓了一爪子，臉上火辣辣的疼，若不是那為首的漢子還沒開口，估計早就一巴掌給楊氏抽過去了！

楊氏早就看到過那張單子，確實是崔敬忠的筆跡，她雖然不會讀書也不會識字，但對於自己兒子的名字卻熟悉，對崔敬忠寫自己名字時的筆跡更加熟悉，她心裡早就發虛了。說完一句話也沒敢去看崔世福那張泛著黑氣的臉，一邊低頭快速道：「你們進我家又打又砸的，如今不知弄壞了多少東西，這多少也要抵些銀子了吧？」

這群人一進來讓楊氏還帳，楊氏頓時便慌了神，她手裡的銀子給崔敬忠娶親以及修房子用了個差不多了，哪裡還有多的，現在一下子要還七分銀子，她哪裡還得出來？

誰料這些人個個凶狠，一進屋裡便四處溜達，瞧著順眼的便搶了，若不是圈裡的豬才剛抓沒多久，只得幾十斤的模樣，恐怕也要被他們拉了去，只是這些錢可不夠還那七分銀子的，他們便將主意打到了孔氏身上，若是今兒任由孔氏被人拉去，崔敬忠的臉面便也丟了個乾淨了，楊氏哪裡肯幹，與這些人撕鬧起來。幸虧崔世福父子回來得及時，否則若是兒媳婦被拉了出去，壞了名聲，他們崔家如何能在小灣村抬得起頭來？

雖說聽到楊氏那話崔世福心裡便湧出一股不好的預感來，不過等他真的攤開那張薄薄的紙時，上頭寫的勞什子字他看不懂，不過那後面崔敬忠的落筆他卻是熟悉了，跟楊氏差不多的，崔世福對於兒子寫自己名字的筆跡都十分清楚，這會兒一看到這人所說屬實，頓時便眼前發黑，險些睜著眼睛昏死過去，後背泛出一層寒慄來，嘴裡咬牙道：「這孽障，這孽障。」

楊氏看他表情有些不對勁，頓時嚇了一跳，連忙上前扶住他，有些焦急道：「當家的，怎麼了，你不要嚇我？」楊氏一邊說著，一邊眼淚就滾了出來。

崔世福看也沒看她一眼，重重就推了她一把，一雙眼睛裡泛著血絲。

那前來要債的漢子一見到這種情況，頓時皺了下眉頭，崔世福身材高大，此時咬牙切齒的模樣瞧著也嚇人，他後退了一步，一邊緩和了語氣道：「老哥，我瞧著你也一把年紀了，也不願為難你，但欠債還錢，天經地義，這事說到哪裡去都錯不了，咱也不是那放印子錢的，這七錢銀子，是必須要還，利也不要你多的了，咱們兄弟剛剛被這老娘兒們抓花了臉，你就瞧著給個辛苦費，咱們也就放了你兒媳婦，否則就算老兄要動手，咱哥兒幾個也怕不了你！」

這會兒崔世福心裡頭想活生生掐死崔敬忠的心都有了，恨得一口氣悶在胸口，硬生生的疼。

孔氏又哭個不停，身子抖得如同秋風中落葉一般，嘴裡連聲道：「爹救我，爹救我！」她這模樣倒也可憐，到底是自己兒子造的孽，崔世福哪裡能眼睜睜的瞧著孔氏去替他受過，一手捂著胸口，一邊道：「這錢我來還，你將我兒媳婦放了！」

楊氏一聽到他有錢還，頓時鬆了一口氣，可是一想到自家的情況，就算崔世福真有本事去還那錢，可往後日子怎麼過？楊氏一念及此，頓時又忍不住哭了起來。

幸虧前幾日崔薇給了四百銅錢，崔世福原本不想要女兒這個錢的，本想著今日賣了東西去將這些銅錢還她，家裡也輕鬆些，誰料又鬧了這樣的事情出來。他強忍著心裡的難受，一面哆嗦著從腰間取了旱煙袋下來，可是那手捏著火摺子吹了好幾下也點不燃，那頭崔敬懷看到他這模樣，連忙上前替他吹燃了，崔世福這才重重吸了一口，一邊指揮著崔敬懷將東西撿起來，一邊自個兒先進了屋裡。

一旦他答應還錢了，那漢子自然也鬆了一口氣，衝幾個兄弟揮了揮手，孔氏頓時身子便軟軟的癱在地上，竟然連爬也爬不起來。楊氏這會兒也沒心情搭理她，心情沈重地跟著進了屋。

眾人都擠在門口瞧熱鬧，唯有王氏抱著孩子幸災樂禍的過去看了一會兒，又將孔氏擠兌得眼淚汪汪了，這才又是滿意又是難受的跟著一併進了屋。之前那些惡人進來時王氏便躲到了後頭柴房裡，聽到崔世福等人出來時她才跟著擠了出來瞧熱鬧，若是這二郎當真惹了禍，又要全家人一起替他還，王氏心裡哪裡高興，如今崔敬忠折騰得越多，往後留給她兒子的便更少，都是姓崔的，憑啥他崔敬忠就要大個一些？

崔世福進了屋裡來，看到屋裡桌椅翻騰的情景，頓時臉上又更難看了一些。

為首的漢子一見到這情況，連忙揮了揮手道：「兄弟們，咱們和氣生財，剛剛嚇壞了崔二嫂，還不趕緊將這些東西給收拾齊整了？」

幾人應了一聲，手腳俐落很快地又將翻倒的桌椅又重新轉了過來，一些被砸壞的椅子是沒辦法了，楊氏心疼得直流眼淚，那頭崔世福卻是看也沒看屋裡一眼，只是伸手從懷裡掏了掏，取了一大袋銅錢出來。

之前崔薇給了他四百銅錢，今日他賣菜以及賣糧食雞鴨等大概又賣了百多文，總共加在一塊兒大約是五百多文左右。崔敬忠借了七分銀子，若是按照市價，最少都該給七百銅錢，可是銀子本來價格就要比銅錢貴重一些，真要兌換，最少得出七百一十文才能兌得來七分銀子，他如今還差了一百多文，這樣短的時間，哪是一時片刻便能湊得出來的？崔世福將銅錢數了又數，這才將錢朝那漢子推了過去。「你數數，總共是五百三十文，尚差一些，你稍等一下，我現在就去借了給貼上。」

那漢子看著銅錢，也沒客氣，一下子全扯了稻草吐了唾沫擰成一條繩，穿在了那銅錢中間，「叮叮噹噹」的一大串，看到崔世福要出去的身影，他笑了笑，讓開身子，也沒阻擋。

楊氏見到這樣的情景，頓時又是悲從中來，如今錢沒了，過幾日割稻穀可怎麼過？二郎那孩子是怎麼回事，他一向懂事，怎麼能幹出這樣的事情來？楊氏心裡又是著急又是慌亂。

那頭王氏目光閃了閃，一邊道：「爹，不如去找四……」

「妳再說一句話，老子下午便拎了妳送到官府去！」崔世福回頭煞氣重重地喝了王氏一句。

王氏嚇了一大跳，之前唐氏被告到官府欠錢不還，吃了十板子，現在還沒能下得了床，走路都有些瘸了，被楊家嫌棄得不行，而且挨了打還要再欠著崔薇銀子，往後哪一日惹著崔薇了，若是再將她告了，她還不又得挨打，簡直就跟個催命符吊脖子上一般，她看到過唐氏的慘況，作夢都要被嚇醒，如今聽崔世福這樣一說，頓時一個激靈，手中抱著的孩子都險些掉到地上去，哪裡還敢張嘴，惶恐著退下去了。

崔世福最後去了大哥崔世財那邊，找林氏借了三百銅子兒，才算把這事給完結，將那些凶神惡煞的壯漢們送走了。這些人看似雖然凶狠，可實則還算講道義，否則若是遇著錢老爺那樣的，七錢銀子這些天便能翻成七兩，到時崔家才真正是求助無門，活該有這一劫了。

雖說是將錢給還了，但這崔家也是大傷元氣，如今圈裡雞鴨捉得差不多了，那可是下蛋的東西，留了一隻豬，可玉米都賣了大半，楊氏一時間悲從中來，忍不住就哭了起來。

崔家籠罩在一片愁雲慘霧之中，崔敬忠也一直沒有消息，崔世福對這個兒子至今還有氣，哪裡管他的死活，唯有楊氏，還是放心不下，每日都跑到鎮上去找人打聽崔敬忠的下落，聽人家說他好像拿了總共約有近一兩的銀子，拜在了哪個舉人門下，如今正在縣裡唸書，兒子平安了，楊氏這才鬆了一口氣。

稻穀收割了之後，便已經是七月分了，中間聶秋染回來了一趟，給了崔薇十兩銀子，並指明臨走時讓她再做一些奶油蛋糕，到時準備再拿到學院裡去，上回那種新穎蛋糕倒引得那姓秦的年輕人很是喜歡，出了五兩銀子準備買兩個，若不是知道這東西不能久放，恐怕他買得更多。

有了銀子，崔薇手裡也漸漸寬鬆了不少，雖說現如今宅子是買了，但要做的準備工作卻仍是很多，家裡這幾頭羊產的奶只賣一些小東西那是夠了，但要是用來開店，這些羊則是遠遠的不夠了，而且崔薇上次進京時買了好幾種水果種子，準備拿來種下的，若是能有些地種上這些水果，往後自己開店時要用也方便。

一面讓人幫忙著留意母羊，一面崔薇則是開始準備存錢先買些地，這樣時間忙忙碌碌的，很快便一晃到了十月分，她手裡也大約存了五十多兩銀子了，其中有十兩是她自己賣給林府東西掙的，而另有約四十兩左右是聶秋染幫她賣點心掙的錢。不知道原本是要離他遠遠的，怎麼如今卻是越纏越緊，可是崔薇現在哪裡顧得上這些，她既然連宅子都買了準備開個店，自然不可能半途而廢，往後她若是掙到了錢，自己腰背挺得直不說，若能好好過上一生，也不枉這平白無故得來的一世了。

只是買地的事崔薇跑了好幾趟，事情卻一直沒什麼進展，她生日是在十一月分，還差一個月才滿十歲。若要真正上戶籍，而不是臨時的，最少要等她十三歲才成，要麼就是她成婚，以夫家的名義買地。這兩樣哪一項都不好幹，而且這年頭，不是被逼得沒法子了，一般人家都不會賣地的，對莊戶人家來說，地就是一家人的命。

而若是轉租別人原本在官府租的地，實在是沒有保障，崔薇怕自己到時若是種得好了，人家眼紅要想將地收回去故意勒索她，那是真沒法子了，這個時候又沒人去興寫合約的事，幾乎都是靠口頭約定，若真遇著人家見錢眼紅的，恐怕還真要麻煩一些，崔薇每日跑得累，但偏偏事情並不順利。

十一月中旬前兩天是她生日，可崔薇這幾日因為買地的事情卻是沒什麼精神，反倒是崔敬平，自個兒找她要了銀子便興沖沖地準備去鎮上一趟要買些菜回來。崔薇興致倒也不多，今日並不是趕大集的時候，她也懶得去跑，乾脆留在了家裡頭。

如今許多人家地裡東西都收得差不多了，天氣冷起來了，許多人閒暇時無聊便走家過戶的串串門子，一年之中難得有這樣悠閒的時光，不少人都三三兩兩的聚一塊兒說說笑笑。

崔敬平買了一大背東西回來時，不少人還與他笑著打招呼，如今村裡沒人不知道崔二家這個小兒子跟崔家裡關係僵，都住到崔薇那邊去了，也不知崔家最近走了什麼霉運，接二連三的遇著這樣的事情。

崔敬平揹著菜回來，崔薇就算是再不想動，看到哥哥忙了一場的情景，自然仍是強打著精神起身準備弄飯菜。可不知過了多久，突然間隔壁便傳來了楊氏的一聲驚呼與歡喜聲，也不知發生什麼事了，竟然鬧得這麼大聲，崔薇與崔敬平相互對看了一眼，兩人頓時心裡都生出疑惑來，自己家的事情如今還沒理清楚，崔薇也懶得去搭理崔家的事，反倒是崔敬平興致勃勃地朝門外跑。

剛炒了兩個菜，崔薇手裡還在切著肉呢，那頭崔敬平就回來了，興沖沖地跑進廚房裡，衝她道：「妹妹，二哥回來了！」

崔敬忠之前跑出去到現在也好幾個月時間了，沒料到這個時候竟然回來了，難怪楊氏剛剛那聲音一聽著便是一副歡天喜地的模樣。

崔薇手上動作也不停，崔敬平一邊坐到灶檯前生火，一邊與她說道：「說是剛剛回來的，現在已經在縣裡頭讀書了，這趟回來是怕爹娘擔心，因此才來報聲平安。」

一聽到這話，崔薇縱然是不想搭理崔家的事情，依然忍不住翻了個白眼。「要怕擔心，早讓人送封信回來了，我瞧著這一回來事情沒那麼簡單。」上回才有了崔敬忠偷錢以及出去借錢的事情，算算如今也有幾個月的時間了，崔敬平借的七分銀子加上從家裡摸出去的兩百文到現在為止恐怕也應該是花得差不多了，畢竟每月要繳到學堂給夫子的束脩不少，幾個月下來他應該也剩不了多少，再加上讀書的難免買些宣紙等物，恐怕現在是要沒錢了才會回來，否則若真傳平安，早該讓人帶封口信了。

今兒是崔薇生日，以崔世福性格，恐怕過會兒是要來一趟的，要想知道事情如何，等下問他也就知道了。

崔敬平看她不想說這事，也沒提這個話了，他跟二哥崔敬忠以前雖然是住一個屋的，但崔敬忠一向瞧不起他，認為他一天到晚調皮搗蛋，又不會讀書寫字，兩兄弟一整天能說的話恐怕還不超過十句，而且過年時他回來後崔敬忠的表現也令他有些失望，自然也不肯搭理崔敬忠了。

兩兄妹剛炒好菜，還沒擺飯，那頭沒等著崔世福過來，便又聽到隔壁一陣吵鬧，楊氏的哭聲夾雜著崔世福的怒罵聲以及不少人的勸阻聲傳了過來，也不知這是鬧的哪一齣，剛剛才聽說崔敬忠回來，這對於楊氏來說應該是一個好得不能再好的消息了，怎麼又會鬧起來？

崔薇這會兒也有些好奇了。

第五十一章

崔薇忙打開院門走了幾步看著崔家那邊，村裡許多端著碗的人已經圍了過來，勸說著崔世福消些火氣。人群外崔敬忠穿著一身嶄新的墨綠色長衫，外表有些狼狽，被眾人護在圈子之外，面皮泛得通紅。

崔世福手裡還拿著一個洗衣棒，衝著外頭喝道：「你給我滾出去，我這家裡頭不歡迎你！」

他這話一說完，楊氏便忍不住大哭起來，孔氏照例跪在外邊哀求著，卻沒人理她。崔敬忠臉上現出羞惱之意，狠狠用了一下袖子，聲音有些尖利。「不回就不回，爹要如此絕情，往後求我也不回來！」

這話音一落，楊氏便大聲哀求了起來。「二郎，你跟你爹賠個不是，父子哪裡有隔夜仇的。」楊氏說完這話，又轉頭衝崔世福求情。「當家的，這是你兒子啊，若是真出去一年到頭的看不到，你這心裡也難受啊！」

「我沒他這樣的兒子！」崔世福氣得胸膛不住起伏，連握著洗衣棒的手都有些顫抖了起來，一邊厲聲道：「要滾你自個兒滾，不要再回來了，你要有出息，我也不貪圖你的，只是醜話給你說在前頭，鄉親們給我作個證，往後這孽障要是走投無路再在外頭借了銀子，哪個過來我都不認的！」

這話說得絲毫沒有給崔敬忠臉色，直羞得崔敬忠拿那寬大的儒士袖袍將臉擋住了，也不顧別人的推阻，頭也不回地朝外走了。

楊氏在後頭哭得撕心裂肺的，崔世福臉色也極為難看，人群裡眾人說什麼的都有，勸崔世福與楊氏的人也不少。不遠處聶家孫氏抱著碗坐在院門口處這邊瞧熱鬧，一邊看到崔家的鬧劇，心裡不知有多舒坦。

崔薇看到崔敬忠離開了，這才又回了屋裡。她對於崔世福的性格也瞭解，是個很老實的人，他現在能這樣對崔敬忠，除了因為對這個兒子有些失望外，恐怕更多的是堵著一口氣，崔敬忠既想要好處，又不肯低下頭來求人，他自然心中越來越氣，但崔敬忠出去了好幾個月，這一回來照理說崔世福應該高興才是，不知怎的竟然將他趕出了門，也不知崔敬忠究竟又做了什麼事，惹得崔世福如此的火大。

兩兄妹這廂猜測著，那頭崔世福果然在飯後過來了一趟，還拿了一大提竹籃過來。籃子被竹片搓成的繩索穿了一大堆，瞧著約莫有四、五十個了，崔世福最近幾乎每日都要送些竹籃過來，如今正是農閒的時候，人家都天天在屋裡耍著，一年之中難得這樣休息幾天，偏偏他還在忙個不停，給自己做了竹籃送過來，估計是之前崔薇給了他銅錢，他心中是覺得有些不安了，這才想多做一些竹籃過來。

崔薇心裡有些發酸，招呼著黑背坐下了，一邊讓崔世福進來，那頭崔敬平已經機靈地拿了一些糖果點心等擺出來。

崔薇讓他進了屋，先把竹籃撿好了，這才也跟著坐了下來衝崔世福笑道：「爹，您這幾天也勞累了，不如歇一歇吧，這竹籃的事也不急在一時，等過段時間再弄也行，反正我現在有這樣多了，也不怕不夠用。」

崔世福聽她這樣一說，連忙就擺了擺手。「我這段時間閒著，就多做一些，妳先拿著用，若是有多的，存著就是，妳只要用得上就好。」

崔世福一擺手時，崔薇就看到了他手掌上好多處被割開的傷口，已經乾硬開裂了，上頭沾滿了竹屑碎末，崔世福長年做活兒，手掌上繭子不少，連有這樣厚的繭子也被割穿，顯然他最近真是拚了命在編籃子。崔薇嘆了口氣，忙讓崔敬平打水過來給他洗手，一邊也有些心疼。

「爹，我竹籃子不著急的，您要是將手割傷了，往後沾水都疼，您先緩一緩，這幾個月不要做了。」崔薇心裡有些泛甸甸的，雖說崔世福平日嘴上不多言不多語的，但為人其實極其憨厚，對人的好也不是掛在嘴邊上說，光從他行為就能看得出來了。如今手割成這般，大大小小裂開的口子，看得崔薇眼眶都有些發酸。

家裡沒什麼藥，這個時候也不像現代有各種賣的油膏，崔薇也只有將崔世福手洗了，又叮囑了他幾遍讓他先不要做活兒了。

崔世福也只是憨厚的笑，聽到女兒這樣說，都是溫和的笑著點頭，崔薇每說一句，他便點幾下頭，那表情一看就像是在哄小孩子的。他的性格崔薇也知道，是閒不下來的，現在見他這樣，崔薇也有些喪氣，知道說他不聽，決定這事以後再多叮囑幾回就是了，她也不敢現在給崔世福錢，就怕一給了，他另一頭又覺得心裡過不去，再拚命做竹籃，想著下回再買些東西給他，崔薇便把這事給放下了。

一邊又想到今兒崔敬忠回來的事情，崔薇便有些好奇道：「爹，二哥今天回來了？」

不說這個還好，一說這個崔世福便氣不打一處來。他最近幾日天天都在家裡做竹籃，崔敬忠回來時崔世福表面雖然不顯，但心裡其實是高興的，畢竟是自己的兒子，出去了好幾個月，他心裡哪有不擔憂的？這人又一直沒有音訊，如今回來了，崔世福才算鬆了一口氣，可誰料崔敬忠剛坐下沒多久，不冷不熱地跟楊氏與他打了個招呼，那態度一瞧便跟貴人來自己家裡作客一般，崔世福心裡的火氣又湧了出來，哪裡受得住這些，心裡便有些不滿。

而這倒還不算是最令他生氣的，若是單這樣，他還能忍得住氣，誰料崔敬忠一坐下來便跟楊氏提道：「娘，我最近住縣裡，回來多有不便。每趟一來回便只能搭乘別人的馬車，也要花上不少錢，如此不只是耽擱時間，而且還極為不便，若爹娘想要時常看到我，我便想要買一輛馬車，有人願意將一輛自家換下來的馬車便宜賣給我，只要……」

當時崔世福一聽到這話，頓時氣不打一處來，也沒聽他說要多少錢，便忍不住將人趕了出去。

現在想起來崔世福心裡還氣得要死，剛剛在家裡還強忍著怒火，這會兒過了女兒這邊來，聽她問起這事便再也沒能忍得住，冷聲道：「家裡如今這光景，之前還為那孽障連雞鴨都賣了，幸虧找妳奶奶借了些銅錢，想來大哥大嫂心中已經不滿了，現在他竟然還鬧了這麼一齣，唉！」

崔薇知道崔世福性格，他能說出這樣的話，證明他心裡實是有些難受了，頓時心裡對他的處境也十分同情，雖說以她看來崔敬忠這個樣子崔世福本來就不應該冉管了，就是現代來說，十七、八歲的人也該成年了，在古代崔敬忠自個兒都娶了妻還這樣鬧騰，剛剛借了錢給他貼上，只管著自己快活，也不想想家人。

不過這些話崔薇也只是想想而已，崔敬忠就算是千不好萬不好也是崔世福的兒子，他哪裡可能真不管，最多也就說說氣話而已，因此崔薇聽了也沒說，想了想便寬慰了崔世福幾句，又取了兩塊麥醬肉將他帶上了，這幾個月為了崔敬忠的事情，崔家人日子過得極不好，恐怕好幾個月都沒見著油葷了。

對女兒遞來的肉，崔世福本來不想收的，但崔薇一定要給他，只說如今天氣已冷起來，再過幾個月她又能再做，好說歹說，才讓他將肉收下，把人給送出門去了。

等他一走，兩兄妹相互對望了一眼，忍不住都搖了搖頭。

現在天氣冷起來，如今家裡又不差錢了，崔薇乾脆又著手準備給崔世福做件衣裳。有了事情做，時間便過得特別快，晚飯時屋裡剛生完火，那頭崔敬平正餵著羊呢，聶秋染便領著聶秋文過來了。

聶秋染一向是十五號左右才回來的，崔薇開了門將這二人迎進來時還有些驚訝。聶秋文自個兒一進屋便鑽羊圈裡跟崔敬平說話去了，崔薇領著聶秋染進了屋，一邊有些好奇。「聶大哥，你怎麼今天就回來了？不是還要幾天的嘛？」

外頭天色漸漸黑了，冬季裡白天本來就短，崔薇點了燈，回頭便看到聶秋染從胸口間拿了一個小袋子出來，以為他本來是給自己銀子的，誰料他一打開來，裡面放了一串晶瑩剔透的玉珠串子，一邊就衝崔薇招了招手。「薇兒來瞧瞧，這是送妳的，看看喜不喜歡。」

他頭一回送人禮物不是帶了絨毛的，崔薇好奇地探了過去，那玉珠手串上還帶了他的體溫，每粒珠子約有花生米大小，玉珠顏色極正，崔薇伸手過去摸了摸，光滑細膩，頓時就來了興致。

「很漂亮。」崔薇點了點頭，一面將手串戴到了自己手腕上，那珠串跟她手腕相差無幾，裡頭繩索又不是帶了彈性的，戴上去便有些發疼，幸虧她手掌也不大，再加上小孩子骨節又柔軟，只將手捏攏，輕輕一滑便套上去了。

聶秋染看她沒有跟自己客氣，臉上笑意更深了一些，這才將這回賣的銀子取了出來，放到崔薇面前，一邊問道：「買地的事妳瞧得怎麼樣了？」照理來說若只做糕點那水果之類的用地應該不大，聶秋染也沒嚐過添加了水果的蛋糕是什麼樣子，他只覺得現在這些蛋糕便已經不錯了。不過崔薇既然喜歡，又見她對這事上了心，他自然也要留著一個心眼兒。

一聽到他說這事，崔薇頓時嘆了口氣，鍋裡煮著飯，灶裡又塞著玉米核，一時半會兒也歇不了火，她乾脆也跟著坐了下來，撥了撥手上的玉珠子，一邊有些悶悶不快。「不成。我年紀小，連戶頭都只是羅里正瞧著我跟崔家分開了，暫時給我放到一邊的，若想要自立，得等到十三歲才成，若是租人家的地，我又怕到時惹上麻煩。」若是到時有人見她掙錢眼紅了，非要將地收回去，她懶得去惹那種麻煩。

聶秋染沈吟了片刻，突然問道：「不如這樣，乾脆我跟妳以及三郎單獨立一個戶頭，我如今年紀到了，是可以立戶的，若是能買得到地當然最好，若是買不到，便先租朝廷的地種著，到時也會免了稅。不過三郎的事，妳得瞧瞧崔二叔願意不。」

聶秋染這話大大出乎了崔薇意料，他竟然說要將戶頭遷了和自己一塊兒，這樣做當然能令她容易立戶買地，但同樣的，也是讓她跟聶秋染緊緊綁了起來，別說她自己願意不願意，恐怕光是孫氏那頭，她便不會同意。可惜崔敬平也只是比她大兩歲而已，現在才剛十二歲，離十三歲還差半年時光，要是等他十三歲了，楊氏估計也捨不得將兒子分出來。

想到這些，崔薇便忍不住搖了搖頭。「我爹不說了，但我娘肯定捨不得將三哥的戶頭剝離出來，而且聶大哥，你娘能同意你那樣做？」

「我娘的事情妳不用擔心，我跟我爹都是秀才，家裡的稅原本因為我爹就是免了的，少了我也不會出什麼情況，再者我跟我爹長年不在家中，原本家裡租種的地便不多，我娘只是租借了兩份，平日根本沒用完名額。只是薇兒，妳自己得要想清楚。」聶秋染意味深長地看了崔薇一眼。

他話裡的意思崔薇自然是明白的，如果他有法子能將戶頭搬遷出來，那麼兩人這回是真正有些牽扯不清了，雖然因為開店鋪的事他已經幫了自己不少的忙，這上戶頭一事就算他瞞著不說，孫氏也裝著不知道的話，那麼瞞得過別人，卻是瞞不過自己的。

之前聶秋染還說過要娶她的話，以前崔薇只當他和自己開玩笑而已，如今看來，他這架勢不太像。崔薇也沒有立即便答應下來，只是猶豫了一陣，說要想上幾天，她倒並不是害羞了，而是終身大事，她不想草率就決定了，往後再來後悔。聶秋染這人確實是很好，以小灣村的人看來，恐怕自己跟他之間說不得人家還真當自己是高攀了他，不過崔薇自個兒知道自個兒的事，她倒並不是真認為自己配不上聶秋染，而只是怕這樣沒有選擇的婚姻，以後自己熬得難受。

這不是現代，不滿意了兩個可以隨時離婚，一旦嫁了人，便沒有反悔的餘地，可惜如今跟聶秋染不知不覺的越糾纏越深，她要是想不嫁人，恐怕崔世福不會答應，若是最後真要被逼著嫁人，說不得嫁給聶秋染也行，至少他雖然是讀書人，但並不像是崔敬忠那樣不事生產只等人家養的。而且聶秋染雖然骨子裡也有傲氣，但並不是眼高手低，只不過兩人搭夥過日子而已，只是那人性格實在太過狡猾了些……到了這一地步，不知怎的，崔薇心裡又隱隱覺得這樣有些太過草率了，雖然現在宅子都買了下來，她也確實是很想要開成臨安城的店鋪，不過這事關係著她一輩子，因此吃完飯，送了聶家兄弟回去時，她自個兒洗了澡便上了床。

接下來幾天崔敬平都覺得她情緒有些奇怪，不過想了想最近又沒什麼煩心的事，只當是小女生自己愛胡思亂想，便將這事給放了下來。

崔家那邊崔敬忠在十二月中時又回來了一趟，他之前帶去的錢用完了，每個月上私塾是要花錢的，若是一月再繳不上，那麼連學堂都進不了，而且他現在並不是住在學堂中，而是在縣中另租房子住，一個月也要花些銅錢出去，也被逼得沒辦法了，回來只有找父母要。楊氏愛兒子，留了他在家中過年，答應替他先想想辦法。

眼見著再過半月就是過年的時間了，可惜現在崔家裡窮得叮噹響，往年過年還能殺條豬吃，可是現在眼見著年關將過，家裡連雞鴨都捉了大半去賣，就為了供崔敬忠讀書，現在一開年又要支出去一些銅錢，崔家人一商議，乾脆將圈裡的豬賣了，這事自然是引得王氏不高興，又鬧過了一場才作罷。

因著崔敬忠的事情，崔家人這個年也沒能過得過，大年三十家裡都還是冷冷清清的，屋中只得幾樣簡單的菜式，雖然沾了些油葷，不過連肉都沒幾塊，楊氏雖然想念小兒子，可是看到屋裡吃的這些東西，自然沒臉喚崔敬平回來團年了。

而崔薇這邊也苦惱，上回聶秋染說了那件事情之後她便心裡一直都有些猶豫，也隱隱有種自己被趕鴨子上架的感覺，因此更是有些想躲避。聶秋染早在幾天前便回來了，不知是不是孫氏對他總往自己這邊跑也有意見，因此這幾天他每日只過來坐一會兒，連飯都沒留下吃便回去了，崔薇心裡也鬆了口氣。

大年三十的晚上四處都響起了鞭炮聲來，崔薇跟崔敬平兩人吃完晚飯，難得一年之中能熱鬧上一回，崔薇也乾脆讓崔敬平自個兒拿了鞭炮出去玩，只叮囑他小心一些，別傷了手和眼，自個兒便留在家中收拾起桌子來。外頭四處都傳來歡聲笑語，與現代過年的冷漠完全不同，此時村莊裡都洋溢在一片歡聲笑語中，若是在往常這個時候家家戶戶早已經熄了燈睡覺了，可是現在卻仍是熱鬧非凡，不少小孩子四處跑來跑去，發出陣陣嘻笑，在這小村莊裡聽得特別的分明。

崔敬平剛出去不久，聶秋染便過來了，崔薇現在真有些怕他，一看到他本能的便覺得心裡有些發虛，連忙將人迎了進來。這才坐下了，有些不好意思道：「聶大哥怎麼過來了？」

聶秋染一坐定便看了她一眼，昏黃的燈光下小姑娘目光有些躲閃，他眼睛微微瞇了瞇，一邊就道：「最近忙了些，回來也沒時間過來坐坐。薇兒，上回我跟妳說的事妳想得怎麼樣了？」

他看得出來，崔薇這會兒已經有些退縮了，不知道是不是因為從小生活在崔家，讓她防備心極強，聶秋染雖然不懂小姑娘的心思，可是跟她相處了這麼長時間，卻也知道她的性格，若是現在一味強逼，恐怕最後效果反倒不好，而若是任由她現在退縮，對他自己更是沒好處，因此想了想，半真半假地道：「妳也知道，妳現在年紀還小，往後的事情如何，妳若覺得不能作主，我也不逼妳，當初說要娶妳，本來是為了替妳解圍。」

聶秋染這樣一說，就看到小女生臉上漸漸浮現出兩團紅雲來，頓時忍不住嘴角邊露出一絲細小的笑紋來。

而崔薇這會兒也想了起來，聶秋染說要娶她，其實一開始是真正為了幫她，這會兒聽聶秋染的意思，好像並不是喜歡自己到非自己不娶的地步，難道是她想錯了？

這個念頭一湧入心裡，崔薇只覺得臉頰開始發起燙來，若真是這樣，她豈不是自作多情？崔薇心裡有些羞窘。

聶秋染像是沒有看到她的不好意思一般，又接著說道：「若是往後妳要是覺得不想嫁給我，反正到時妳在臨安城中也落了戶，我到時將妳帶出去，想來往後妳自己只要小心一些，不要太出格，平安度過一生也夠了。出了村莊，又沒人認識妳，妳隨便捏個身分給些銀子上戶也就是了。」聶秋染說完這話，便轉身自個兒在桌上倒了一杯溫熱的羊奶喝了兩口。現在正是冬天，天氣也冷，剛煮好沒多久的羊奶放上這一會兒工夫便有些涼了，喝進嘴裡時有些腥氣，他卻垂了眼皮，面不改色地將羊奶全喝了進去，這才抬頭看了崔薇一眼。

雖說話是這樣講的，聶秋染當時心裡也有過這樣的想法，不過此一時彼一時，若一開始還只是有些同情崔薇，心裡對這小姑娘又有一點兒好感的話，現在這樣長時間的相處下來，其實他心裡是早已經認定了，兩人之間不說有什麼喜歡，不過相處起來倒也挺好的。崔薇並不像是一些村裡的姑娘，膽小害羞，令聶秋染有些意外的，她既不像是目不識丁的人，可也不像是閨中小姐一般拘謹內向，也不知崔家怎麼養出了這樣一個奇怪的小姑娘，但卻極符合聶秋染胃口，若是兩人能過一輩子，那樣自然也不差。

再者如今村裡好多人都知道自己已經答應了要娶崔薇，他哪裡會真的任由她離開去嫁給什麼別人，不過是先穩定一下她的心，免得她成天總想躲著自己。就不信天長日久的，將這小丫頭的心給拴不住了。

聶秋染眼中閃過晦暗莫名之色，眼裡的思緒全被眼皮給擋住了，崔薇只看到他臉上帶著的溫和笑意，心裡不由鬆了一大口氣。她不知道聶秋染竟然心裡還打著這樣的主意，一想到自己這些日子以來對他有些防備的情況，再想到他不遺餘力幫自己開店的事，頓時心裡有些歉疚了起來。

崔薇忙站起身來，一邊殷勤地替聶秋染添了些羊奶，一邊討好地道：「聶大哥，你這樣為我著想，買宅子也幫了我很多的忙，我也不知道要怎麼謝你，不過這落戶的事情，也實在太麻煩你了，聶大嬸也一定不會同意的，我怎麼能讓你跟聶大嬸……」

她話沒說完，聶秋染便又端起杯子喝了一口，表情溫和道：「已經辦妥了。」

「什麼？」崔薇有些沒明白過來，下意識地抬頭看了他一眼，問了一句。

「我已經跟爹娘說好了。」看她有些傻愣愣的樣子，聶秋染沒能忍得住，伸手在她臉上捏了一把，小丫頭的臉滑不溜丟的，剛一摸過，手指頭上還殘留著那種觸感，像是抹了粉一般，細膩滑嫩。這一趟他回來有兩天時間沒過崔薇這邊來，就是回家與孫氏和聶夫子說這事去了，真是花費了他好大的功夫，不過現在能看到崔薇呆滯的模樣，聶秋染忍不住又摸了摸她腦袋，眼珠一轉。「不過是舉手之勞而已，往後不用跟我客氣見外。」

他既然都說服了孫氏，又說了往後若是自己不想嫁給他，直接以嫁給他的名義搬出去村莊就是。崔薇雖然不是沒有懷疑過以聶秋染的性格是不是故意拿話誆自己，但她年紀現在還小，最多只能說是可愛而已，就是還在崔家，連說親的年紀都不到，聶秋染現在剛中秀才，風頭又足，村中想與他結親的人多的是，他哪裡又會非拉著自己不放？崔薇登時便認為自己是想多了，聽聶秋染這樣說了，她只有不好意思的，哪裡還會拒絕，自然便是同意了下來。

這事一旦她下了決心，自然便全交給了聶秋染去辦，移戶頭的事女孩兒家是不方便出面的，唯有聶秋染這樣有功名的人去辦，才最為妥順。

聶秋染在小灣村待了幾天，幾乎天天都往外跑，孫氏眼見自己兒子難得回來，可是一回來不是往崔家裡跑，便是駕著馬車朝縣裡鑽，好好過個年也不消停。聶秋染也擔心自己在村裡辦戶頭若是走漏了風聲，容易給崔薇帶來麻煩，他倒是不怕，可他時常在臨安城進學，哪裡能時時盯著崔薇，乾脆自個兒麻煩一些，便每日都進縣裡去，到時一來在縣裡直接落了戶，比起村裡羅里正立的更加穩妥不說，而且還不會使旁人得知，這樣一來，鐵板上便釘了釘，小丫頭準是他的跑不了！

崔薇還不知道他心裡的盤算，對於自家的事卻總讓聶秋染跑上跑下，心裡多少還有些歉疚，只是他跑了幾天，將事情辦妥了，崔薇心裡也跟著鬆了一口氣。只要戶頭的事辦妥了，能買到地自然是最好的，若是買不到，租地也成，反正用聶秋染的戶頭，連稅都免了，若不是買了地便是自己的，其實租地也不錯。

到了初五時事情便幾乎辦得妥當了，崔薇才有了些心情開始享受過年的樂趣來。這幾天裡幾乎都是家家戶戶走親戚的時間，四處都是熱熱鬧鬧的，崔家最近因為崔敬忠的事情雖然困難了一些，不過崔世福仍是咬牙給了她六個銅子，希望她順遂。

崔家連著娶了兩個媳婦兒，要走的親戚不少，光是走王家與那孔家，便要花去好幾天時間，這樣一來一回的，很快時間便晃到了初五後。

一大早時崔家那邊便又熱鬧了起來，說是來了客人，趁著崔敬平出去挑水，崔薇放狗的時候就看到崔家大門敞開著，兩個面容蕭索，身材單薄的一大一小兩個人影站在了崔家院子門外。那年長的婦人大約有五十來歲左右，頭髮都已經有些花白了，面有菜色，穿著一身打了幾個補丁的粗布衣裳，背脊已經有些彎了，看起來極為窮苦的樣子。而年紀小的那個大約十四、五歲的樣子，身材矮瘦，穿著一件嶄新的青布襖子，與那婦人相較，他這身衣裳看起來倒像是要體面了不少，她不禁多看了一眼那身衣裳。

不過這人瘦弱得厲害，一身厚袍子穿在他身上顯得空蕩蕩的，一手拿了帕子捂著嘴，不時咳上幾聲，只咳得像是連肺都要掉落出來一般，那婦人一聽他咳著，忙不迭便給他拍背順氣，一副擔憂焦急的樣子。

崔薇路過時，那婦人轉頭過來看了一眼，見到崔薇時眼睛登時便一亮。

小女孩兒今日穿著一件淡綠色衣袖邊繡了花朵的小襖，下身是一條厚百褶裙，層層疊疊的，走動間既顯俏皮又顯乖巧活力。頭上戴了兩個白色小毛球，襯著黑烏烏的秀髮，更是看得讓人不自覺地就心喜，那少年似是也感覺到那婦人的目光，跟著轉過頭來，便瞧了崔薇一眼，頓時眼睛也亮了亮，放了手中的帕子，轉頭便衝崔薇拱了拱手。

兩個陌生人，以前又不認識的，在崔家時候的印象好像又沒這兩個親戚，崔薇也沒將他們放在心上，只當是崔家哪個自己沒見過的親戚罷了，因此也衝這兩人點了點頭，這才朝自己家方向轉去。

崔薇剛一離開，那婦人便咂了咂嘴。「那小姑娘模樣倒是生得好，瞧著衣裳也好看，不知是哪個大戶人家的，若是往後壽哥兒你能給我討個那樣的媳婦兒回來，能幫襯著照顧你，我也心裡滿足了。」她一邊說著，一邊便搖著頭嘆息了一聲，剛剛那話她也只是敢在嘴裡說說心裡想想而已，哪裡敢生出那樣的心思。

那少年一聽她這話，忙咳得又更厲害了些，聲音聽得讓人忍不住都皺眉。他原本還有些青白的臉上泛出潮紅來，一邊忙道：「娘……咳咳咳……」

興許是這邊的咳嗽聲吵著了屋裡的人，崔家門口很快有一個人從門口出來了，隔著大開的院門一眼就瞧得清楚，那婦人便大喊了一聲。「芳兒！」

被她這樣一喊，孔氏連忙又驚又喜，迎了出來。「娘跟小弟來了，我已經等了許久了，沒料到你們這個時候才過來，路途可是耽擱了？」孔家原本是在離這兒好幾個村子之外的石溪村裡，若是步行過來少說也要一個多時辰，孔氏正等得有些著急了，看到母親和弟弟過來頓時歡喜，一邊扶著那少年便要朝裡頭走，一面就道：「如今正好二郎回來了呢，娘你們趕緊進來，小弟的舊疾可是又犯了？他的身子還要多注意一些，若是錢不夠，你們同我說，我那兒還有支釵子，興許抵了能當百十個銅錢，夠抓藥了。」

這少年咳得說不出話來，只是一臉內疚地看著孔氏。孔家秀才早死，留了姊弟二人與一個母親紹氏，一家人險些當年沒活得下來。當年孔秀才身體就是個弱不禁風的，娶了一個只知三從四德的紹氏，最後孔秀才吐血而死，他在時能掙的錢便不多，就算偶爾替人寫些書信掙些銅錢，大多也貼進了他的藥錢裡頭，等他一死，孔家更是艱難，尤其是這孔鵬壽，更是身體弱得要命，當年便險些養不活，後來小心翼翼養到大了，卻是使得孔家更是窮得叮噹響，債臺高築。孔氏從小跟弟弟母親相依為命感情極好，而孔家欠債又多，附近知根知底的沒哪個肯娶孔氏，就怕張手便接個炭回去，買了一個還得贈兩個養著。

最後也只有楊氏這個不知事的，以為撿到了個便宜，花了二兩銀子才將人抬回去，那二兩銀子轉手便被紹氏還了債不說，又給孔鵬壽抓了藥，平日母子二人日子難熬得很，一旦孔氏出了嫁，紹氏是個只知洗衣做飯的，孔鵬壽只知讀書，又不會做家事，再者他身體又弱，自然紹氏更不會讓他沾丁點兒煙火，母子二人過得緊巴巴的，今兒過來能吃上一頓，因此一大早的便起了身。

孔氏也知道自家裡的情況，看到孔鵬壽的模樣，哪裡不知道他心裡的想法，不由鼻頭就是一酸，連忙將人就迎了進去。

第五十二章

屋裡楊氏看到親家母子過來了，臉上算是擠出一絲笑容來，無論如何這紹氏母子性子軟綿好拿捏，比起那王家的，不知要好收拾多少倍，而且他們孤兒寡母的，又鬧騰不起來，再看在二郎崔敬忠的分上，這會兒大過年的，楊氏就算是看著孔鵬壽一副隨時快要斷命的模樣心裡有些不滿，但仍是忍了下來。

楊氏笑道：「親家過來了，我還說都到這個時辰了，不知是不是路上耽擱了。」

紹氏有些緊張地坐了下來，一面扶了兒子也坐下了，那頭孔氏忙不迭準備去打熱水取汗巾給二人擦臉，紹氏這才陪著笑道：「親家母客氣了，我家壽哥兒身體弱，一路走得便要慢些，倒是給親家添麻煩了。」

她話音剛落，那頭原本抱著孩子的王氏目光便落到了孔鵬壽身上，看了半天，她突然覺得有些不大對勁了，目光便一直緊緊地盯在孔鵬壽身上看，眾人聊著天一時間也沒注意到她，崔世福哪裡好意思將目光總往兒媳婦身上落，因此也沒注意到，反倒是崔敬懷，瞪了王氏好幾眼，王氏也沒有收斂幾分。

這孔鵬壽長相倒是清秀，不過一身病病殃殃的氣息，身上帶著一股的苦藥味兒，幸虧他是個讀書人，才惹得楊氏對他高看了幾分，聽到紹氏這樣一說，頓時便順著她的話題往下誇道：「我瞧著鵬壽倒是個有出息的，那身斯文氣，不是讀書的人都沒有。」

楊氏也沒讀過書，不知該怎麼誇獎人，這話一說出口，崔敬忠便不由自主地皺了下眉頭。不過楊氏這話不得崔敬忠待見，倒是很令那紹氏歡喜，連忙喜笑顏開，一邊也跟著恭維了崔敬忠幾句。

沒有當娘的不喜歡人家誇自己兒子的，原本楊氏對這窮親家還只是想著要應付而已，可幾句話下來倒真生出了一些親近之心，看了看年紀一看就知道不小的孔鵬壽，一邊道：「親家，我瞧著著你家鵬壽已經十四歲了吧？不知道說沒說親？」

當初楊氏娶了孔氏回家時，孔氏十六歲，這個年紀沒說親的在此時已經十分少見了，若不是楊氏動作快，半個月時間將孔氏娶進門了，要照正常禮儀走，恐怕一、兩年都不一定能將人娶得進門。而當初孔氏比她的弟弟大了三歲，孔氏過門一年了，這孔鵬壽算著也應該是十四了，若是再拖下去，恐怕他年紀大了，孔家既無男丁，又無家底，孔鵬壽這副模樣又是病歪歪的，恐怕更不易說親，要是耽擱下去，可真是斷子絕孫了。

「唉，不瞞親家，咱們家的情況親家也知道，哪裡有人瞧得上？若是親家有個女兒，說不得可憐可憐咱們，便嫁過來了。」紹氏這話只是無意間感嘆出口，鄉下裡以女兒跟對方互換媳婦兒的事情也不是沒有，不過那只是窮得娶不上兒媳婦的人家幹的，紹氏這話一說出口，不只是崔世福臉色冷了下來，連帶著楊氏面色也有些不好看了起來。

她倒不是對於紹氏這話氣得難受，只是心中有些不滿，她娶孔氏時可是明媒正妻，花了幾兩銀子出去的，如今聽紹氏這話，倒像是一個子兒不想花，就想平白無故要討自己一個女兒回去般，幸虧崔薇那小丫頭如今跟她已經沒什麼關係了，否則要是聽到這事，以她性格，還不得大鬧一場？楊氏心中也有些不滿意，要誰嫁給這孔家的小子，可真是倒了大楣了！年紀輕輕便要死不活的樣子，家裡還窮得要死，就是要賣女兒的也看不上他們，崔薇就算沒跟楊氏鬧翻這事楊氏也不幹，更何況如今她不能作主崔薇婚事了。

不過知道歸知道這件事，但楊氏聽起紹氏的口氣時依舊是有些不大痛快，沈了臉就道：「親家這話可說得不妥當了，就算我有女兒，哪裡有養大了便白送給人家的道理，妳家那閨女，當初我可也是花了銀子才抬回來的！」

紹氏原本以為閨女嫁了過來兩家便已經是一家人了，聽到楊氏這樣說，頓時便有些發懵，臉上火辣辣的燙著，嘴裡唯唯諾諾道：「親家別見怪，我一個婦道人家，也懂不得這些道理。」她說完，又轉了個話道：「剛剛我倒是瞧著親家門口有一個小姑娘經過，穿得光鮮模樣也長得好，就是不知是誰家的，跟咱們家壽哥兒年紀也配，若是能有她做媳婦兒，瞧她那身穿著，我往後就算死了，也不用擔心壽哥兒的以後嘍！」

原本這話紹氏是想要彌補一下自己剛剛說錯話的過失的，誰料這話一說出口，崔世福臉色更難看了起來。從自家門口經過，又穿得好看且與孔鵬壽年紀相當的，除了自己家的女兒崔薇就再也沒有別人了，一聽到紹氏這樣一說，他登時心裡就不痛快了起來，冷著臉哼了一聲，還沒開口，那頭孔氏提著桶便進來了，聽到了屋裡說的話，一邊就笑道——

「娘您說的呀，那是四丫頭薇兒，是夫君的四妹呢。」孔氏不知道剛剛婆婆楊氏還堵了自己老娘一回，看老娘臉上的笑意，以為他們說得高興呢，連忙就湊巧過來說了一句。

要說剛剛紹氏還不敢想要娶崔薇當兒媳的念頭，如今一聽說那是崔敬忠的妹妹，她頓時眼睛便亮了亮，急切道：「那是親家母的親生女兒？當真？」

孔氏不知道她怎麼就激動了起來，看一旁的弟弟也是拿了帕子，一副癡癡的模樣，頓時便嘆了口氣，點了點頭道：「那是當然，就是薇兒，住在隔壁呢，娘您問這話是什麼意思？」

她話音剛落，紹氏「撲通」一聲便朝著楊氏夫妻跪了下來，嚇了崔世福一大跳，楊氏也吃了一驚，她這輩子除了被兒子兒媳小輩們跪之外，還從來沒有被平輩跪過，像當初董氏那等刁婦被她打得下跪求饒的當然不算，如今看到紹氏的行為，頓時起身忙後退了幾步，臉色都有些變了。「親家母，妳這是何意？」

「壽哥兒，你也趕緊跪下來！」紹氏顧不得回答楊氏這話，連忙衝自己的兒子招了招手。

那頭孔鵬壽一聽到這話，忙也跟著拉了衣裳跪下去。

孔氏不明就裡，只是見母親弟弟都跪了，忙也有些惶恐地跪了下去，臉色有些慘白，嘴唇顫抖道：「爹、娘，我、我娘不懂事，還望娘看在兒媳的分上，不要與她計較！」

楊氏一口氣悶在胸口，看到孔家人這副作派，頓時氣得說不出話來。

崔世福忍了又忍，沒有開口，孔氏這個兒媳性格雖然綿軟了些，不過好在她為人勤快，且又不像王氏一樣是個愛挑撥的，因此他對這個兒媳印象一向還算不錯。此時聽到她這話，也不由感到心裡一陣陣發堵。

「親家母，妳家有女兒，與我們壽哥兒年紀相當，妳也說了，我們壽哥兒是個有福氣有前途的，不如親家母行行好，把那小姑娘許給咱們壽哥兒吧，我一定會將她當作我的親生女兒對待的。」紹氏也顧不上搭理女兒，一口氣便將話說了出來，連忙額頭點在地上，一連叩了好幾個響頭，直教屋裡眾人半晌回不過神來。

「親家母還是起來吧，大過年的，妳要是這麼跪著，咱們家可沒什麼多餘的壓歲錢發給你們！」崔世福原本不想發火的，可是一聽到紹氏竟然將主意打到了自己的女兒身上，頓時有些忍不住了。他就算為人再厚道，可哪邊是肉哪邊親近他可分得清楚，就算是再同情孔家窮困，他可沒道理要送女兒去吃苦的。這紹氏嫁給病殃殃的孔秀才，年紀輕輕就當了寡婦，看孔鵬壽的樣子，竟然一副身體還要不堪的模樣，保不齊哪天便沒了命，聽說小小年紀就在咳血了，別說他家有錢沒錢，就算自己女兒能掙錢，不在乎養幾個吃閒飯的，可也不能一嫁過去便守寡！

崔世福說話還從來沒有這樣刻薄過，紹氏頓時便呆住了，楊氏也跟著回過神來，但她氣憤的是當初自己要娶孔氏時這個紹氏非要二兩銀子才肯鬆口，如今要娶自己的女兒，竟然意思是要白送給他們！孔氏有哪點兒比得過自己的女兒的？不論是能幹還是性情，她一個手指頭都比不上，遇事兒便只會哭，動不動便下跪，那模樣看得楊氏膩歪，自己女兒能幹，雖說時常與楊氏對著來，但她能掙錢，往後就算那死丫頭掙的錢便宜不了娘家，可也不能平白無故養了孔鵬壽這樣一個廢物才是！

雖說這傢伙取名一個壽字，可楊氏瞧著他沒哪點兒與長壽沾了邊的，倒像是個短命鬼一般，就這樣，紹氏竟然也敢張這個嘴，她是不是估摸著自己不敢在大年初六的時候揍她？

楊氏心裡氣得要死，見崔世福都不客氣了，她哪裡還會客氣，頓時臉便拉了下來，那聲音比外頭的寒天還要冷。「親家母這句話我倒是聽不懂了，妳家閨女嫁過來時我還給了二兩銀子聘禮，我那閨女沒有五兩，妳都休想娶走！大過年的，妳也不要跪在地上，我現在還沒死呢，哪裡用得著妳來給跪，今日這話我當妳胡言亂語，聽過便算了，往後若是要再說，休怪我不念親戚之情！」

楊氏這話音剛落，崔世福便咬牙切齒地瞪了她一眼，絲毫沒有給她臉面的意思，冷聲道：「薇兒的婚事，由不得妳來作主，若是往後再讓我聽到什麼聘禮不聘禮的話，小心我也不給妳臉面！」

當著親家的面就被崔世福這樣不留臉子，楊氏頓時有些吃不住，心裡又羞又惱，便將氣撒在了孔家人身上，狠狠瞪了孔氏一眼，怒聲罵道：「妳死人啊，還不趕緊起來，就你們這家底還要娶我女兒，人家的婚事早說給聶秀才了，哪裡有你們的分兒！」

這話一說出口，崔敬忠心裡不滿，頓時便冷哼了一聲。「沒有父母之命，媒妁之言，她那便是無媒苟合……」

他話還沒說完，崔世福便看了他一眼。「你要是再說一句，你便給我滾出去，你要的錢我一個子兒都不會出的。」他說的話是真的，若以前崔敬忠還想用自己的消失來使得崔世福難受傷心哭泣挽留，但崔敬忠出去了幾個月時間，現在可是知道崔世福性格了，現在聽他發火，哪裡敢多說一個字，頓時便閉了嘴，只是心裡卻極為不滿。

孔家人不肯起來，只當楊氏這話是託辭而已，紹氏還跪在地上苦苦哀求著，直求得楊氏火大。

那頭崔敬懷心裡也不舒服，看到自個兒的媳婦王氏還將目光一個勁兒的往孔鵬壽身上溜達，心裡的氣哪裡還忍得住，家中氣氛變成這般模樣，好好過個年，便沒人消停的，他頓時氣不打一處來，狠狠一下子拍在了王氏背上，厲聲喝道：「賤人，妳瞧什麼，若是這麼愛看男人，老子休妳回家看個夠去！」

被他這樣一拍，王氏頓時才像回過神來一般，漆黑的臉上露出猙獰之色來，將手裡的孩子往崔敬懷身上一塞，指著孔家人便尖叫了起來。「妳這個賊，賊子，賤人！不要臉的東西，老娘今兒打死你們一家賊！」

王氏突然發飆，嚇了崔家人一大跳，崔敬懷下意識地想伸手過去拉她，可是想到還抱在懷裡剛睡著的兒子，頓時便忍了下來。崔佑祖現在都要三歲了，不是當年的奶娃，一隻手抱不來，非得要兩隻手才成，平日王氏跟楊氏二人寵著他，成天都將他抱著，以致養成了他現在睡覺也要人抱的性格。

王氏一下子嚎叫著撲將過去，楊氏本能的便將身子一側，那頭王氏跟個母老虎似的便衝了過來，一把逮著孔氏的頭髮，劈頭蓋臉「啪啪啪」幾聲，幾個大耳刮子便一下子朝孔氏頭臉上抽了過去！

這一舉動頓時讓人驚呆了，崔敬忠嚇了一跳，深怕王氏發起瘋來傷到自己，站得遠遠的，躲在楊氏身後衝這邊厲聲道：「大嫂，妳幹什麼胡亂打人？」

「這是賊呀！」王氏一打完，還不解氣，瘋了一般去扯孔鵬壽的衣裳。

孔鵬壽嚇了一跳，原本是想掙扎，可是他身體病弱，哪裡是王氏對手，竟然被王氏一個婦人騎在身下，沒幾下工夫便將他的衣裳解了大半。

紹氏看到兒子被壓，頓時嚇了一跳，想上前救兒子，不過她一向柔弱，並不是盛怒之下王氏的對手，被王氏一下子推到孔氏身上，母女二人如同見著了惡魔一般，驚恐無比地抱著便大哭了起來。

屋裡霎時亂成了一團，崔世福和楊氏一下子就被驚呆了。

「這、這是怎麼了？」

別說這兩夫妻有些摸不著頭腦又吃驚無比，就連崔敬懷也嚇了一跳，看到自己的媳婦兒騎在其他男人身上，他面皮哪裡掛得住，頓時臉紅得滴血，手上抱著兒子，不好上前拉王氏，只能跺了跺腳，衝楊氏道：「娘，您還不趕緊將她拉開，這樣丟人現眼的，成什麼體統？」

「誰丟人現眼了？丟人的是他們，是孔家！」王氏氣得面皮脹得通紅，一面乾脆又打了孔鵬壽好幾下，一下子便打得他雙眼翻白，眼看就像是要昏倒過去的模樣，王氏卻不解氣，又狠狠在他嘴皮子上頭掐了一把，直將病弱少年又掐得醒轉過來，她才被回醒過來的楊氏扯了開來。

「這究竟是幹什麼？」楊氏只覺得頭疼欲裂，恨不能給王氏兩大耳刮子，可是不待她動手，王氏「哇」的一聲便大哭了起來，指著地上躺著，半死不活回不過氣來的孔鵬壽道：「娘啊，他是偷衣賊啊！」

這話說得楊氏沒頭沒腦的，眾人都有些吃驚，唯有孔氏身體開始篩糠似的抖了起來，看得王氏又是氣不打一處來，狠狠又上前踢了孔氏好幾腳，指著孔氏便罵——

「那衣裳是我夫君的啊，是大郎的啊，還沒穿過幾回呢，這小賤人，竟然吃裡扒外偷大郎衣裳，我就說，當初好端端的一件衣裳，怎麼突然就不見了，原來是出了妳這樣一個內賊，老娘今兒非要抓了妳去報官不可！」

剛剛王氏便覺得那件衣裳十分眼熟，如今倒是認了出來。去年崔薇做好的新衣裳送來，崔敬懷都捨不得穿，也沒碰過幾回，除了走親戚穿過兩次，其餘時間便被他疊在了衣櫃裡，王氏平日也不敢去碰，要不是天熱，想拿出來曬曬，怕裡頭的棉花被蟲蛀了，也不會發現厚襖子不見了，當初王氏可是心疼得滴血，如今竟然在孔鵬壽身上發現了崔敬懷的衣裳。她認了半天，敢確定了，心裡便一股火氣騰地升上來，氣得要死，登時便忍不住衝將過來。

孔氏剛剛被王氏打了幾耳光，頭髮散亂，嘴角流血，早就怕了王氏，可又見不得小弟受苦，這會兒一聽到她說自己偷東西，頓時忍不住嚶嚶地哭了起來。

楊氏面色鐵青，也顧不得去拉扯王氏了，一面蹲到了地上，將早就被嚇懵住，頭上髮巾都被抓歪的孔鵬壽拉了起來，一面朝他身上盯了幾眼。

去年崔薇給崔敬懷做的衣裳當時楊氏見過，就算沒看到大兒子穿過幾回，不過崔世福有件一模一樣的料子，夏天時楊氏還洗了曬過一回，自然能認得出那面料與衣裳模樣，開始時孔鵬壽穿著，她只是一時間沒有注意，現在被王氏這樣一喝，她連忙拉了摸過幾下，果然便看出端倪來，臉色登時唰地一下變得鐵青，回頭狠狠剜了孔氏一眼，忍著要想一凳子往她頭上扔過去的衝動，一面怒聲道：「這是怎麼回事？」

王氏這會兒打了人還有些氣不過，非要讓孔鵬壽將衣裳脫下來，原本適合崔敬懷穿的衣裳被改了一些，看得王氏心裡又是一陣火大。這會兒恨不能將孔氏生撕了才好，一邊冷笑道：「還能有怎麼回事？家裡出了賊唄，難怪我說大郎的衣裳好端端的怎麼就不見了。娘，家裡時常不見的米啊穀子等，我懷疑就是這小賤子拿回去貼補娘家了！」王氏一說到陷害人，腦子轉得便特別快，更別提這回孔氏被她人贓俱獲了。

這孔家窮得叮噹響，家裡過年都要找人借銅錢買肉吃的人家，她就說這孔鵬壽一副窮酸樣，怎麼能穿得起新袍子，沒料到竟然是孔氏這賤人來偷崔敬懷的！這袍子連她都沒摸過幾回，孔氏這賤人竟然敢偷了回去。

好好的過年沒料到竟然發生了這樣的事情，眾人頓時都懵了，哪裡還記得之前紹氏提出想娶崔薇的話，孔氏面頰紅腫，跪在地上不住叩頭。

崔世福臉色也有些不大好看，家裡兒媳婦喜歡撈東西，若只是一、兩回便罷，但家裡丟米糧等不是十來回了，幾乎每隔十來天便會消失一些，開始時崔世福只當家裡遭了賊，後來又認為家中有耗子，如今聽到王氏說是孔氏偷的，頓時心裡便有了懷疑，尤其是看到兒子的衣裳穿在了孔鵬壽身上，他心中那絲懷疑更是濃了些。

「孔芳，妳自己說，這衣裳是不是大郎的？」楊氏這會兒目光冰冷，恨不能將孔氏生吞活剝的心都有了。

這女人平日瞧著好端端的，做事也勤快，可沒料到竟然是個愛偷東西的，難怪家裡自從丟了米糧之後防得甚嚴，可偏偏那米糧三番兩次便丟失一些。崔家又不是什麼有錢人家，明明是這小賤人偷了回去貼補娘家了！如今家裡種著這樣多人的土地，年初時崔世福為了家裡寬裕一些還特地去了羅里正處又多租了一份地，他跟崔敬懷兩人種家中九個人的土地，一天早出晚歸的，忙得連喘口氣的工夫都沒有，好不容易掙些糧食，合著這小賤人竟然敢偷回家養她那寡母幼弟？

楊氏氣得身體不住顫抖，重重的一巴掌拍在了桌子上頭，厲聲喝道：「妳給我說！」興許這一下將本來沈睡中的崔佑祖給嚇到了，他不由皺了下眉頭，嘴裡發出哭聲，楊氏下意識地放輕了動作，一面則是氣不打一處來，看孔氏只知道啼哭，卻不敢辯解的樣子，頓時便火大道：「這賤人手腳不乾淨，二郎，你這便將她休了，晌午後我送他們一家去見官！」

聽到這話，崔敬忠還沒來得及開口，孔氏頓時嚇了一跳，連忙回過神來便不住地叩頭，一面叩一面哭得梨花帶雨的，嘴裡求情道：「娘、娘，不要休了我，我錯了，我不敢了，家中母親沒得營生，弟弟又是個病弱的，我、我也是實在沒有辦法了，才會幹這樣的事情，娘，開恩啊，爹，求求您饒了我一回吧！」

孔氏也知道在崔家人中，其實崔世福是最厚道的一個，頓時轉頭便衝他拜了起來。

一旁紹氏看到女兒的模樣，惶恐之下聽到女兒偷了婆家東西來貼補自己，頓時心裡也有些發虛，事實上孔氏帶回家裡的東西紹氏本能的不敢去問，她只要有吃的便行了，只當女兒孝順，哪裡會去想到其他。如今看到崔家人的模樣，她才知道女兒惹了大禍，頓時忍不住就跪在原地叩起頭來。

崔世福沒有開口，他累上一些倒是無所謂，但孔氏這樣偷偷摸摸拿東西卻是讓他心中有些不大舒坦。孔家家貧，又只得一個兒子，確實是可憐，不過崔家日子也不大好過，之前崔敬忠鬧了那樣一齣，這回一回來便又伸手向家中要錢，如今崔家連飯都吃不飽了，如何還能天長日久的照顧孔家？

「唉，以前的便不要再提了，不過往後親家母，不是我不厚道，咱們家也不寬裕，為了二郎花了不少的錢，以後你們自個兒想辦法吧。」崔世福表明不再跟孔家計較了。

楊氏心裡憤憤不平，可他既然已經說了話，自然楊氏便不敢再提，反倒是那紹氏，聽到崔世福這樣一說，頓時有些茫然失措。

「那怎麼行？我、我沒辦法的，壽哥兒還要吃藥。親家公，求求你行行好吧！」紹氏說完，忍不住便朝崔世福跪著叩起頭來。

孔氏也淚盈盈的望著崔敬忠，她如今正是青春貌美之時，此時被王氏打過之後形容雖然狼狽，不過她坐在地上，越發添了幾分悽楚之色，看起來頗有些柔弱可憐，她與崔敬忠本來又沒成婚多久，崔敬忠之前在外求學，如今一回來兩夫妻正是打得火熱之時，見孔氏這模樣，崔敬忠心裡頓時湧出一股憐惜來，又對眼前這場鬧劇有些心煩，認為崔世福等人為了幾顆米糧便斤斤計較，模樣實在礙眼，因此皺了眉頭道：「爹、娘，不過是些許米而已，給了岳母便給了吧，反正多兩個人也不過是多兩張嘴而已。」

一聽到這完全不知世事艱難困苦的話，不只是崔世福想要吐血了，連楊氏也忍不住有些發怒，頭一回覺得養了這個兒子是個沒用的，只知道胳膊肘兒往外拐，竟然幫起丈母娘來跟自己作對，直氣得喝斥崔敬忠。「二郎你給我閉嘴！」

「些許米糧，二叔好大的口氣，只是不知道以二叔如今的本事，能掙得到多少些許米糧回來？您別忘了，您如今求學，還是靠著大郎掙的這些許米糧呢！」王氏氣不過，忍不住出聲便刺了崔敬忠一句。她男人的衣裳還被那姓孔的穿在身上，孔氏這樣偷東西，崔敬忠竟然還幫著她說話，自己倒極少往娘家拿東西，卻不知被崔敬懷打過了多少回，一想到這些，她心裡便更加的鬱悶。

王氏說得崔敬忠面紅耳赤，臉上險些滴出血來，衝王氏怒目而視。「真乃頭髮長見識短！我乃是考中了朝廷童生資格的，往後，難不成我還還不起崔家？」

「一個童生！人家聶家可是兩位秀才，你一個童生算什麼？你還得起崔家，你現在有本事拿個子兒出來，不要找大郎幫著你收拾爛攤子再說，連自個兒都吃不飽，還敢管這些閒事！」王氏雖然氣得厲害，但好歹還顧忌著崔敬忠的身分，嘴裡沒有開罵，事實上她此時想將崔敬忠祖宗八代都想扒開臭罵個夠，早瞧他不順眼了！

「妳！我不跟妳計較，頭髮長，見識短！」崔敬忠面皮發紫，論嘴皮子，他哪裡是王氏對手，更何況王氏說得本來也沒錯，如今他事事要向家裡伸手，底氣自然不足，不過就算是這樣，崔敬忠心裡不由自主的依舊生出一股怨恨來，只想著若有朝一日自己能中了秀才，必定要叫這王氏好看，要將今日之辱，千百倍的還給她。

王氏待還要再刺他幾句，那頭楊氏已經瞪了王氏一眼，兒子再不好，可她也容不得別人來罵，只是這孔氏偷東西的事是不能姑息了，楊氏一想到失去的那些米糧，心疼得直抽抽，想到剛剛崔世福說不用孔家還了，頓時嘴裡都泛起了苦味，那些米糧，總共湊起來不知有多少了，可惜白白餵了孔家這兩個廢物！楊氏心中難受得緊，但想到孔鵬壽這小東西肯定是還不上了，就算他是天上文曲星下凡，能有那個福氣中秀才，恐怕也沒有那個福氣去享了，孔家這幅家景，哪裡能還得起自己家的東西？只要不再來繼續打秋風便已經是極好的了。

一想到這些，楊氏心裡更不順了些，轉頭衝崔敬忠勉強擠出一個笑臉來。「二郎，這樣的話你不要再說了，你爹跟你大哥不容易，種點兒地一年收成沒有多少，累死累活的……」她話沒說完，便看到崔敬忠臉上的不耐之色與眼中的冰冷，知子莫若母，頓時楊氏心裡便一寒，也不再談這事，知道兒子不愛聽，連忙又道：「你想想，孔氏一次拿回家一斗米，一年下來能拿多少了？那些米少說也要賣百十來銅錢了，夠你在縣中學堂裡繳上一個月夫子束脩了。」

若楊氏再囉哩囉嗦提到什麼掙錢辛苦不辛苦的，崔敬忠肯定不愛聽，可一聽到她說這些錢足夠自己上一次學堂了，崔敬忠頓時就變了臉色。「這麼多？」

一句話聽得崔世福心裡對他失望無比，搖了搖頭連話都懶得說了。

一頓飯這樣鬧了，自然沒有誰再吃得下。孔氏哭哭啼啼的，被楊氏一併趕回了娘家。孔鵬壽身上的衣裳自然也沒讓他脫得下來，讓他下次將衣裳送來，不然就報官的威脅下才將孔氏等人趕了出去。

第五十三章

這邊鬧劇崔薇在中午時便聽崔敬平說過了。

今日一來客人，中午崔敬平過門口時便看到了孔家人被趕走的情景，回頭他便去問了楊氏，知道那是孔氏的娘家人，又聽說了孔氏偷東西的行為，回來便與崔微說過一次。

不知怎的，崔薇就想到了上回裁蚊帳時自己丟失過一塊裁下來的緞子的情景，上次只當自己記錯了，畢竟是趁著吃飯的時間弄的，慌忙之下也沒有多加注意，現在沒料到孔氏竟然有偷東西的惡習，想來當時她的記憶沒錯，應該是孔氏過來順手便將東西給撈走了，她倒也是聰明，沒拿大的，只揀了小的，難怪偷東西這樣長時間，竟然也沒被崔家人發現，如此謹慎，若不是今兒那姓孔的少年穿著衣裳露了餡兒，恐怕崔家人還得養著那兩個人不可。

事實上紹氏崔薇今早見過一面，她也就五十來歲的年紀，跟楊氏差不多，但她日子過得卻是比楊氏好一些，最多不過是因為困苦而臉上添了幾絲憔悴與艱難之色，好端端一個家，能將日子過成這般連飯都吃不起的模樣，在這個太平盛世還算是少見的了。再不濟，跟人縫縫補補的，總能過上一年。

只是這些事情到底是跟崔薇無關，她感嘆了一句，便就放下了，本來不想再提這事的，誰料崔敬平端著碗筷，又轉了個話題道：「那孔家人竟然還想娶妳呢，當真是得了失心瘋了，竟然想說要給他家那病秧子求娶妳……」

崔敬平話一說完，崔薇神色一下子就冷了下來，連飯也吃不進了，頓時心裡就跟吞了一隻蒼蠅似的。

雖說現在是各住各了，但楊氏那樣的渾人，若真有了利益，保不准敢再為了兒子犯險一次，崔薇這會兒倒是真想起了聶秋染來，要是實在沒有法子，不如就嫁給他算了，反正自己又沒個喜歡的人，在這陌生的時空，嫁哪個人不是嫁啊，嫁給他至少知根知底的。就算是孫氏難纏了一些，可有聶秋染在前頭擋著，他對付孫氏有一百招，再不濟自己也不是任人拿捏的，一個孫氏也不是沒法子應對著，總比哪一日楊氏發了瘋，隨便將自己指了人來得要好。

心裡存了這樣的念頭，到底今兒聽到那孔家的人說想娶自己被壞了心情，崔薇午飯也沒吃多少。

晌午過後聶秋染來時看她沈著一張小臉，還沒開口問，崔敬平便已經將事情經過跟他提了。雖然表面沒顯示什麼，聶秋染臉上還帶著笑意，但明顯兩兄妹都能看得出來他眼神看起來有些嚇人了，雖說這事與崔薇本來沒什麼相干，不過看到他時崔薇總覺得心裡尷尬無比。

春節剛過，聶秋染便回了臨安城了，走時叮囑崔薇多看一些地，到時若有中意的，等他回來再一起商議。若是要在周圍種一些水果，自然是能在小灣村附近的那是最好，一來若是要多種植些水果，難免要請人照看著，免得有人過來偷摘，而若是遠了，崔薇也怕鞭長莫及，到時懶得照應。

崔薇一邊請人留意著剛生產後的母羊，一邊則是趁著在洗衣裳時便開始聽小灣村的婦人們說閒話間透出的消息來。

只是母羊倒是好買，幾個月下來買了約有二十來頭，羊圈裡裝不下了，崔薇逼不得已只得找人將羊圈擴大了些，幸虧院子是大的，就是多修幾個羊圈也不過是占些地方而已。但這樣一來每日擠奶等事情便忙碌了起來，崔敬平一個人在家裡幾乎少有空閒的時間，而崔薇最近買地也有些不順，到了六月時，崔敬平的生日都過了，崔薇手裡存了約有一百三十兩銀子了，本來以為若是沒法子便想要去租地時，誰料這個時候，村裡的潘老爺卻傳出要賣地的消息來！

潘家是小灣村裡比較大戶的人家，並不是說每個潘家人都是有錢有勢的，只是在小灣村這一帶，姓潘的人家特別的多，又幾乎連在一起住，快占了小半個小灣村的地盤，這些潘家人多少都沾親帶故的有些關係，平日裡雖然自家人間多少仍是有些齷齪，但若一致對外時又極為護短，因此小灣村的人大多都不願意惹潘家的，就怕最後鬧起事來反倒要吃虧。這潘老爺便是潘家裡最有錢的一戶。

不只是在潘家而已，這潘老爺在整個小灣村裡都極有名，他是小灣村中擁有地最多的人家，也不知是從潘家哪一代流傳下來，反正傳到潘老爺這一代，小灣村裡除了朝廷的地之外，剩餘的幾乎都是他的，小灣村中好些人便是在租種著他的地，或是替他種地拿工錢過活的。這潘老爺是當初崔薇遇著養狗那家宋氏她男人的叔叔，雖然不是真正近親的，但兩家來往走動得也勤，潘老爺想要賣地的事，便是宋氏洗衣裳時頭一個傳了出來。

崔薇當天正好去溪邊洗衣裳，便聽到宋氏跟幾個婦人在那兒閒聊著，一邊洗著衣裳，一邊便說起這潘老爺家的事情來。

宋氏原本長相不差，嫁進潘家好幾年了，最開始時那潘大貪圖她容色，將她當成個眼珠似的，輕易不肯讓她幹活，成婚這幾年了，就是再好的珍珠也看膩了，自然便成了魚目珠，洗衣煮飯的事也樣樣都要來。宋氏現在自然也加入了溪邊洗衣裳的大組織，一邊拿了洗衣棒砸著衣裳，一邊就與旁人笑道：「我家那叔叔，如今要賣地了，若是妳們哪個家裡有錢的，可得趕緊下手了，我們叔叔要賣的那地呀，離村子近不說，只得幾步路距離，而且關鍵還是上好的良田！」

她這話一說出口，許多人頓時便動容了，有人停下了洗衣裳的動作，一邊有些吃驚道：「良田？還離家近？莫不是崔家隔壁不遠處直接連著到王大家那片吧？」

這婦人所說的王大家便是王寶學的家裡頭，而崔家旁邊有塊地崔薇也是知道的，直接蔓延到了王大家那邊，種的全是應時的植物，而且收成還不錯，記憶中楊氏就很是羨慕那地方，認為土地肥沃，收成也好。

那塊地聽說也是潘老爺家的，這事許多人心裡都清楚，若他真要賣的是那塊地，崔薇倒真的是有些心動了起來。

「可不是嘛？不過可不止那一塊而已，除了那塊大的地之外，還連隔壁的地一併賣了。」宋氏伸出濕漉漉的手理了理頭髮，一邊臉上露出幾分自得之色來，看到眾婦人吃驚的表情，她好像賣的是自家的地一般，得意非凡。「那兩塊地不小，恐怕連起來得有七、八畝了，妳們若是有銀子，也儘管出手就是，保管虧不了！」

有婦人聽她承認了是崔家門邊直接延伸到王大家那邊的地，頓時都倒吸了兩口涼氣，有幾個聽她這樣說倒真是有些心動，盤算著不知道要多少錢才能買得下來，有人想著自己家存的銀子，便小心翼翼討好道：「宋家妹子，不知潘老爺這地若是連在一起賣，要多少銀子？」

沒等宋氏回話，便有人肯定道：「那樣大的地，少說也得三、四十兩銀子了！」

一聽這話，許多人頓時又露出吃驚之色，嘴裡發出「嘶」的一聲，顯然有些不敢置信。

宋氏冷笑著瞧了這些人一眼，嘴角邊露出譏諷之色來。「這位嫂子可說得不對了，幾十兩銀子我家那叔叔怎麼可能賣？那可是上好的良田。若是自個兒買了，就算要繳稅，可足足比租衙門的地稅少了兩成半！有了地傳給子孫，要想存銀子還不容易？你瞧瞧我那叔叔怎麼發達的？」宋氏說完，便努了努嘴。

眾人聽她這樣一說，也顧不上生氣，一聽到幾十兩銀子還不止了，好些人都嚇得面色都變了，三、四十兩銀子對許多人來說已經是一筆鉅款了，若是薄田一般來說也就是八、九兩銀子一畝，也不是買不到，就算是上好的良田要貴上一些，也不過十幾兩頂天了吧，那幾畝地莫非他想要賣百兩不成？許多人心中都有些吃驚。

有人連忙就追問：「宋家妹子，妳就給咱們一個準信，就是買不起，聽聽熱鬧也好啊。」這話引得不少人跟著附和了起來。

宋氏被眾人看著，虛榮心登時得到了極大的滿足，乾脆連衣裳也扔在一邊不洗了，許多討好她的便湊上來，拿了洗衣棒便給她搓起了衣裳來。

宋氏臉上露出滿意之色，走了幾步將裙子放了下來，把腳裸遮住了，這才抓了把草墊在屁股底下，坐到了一旁的土裡，衝眾人比了比手指頭，一邊笑道：「那兩塊地，最少要一百五十兩！」

宋氏話音一落，好些人忍不住尖叫了起來。「一百五十兩？天啊，這麼貴，存兩輩子也存不上啊！」就是不吃不喝的賣糧食賣雞鴨，也得賣多少才能湊得齊這個數？原先不少還心存僥倖的、認為自己說不定能買得到那地的人，一聽到這個數目，頓時便死了心。

崔薇聽到這兒時，原本洗衣裳的動作跟著就慢了下來。她蹲在石頭邊，豎起了耳朵便聽著宋氏等人說話，手上的動作幾乎都沒有再動了。

這會兒宋氏等人說得來勁，哪裡有人注意到崔薇也在一旁聽著，那宋氏被眾人呆滯地盯著，越發覺得得意，一面就笑道：「可不是一百五十兩？我叔叔家裡最近急用錢，否則就是一百五十兩，這地他也不會賣的。」地便是莊戶人家的命，不是走投無路了，一般都不會有人賣的，尤其是像潘老爺這樣大肆地賣。

幾個婦人頓時連衣裳都顧不上洗了，連忙就開始追問起宋氏來。「這潘老爺家中究竟出了什麼事？怎麼連地也要賣了，莫非是惹了什麼官司，才要賣了這地？」

許多人心裡都猜著潘老爺是不是惹上官司了，否則無論如何都不該賣地的。

那宋氏看到眾人臉上的好奇與探究的興奮神色，頓時癟了癟嘴。「妳們知道什麼，我那叔叔的兒子不是在縣裡唸書嗎？去年考了個童生，如今想花銀子捐個功名出來，要是有了功名，便是半個官身，往後再使銀子謀一謀，說不得以後便是要做大老爺的人了。」

宋氏說完這話，看到幾個婦人一副雲裡霧裡的樣子，頓時索然無味，擺了擺手道：「算了，跟妳們說也說不明白，反正往後我那個表弟可是有大出息的人，要是做了官，這些銀子算得了什麼，多的也會滾口袋裡來！」其實那什麼官身不官身的，宋氏自個兒也不明白，但最後潘大跟她說的有了半個官身便有機會能做官，能得好處，她卻是一下子就明白了過來，正好現在拿來教訓這些婆娘。

溪邊的人得到了自己想要的答案，頓時個個都咋舌了起來，趁著她們熱議不休，一邊說著有銀子就是有好處，崔薇則是站起了身來。她也弄明白了這事，又心裡想著買地，該知道的情況都知道了，剩餘宋氏等人要談的不過是那潘家少爺的情況罷了，她也懶得再聽，一路裝了衣裳便往家裡趕。

現在正是六月初，離聶秋染回來還要十來天的時間，崔薇恨不得他立即便回來才好，她一邊怕潘老爺家要賣地的事是不是宋氏胡說八道的，一邊又怕潘老爺家的地賣了出去，往後若是要再找著這樣買地的機會恐怕就不容易了。這樣的焦急下，她都恨不得立即想個法子去將地買了才好，但這個念頭一生起便被她自個兒強行壓下去了，她手裡有銀子的事，尤其是如此多銀子的事幾乎除了崔敬平與聶秋染之外沒人知道。

崔敬平是個嘴嚴的，自然不會拿去往外說，而聶秋染更是不會自個兒往外提，若是她現在衝出去說要買潘老爺的地，恐怕村裡許多人就算是再善良，可也能活吞了她，因此這事就算她著急，也還得等著聶秋染回來了才行。

以往覺得躲那傢伙還來不及，可關鍵時候就顯出他的好處來。幸虧沒過幾天裡小灣村裡果然傳出了潘老爺要賣地的事，崔薇心裡是喜憂參半，喜的是潘老爺家真的是要賣地，不是那宋氏信口胡言的，而既然此時潘家賣地的風聲傳得這樣廣，便也證明那地是沒有賣掉的。

而她憂的則是這樣大風聲傳了出來，要是被人給聽了去，小灣村裡潘老爺可稱為第一大地主，村裡就數他最為有錢，可隔壁好幾個村也有那大戶人家的，萬一有人過來插上一腳，到時崔薇真是哭也沒地方了。

幸好是潘老爺家要價一百五十兩銀子的價錢，嚇走了不少想打那地主意的人，幾天下來圍在地邊看熱鬧的人倒是有，但真正要買的人卻並不多，崔薇對這情況暗地裡鬆了口氣。

那頭崔家面對這情況，楊氏也是唉聲嘆氣的，若是家裡有銀子該多好，要是能將這近在跟前的地買下來，往後一家人何愁吃穿？只要多傳個幾代，那本錢總歸是找得回來的，以地生財，又不用多繳稅，而且那地又如此肥沃，不知能讓家裡情況變得有多好過，崔世福父子種地也不像現在這樣辛苦，收成卻並不多了。

可話又說回來，若是崔家能動輒便拿得出這一百五十兩銀子，崔世福父子也不用成天辛苦在地裡刨了。楊氏心裡跟貓抓似的，沒一天安分的，簡直是跟崔薇心情相差無幾。而那廂崔薇盼星星，盼月亮，每日都跑到門口邊朝進村裡那條大路看上幾眼，只盼著聶秋染能趕緊回來。

十五號一大早崔薇便跟崔敬平輪換了班次，一人過去守上一會兒時間，雖然知道聶秋染自臨安城裡回來恐怕最少也要晚上才能到小灣村了，但一整天崔薇心裡都急得跟熱鍋上的螞蟻一般，這幾天她吃不下睡不香的，心裡總惦記著地的事，深怕被人家搶了先。這事她沒瞞著崔敬平，崔敬平也知道她著急，因此便乖乖的站在門外瞧。

天色漸漸黑了下來，崔薇更是著急得厲害了，最近去潘家看地的人也不少了，若是就這幾天地被人買走了，她得要哭死！

天色剛一擦黑，崔薇忍了心裡的焦急，想到聶秋染今兒要回來，既然自己有事要跟他說，自然是要留他在家裡吃飯的，因此強忍了焦急，一面讓崔敬平守一會兒，看著時間差不多了，乾脆先回家吃些東西再說，自己才匆匆回去做飯了。

剛將麥醬肉切好，又把一些配料給準備妥當了，中午燉的醬豬蹄現在那皮兒已經軟爛得拿筷子一戳就會破了，崔薇還沒將菜下鍋，看著外頭漆黑的天色，剛想出去先將崔敬平喚回來再說，那外頭頓時便有人敲門了。

黑背睡在院子裡，抖了抖身體，滿身肥肉亂晃了幾下，跑到門邊站起來扒門板去了，沒有大叫，顯然外頭並不是陌生人。

崔薇一打開門，便看到崔敬平拉著聶秋染一併站在門外，看到崔薇來開門時，聶秋染剛笑了笑，就見崔薇歡笑了一聲，一下子朝他撲了過去，一把抓著人家衣裳，一邊雙眼閃閃發光。「聶大哥，你終於回來了～～」

還從來沒有受到過這樣的待遇，聶秋染一邊笑瞇了眼睛，一邊伸手搭在小姑娘手背上。這半年下來崔薇嘴裡的牙齒長起來了，又換了好幾顆乳牙，臉龐顯得飽滿娟秀了一些，下巴尖細，帶著些微的嬰兒肥，看著比之前竟然還要可愛得多。聶秋染一邊抓了她的手，一邊看她激動的樣子，溫柔笑道：「不要著急，慢慢說，我都聽三郎說過了。」

他這樣一提，崔薇才覺得自己太過著急了，連忙點了點頭，一面幫著他牽馬進院子裡來，一邊殷勤地與他說話。那馬進過院子裡好幾回，知道這邊有好吃的，她一牽便跟著進來了，車輪子滾過門檻時發出沈悶的響聲，崔薇等馬車進了院門，這才趕緊將院門關上了，把馬韁繩一放，拉著聶秋染便進了屋，將拴馬的工作交給崔敬平去了。

「最近村裡潘老爺想賣地，給他兒子捐個官身，聶大哥，我想將地買下來。」不管是不是種植物，可到底地買下來還算是有了一個固定資產，崔薇心裡也放心些。

聶秋染不慌不忙地點了點頭，端了她討好遞來的羊奶給喝了，事情經過又聽她急匆匆地說了一遍，小姑娘的聲音像是玉珠落在銅盤上似的，輕快又好聽，叮叮咚咚的，她不知道她現在這樣急切又眼睛晶亮時的模樣有多可愛。聶秋染盯著她看了半晌，見她說得累了，又倒了一杯羊奶遞到她手上，看崔薇三兩口喝了，鼻尖上沁出細小的汗珠來，不由伸手進懷裡掏出帕子來替她擦了擦。

他溫和道：「妳啊，急什麼。我明兒進城裡去，找個人過來將地買了，保准誤不了妳的事，最遲後天一大早，那地契便到妳手上，好不好？」

這話的語氣裡帶著溫柔又像是含了無奈，崔薇被他這樣一說，有些不好意思的低下頭來，心裡軟乎乎的，一邊有些彆扭的坐到了椅子上，一邊臉龐有些發燙，低聲道：「聶大哥，你剛回來，怎麼明天又要走？要不歇兩天再說吧，其實我也不是非要後天便買到了。」

「我知道妳心裡著急，妳放心就是，這事交給我，妳不要擔心了。」聶秋染看到她有些不好意思的模樣，眼中露出淡淡的光彩來，一邊伸手又摸了摸她的頭，默默地把自己這回剛帶回來的小東西順手便別到了她頭上。「城裡的新花式，給妳戴著玩。」

崔薇不用摸也知道頭上戴的什麼，頭一回沒有想要馬上取下來的感覺，反倒是扭捏了一陣，乾脆站起身來飛快的說了一聲去炒菜，便跑進廚房去了。

聶秋染雖然沒有抬頭，但滿眼的笑意卻仍是映在了杯中蕩漾的羊乳裡。

既然說他第二天要走，聶秋染吃完晚飯便拿了銀子早早的回去了，崔薇猜著他應該是要去請別人幫忙，心裡也不知是個什麼滋味，晚上翻來覆去幾乎沒怎麼睡得著，滿腦子總想著事情。

到天亮時依舊是沒能睡得著，乾脆爬起身來，想到聶秋染今日要出去，乾脆又穿了衣裳起身進廚房裡做了些早點，外頭天色還漆黑，崔薇坐在廚房裡發呆，幾乎馬蹄踩在鄉間小路上的聲音響起來時，崔薇下意識地便早已經拎了準備好的東西打開大門跑了出去。黑背跟在她後面，見她沒有喝斥，也歡快地跟了出來，漆黑的早晨裡，一輛馬車正剛從聶家出來。

早晨的霧氣還有些大，崔薇身後崔家的房屋似乎隱在了霧中般，隔著崔家的房子，她自己的房舍像是與後頭的青山融合在了一起，若隱若現的。月亮還未完全鑽入雲層裡，瞧著時間，恐怕這會兒剛到寅時中而已，應該四點左右，隔壁崔家的雞都還沒打鳴，而且夏季天本來就長，到這會兒還沒天亮，可想而知時間有多早了。而聶秋染為了她的事情昨天回來得那樣晚，今天又這麼早出去，崔薇心裡也有些感動，連忙小跑了幾步跨過了田埂，也不敢大聲呼喊了，怕這會兒夜深人靜的將哪個起得早的吵醒過來。

聶秋染正扯著韁繩坐在馬車前，看到崔薇跌跌撞撞地跑過來，他眼力好，一下子便看清了，這會兒天色黑，霧氣又足，地上田埂裡的土被霧色潤得有些濕，踩上去便打濕，若是跑著跑著摔到地裡去了可怎麼辦？他連忙將馬勒住了，一邊跳下馬車來衝她那邊招了招手，示意自己看見她了，讓她跑得慢一些。

崔薇氣喘吁吁地跑過來，一邊將手裡的竹籃往他懷裡塞。「聶大哥，這麼早，你還沒吃東西吧？」剛剛一路跑得有些急了，她這會兒還張嘴喘著氣。

聶秋染伸手碰了碰她的臉蛋，早晨天色有些發涼，她臉有些冰冰的，那手倒還有些暖和，頓時鬆了口氣，將竹籃接了過來。「妳起來這麼早幹什麼，我早上吃了的，我娘煮了雞蛋給我。」話雖然是這麼說著，但他提著籃子時臉上卻仍帶了笑容。

看到他這樣子，崔薇本能的覺得自己好像做得有些不大對勁了，可惜卻又說不上來是哪兒不對，將竹籃給他了，也不知道該再說什麼，猶豫了一下，這才道：「聶大哥，要是沒事我就先回去了。」

「回去吧，再睡一會兒。」聶秋染摸了摸她腦袋，神情溫和。

他沒有開口讓崔薇一路跟著進城裡，崔薇心裡覺得有些不樂意，可偏偏又說不出來哪兒不痛快，只能答應了一聲，轉身小跑回家了，一邊後頭聶秋染還在叮囑著她慢一些。

第五十四章

也不知道聶秋染這一趟出去是要找哪個來幫忙，崔薇一整天都是心不在焉的，連那潘老爺家的地也不像平日那樣左牽右掛了，反倒是心裡覺得有些歉疚不安，晚上照樣沒能睡得著，第二日天不亮便睜了眼睛。

崔薇也覺得自己有些不大對勁，連著兩天沒能睡得著，就是睡前喝一大壺羊奶也總是覺得心裡亂糟糟的，小臉上露出幾分鬱悶之色來，早晨天剛亮時，果然如同聶秋染那天晚上所說的，他又回來了。

聶秋染回來先將馬車停在了家裡頭，將想要留他在屋裡吃飯的孫氏輕易地給打發了，知道崔薇這會兒心裡肯定是有些著急了，連忙就朝崔薇那邊走去，只氣得孫氏在後面直咬牙，將崔薇罵了個半死才覺得心中痛快一些。

還沒來得及出去洗衣裳，便看到聶秋染過來了，崔薇眼睛登時便是一亮，連忙就將人給讓了進來，將衣裳桶丟在一旁，一邊關了門。

「聶大哥什麼時候回來的？」這會兒天色還早著，聶秋染說他一大早會回來，沒料到他一大早竟然真的就回來了，崔薇仰頭在他臉上看了一圈，少年俊郎的眉目間含著笑意，溫潤略尖的下巴處泛出點點青影來，給他平日儒雅斯文的形象又增添了幾分男兒之氣，看得崔薇心裡也有些發疼。聶秋染現在十五、六歲，正是長鬍子之時，他平日裡將鬍子刮得乾淨，崔薇還從來沒見過他這副模樣，顯然昨天一整日都在趕路，沒工夫去管臉上了，才會這樣的。

崔薇一想到這兒，連忙將早就做好的零食點心都取了出來。「聶大哥吃，中午就在這邊吃飯吧，我給你做好吃的！」

「先不忙。」聶秋染坐了下來，從身上掏出了幾張疊得整齊的紙來，一邊展開了放在手邊的桌子上，一邊就衝崔薇招了招手。「地已經買妥了，我找秦淮借的人幫的忙，以他名義買下之後，再轉手讓給我的，中間花費了些功夫，不然一早就該到了。」

那幾張紙上分別拓印著幾排大字，後面蓋了官府的大印，又有聶秋染的手印等，崔薇有些驚喜，上前接過紙來打量了一眼，果然是那幾畝地的地契，頓時心裡便鬆了一口氣。

聶秋染這回買地是費了一番功夫，而且他口中所說的秦淮便是上回買房舍時便幫了他忙的那個人，這下子倒讓聶秋染欠了他兩個人情了，崔薇心中有些過意不去，咬著嘴唇看著這幾張紙沒出聲。

聶秋染看她呆愣愣的樣子，不由拉了崔薇的手示意她坐下來，一邊道：「先收好了，這下子隨便妳準備種什麼也方便了。不過妳上回買的種子也只得那幾樣，我這次進城便又幫妳買了一些，若是地裡不夠種的，妳想要哪樣再告訴我就是。」聶秋染說完，從身上掏了一個黃油紙包出來。

崔薇覺得心裡有些發澀，伸手將桌上的幾張地契撿了起來，這是她往後安身立命的根本，自然是要好好收著。

聶秋染看她收了種子包，嘴角邊笑意更深。

有了地，又有了種子，照理來說這地也是好種了，可惜聶秋染買的種子雖然多，但兩人去瞧過一回那田地，雖然早就知道那地大，但是現在真正瞧過，才知道那地到底大成了什麼模樣。因為這地是要賣的，潘老爺在放出風聲之時，便已經開始著手雇人收割起這地上的糧食來，如今已經弄得差不多了，又請人犁過一回，那土地在周圍一片長著植物的地上看著更顯得寬廣了些。雖然地是買好了，但如今種子一樣種一些便罷了，恐怕還是不夠種的，而且這種地的事崔薇跟聶秋染都不會，還得請人過來辦。

兩人又算了算手裡剩餘的銀錢，這回買地可是真正一窮二白了，除了聶秋染這次帶回來的二十兩銀子之外，添上買了地也沒剩什麼了，反倒是聶秋染，既買了種子，又貼了幾兩銀子買地，身上是都沒什麼錢了，再欠缺的種子自然不能再進城裡頭去買。

崔薇想了想，乾脆道：「聶大哥，我想起上回我三哥他們進山裡摘了好多葡萄青杏兒回來，我想山裡應該是有些野生的，不如就去山裡找看看，反正只要多摘些果子，將核埋下也就是了，多種一些，一定能種得活的。」

還沒成婚身上存的錢都給小丫頭掏走了，雖然自己貼得是心甘情願的，但聶秋染多少還是感覺到了久違的不便，身上沒錢了，連想要找個種子都得這麼難。不過聽她說進山裡頭看看，倒也是一個方法，只當陪她進山玩玩，因此便點頭答應了。

有進山玩這樣的好事，聶秋染自然不會忘記了自己的弟弟，反正多個人就多些力量，只要將人給召齊了，採集起這些東西來也快得多，若是能這樣採到一些山果子也不錯，反正免費的勞力，不用白不用。

聶秋文一天到晚被孫氏拘在家裡頭險些要發了瘋，難得有這樣出門的機會，而且還是進山裡去玩，哪裡有不同意的？明明知道自己這趟進去是要幹活兒，也毫不猶豫地便答應了下來。孫氏那頭有聶秋染開口，她自然沒有法子再阻攔。

那頭聶秋文又去喚了王寶學，拉了這傢伙偷溜了出來，幾人在崔薇家裡集合，各自都揹著一個背篼，滿心興奮地進山去了。

如今正是天熱的時候，只是山裡樹木繁茂，一走進去卻又感到幾絲冰涼，聶秋染拉著崔薇的手，兩人手上只共提了一個籃子而已。

跟聶秋染在一起的幾人都覺得有些拘束，聶秋文猶豫了一下，厚著臉皮前來跟聶秋染求饒道：「大哥，這山裡如此大，要是咱們一塊兒走，採也採不到多少果子的，不如各自分開走，你跟崔妹妹一塊兒，我們三個另外走一邊，晚上在崔妹妹家裡等著，保准我們一人摘一背篼果子回來，好不好？」

聶秋染也知道他不願意跟自己一道，這傢伙肯定不是想老老實實辦事，而是想要四處玩的，不過小孩子貪玩本來就是常理，只要他們完成了工作，聶秋染才不會管他們中間幹過什麼。因此心裡同意了，但臉上卻不動聲色。「你們該不會隨便拿些東西來糊弄我吧？秋文，你說呢？」

「我哪裡敢！」聶秋文一聽這話，頓時恨不能指天發誓。聶秋染精明得厲害，比聶夫子還不好對付，若是惹到了他爹不痛快，最多挨上一頓打，只要聶夫子心裡的氣消了他日子便好過了，可若是惹到了聶秋染，他能時不時的便記起來收拾人一回，聶秋文怕他比怕聶夫子還要多，這會兒聽他這樣一說，連忙將頭搖得跟撥浪鼓似的，一邊表忠心。「大哥，我絕對不敢對您撒謊的，我就是跟爹說假話，也不敢這樣來矇大哥您！崔三兒，你們說是不是？」

王寶學二人連忙點了點頭，他們三個好夥伴難得湊一塊兒，當然也希望能夠自由行動而不用跟聶秋染一塊兒。聶秋染也沒有為難，只是衝他們揮了揮手，幾人歡呼了一聲，倒是崔敬平有良心一些，又跟崔薇說了一句，叮囑了她一番，這才跟著聶秋文二人朝另一邊草叢裡踏過去了。

崔薇正想喚他們小心一些，仔細草叢裡的蛇，不要玩得太久了，這幾人的身影已經很快地沒入草叢裡，不見影兒了。

「走吧，外面的杏果恐怕被人摘得差不多了，得進山深一些才行。」聶秋染拉了拉崔薇的手，山裡路不平，若是不仔細一些，踩到東西便容易一下子摔到地上。這個時候雖然很少有塑膠等各式各樣的垃圾，但四處還能看到碎掉的碗塊以及瓦片等，要是踩到了恐怕要連腳都割破了。只是走進山裡了一些，外頭那些碎瓦片兒漸漸地便少了，越是深山裡，樹木便越是濃密，陽光被樹葉擋住大半，偶爾一陣輕風吹來，便聽到樹葉發出「沙沙」的響聲，極為涼爽。

四周傳來蟲鳴鳥叫的聲音，在這個盛夏時節，在這林子中連半絲暑意都感覺不到。崔薇出門前為了走路方便，特意借了崔敬平以前小些的衣裳穿了，她這一年來長得快，穿著當初崔敬平的舊衣裳竟然剛剛好，小腰拿腰帶將衣裳捆了，更顯出人嬌小玲瓏來，惹得聶秋染連著看了她好幾眼。

林子深處空氣便比之前在外頭時要涼爽了一些，同樣的，地面上踩著的泥土也鬆軟了不少，二人一邊走著，一邊腳上都沾了好些泥，崔薇穿著一雙粗布鞋，深怕滑倒了，緊緊牽著聶秋染的手，一邊幾乎只顧著走路而已。

聶秋染手上提著的籃子裡已經裝了約有大半籃的果子，除了一些杏兒之外，還有一些山桃。這山裡深處估計少有人來，兩人除了摘到一些半熟的杏子外，還有一些成熟了，面上泛著黃澄澄顏色的杏子，聞著那香味崔薇忍不住流口水，一半是感覺酸的，另一半則是感覺有些嘴饞的。

也不知進了山裡多深，兩人也不敢再往裡走了，那山裡可是有猛獸的，要是再往深了走，等下出去也得費上大半天功夫。聶秋染手上的籃子已經裝滿了，崔薇想了想便扯了扯他的衣裳。「聶大哥，咱們回去吧，我覺得這一進來都走了一個多時辰了。」兩人一路有說有笑的，連採果子也不覺得無聊，不知不覺走到山裡深處，要不是進山裡這麼深，恐怕這些桃子還真不容易採得到。

看她有些怕了，聶秋染也覺得時間恐怕不早了，再耽擱下去，要是天色黑了在林子裡待著也不是辦法，因此便點了點頭。

兩人也不往裡走了，崔薇一手被聶秋染拉著，一邊就伸手撥著自己身上黏著的一種黏蓮子，這是鄉下地方裡對一種約有小指頭大小般的果實特有的稱呼。這種果子剛長成時是青澀的，外表布滿了帶了倒角的小刺，一黏在人身上沒有扯它便掉落不下來，就是乾黏了也在上頭黏著，有時候冷不防被刺到還真有些疼。如今正是這東西成熟的時節，山裡更是到處都是，兩人衣襬下方都滿是黏蓮子，崔薇忙著給兩人扯這東西，幾乎連頭都沒有抬起來過。

草叢裡發出沙沙的響聲，像是風吹過時的聲音，一股腥氣跟著便湧了出來，氣息似有若無的，崔薇皺了下鼻子，本能地覺得有些不大對勁，捏了捏聶秋染的手，背後寒毛都立了起來。

「聶大哥，你聽到什麼聲音沒有？」那聲音像是離這邊還遠著，不過她心裡卻有些怕。這林子深處杳無人煙的，裡面又有猛獸，若是碰上，兩人一個少年書生，一個小丫頭，恐怕還真不是牠對手。崔薇心裡有些犯怵，連忙抬頭央求道：「聶大哥，咱們趕緊走吧。」

聶秋染也點了點頭，一邊將她手握得更緊了些，一面兩人踩著草叢便往外跑，身後沙沙聲漸漸更響了一些，崔薇只覺得嘴唇發乾，心臟跳得厲害，像是渾身的血液都集中到了腦裡一般，只知道聶秋染拖著她拚命朝前跑，她也不敢回頭去看，只是這沙沙聲明顯不像是之前那種風吹一般的感覺，她一面跑著，一面鬼使神差的回頭看了一眼，頓時忍不住便尖叫了起來。「蛇啊～～聶大哥，是蛇啊！」

草叢裡，一條約有成人大腿粗細，半邊身子沒在草叢中，腦袋像是有拳頭大小的蛇吐著芯子便朝這邊遊了過來，那腦袋是三角形的，一看便知道有毒，不知道這山裡怎麼這樣大一頭蛇的。崔薇渾身寒毛都要立了起來，原本還覺得身上沒有力氣了，可是這突然間看到蛇後又不知怎的，身體裡湧出巨大的能量來，一下子跟著聶秋染腳步，便又跑得更快了些。

聽到崔薇在喊蛇，聶秋染心裡也是突然一沈，若是遇著其他東西嚇一嚇還好，要是遇著這麼一個大東西，還真不好將它嚇走，看來是將自己二人給盯上了。山裡竟然長了這麼大一條蛇，他原本拖著崔薇跑的，這會兒感覺到小姑娘突然間力氣十足，頓時也跟著身體一鬆，跑得更快了些，兩人這下子一加快速度，倒將那蛇的距離拉得遠了些。

「沙沙」的聲音漸漸遠了，崔薇這才鬆了一口氣，這下子可覺得渾身發緊，眼前直冒金星了，雙腿跟灌了鉛似的，一陣疾跑像是將身體裡殘存的力氣都用完了般，那頭聶秋染不住在地上撿著堅硬的東西。一些大的石塊等他全撿了起來堆到水果上面，反正這水果最主要是用來做種子的，壓爛一些也沒關係，他不像崔薇真認為跑脫了便放鬆，想著撿些石塊有備無患。

半晌之後兩人停下來還沒過多久，果然那沙沙聲又響了起來，崔薇一下子跳了起來，也顧不得身體僵硬得連腳步抬起來都有些吃力，聶秋染見她這樣子，乾脆趴下身，示意她跳上來。

「聶大哥……」看他要揹自己的樣子，崔薇愣了一下，站著沒動。

那沙沙聲越追越近，聶秋染心裡發沈，乾脆拖了她的手便繞著肩膀拉到了胸前，一手托著她屁股，一手提著籃子，連忙便朝山下跑了。

這個動作令崔薇窘迫得說不出話來，只是事急從權，也是沒法子了，不過揹上了她聶秋染自己便跑得要慢了些，她心裡忍不住湧出一股酸澀的滋味來。聶秋染平日雖然性情奸詐，不過對她卻也真好，要是今兒他丟下自己不管，那蛇想來也吃不下兩個人，要是咬了自己，說不定便不會咬他了，而自己若真有個什麼事，房子鋪子地契便全是他的了，可他偏偏還要拽著自己一起走，崔薇心裡軟綿綿的，原本被他拉著的手，最後環在了他脖子上，一邊將頭靠了過去。

「薇兒，妳拿石塊砸它，若跟上來，就砸它一下，砸怕了，它就不敢跟過來了！」聶秋染這會兒雖然極力忍耐，但仍是喘息了幾聲，剛剛一陣疾跑，不只是崔薇累，連他緊張之下也額頭沁出一層細密的汗珠來。

崔薇聽到他說話時，又看他抬起來的手，乾脆趴他更近了些，將籃子撈了過來，吃力地提在手上，扭了身子轉過頭看，那蛇一臉猙獰，渾身綠瑩瑩的，墨綠色表皮泛著淡淡的光，看得崔薇雞皮疙瘩都立了起來。聶秋染揹著她還在往山外跑，她想了想也不知道自己準頭如何，乾脆先撿了一個小杏子在手上，試了試，朝著蛇頭便砸了過去。

那蛇一下子將頭昂了起來，芯子吐得更急，發出「嘶嘶」的聲音，像是被激怒了一般，看得崔薇身上雞皮疙瘩立得更多。連試了好幾次，扔了幾個水果也沒將這蛇砸中。聶秋染一邊跑著，那蛇又不是傻立在原地任她砸，自然精準度便不高，直到扔了七、八個時，崔薇好歹才找到了一點兒感覺，一塊石頭猛的就朝蛇頭上砸了過去！

「砰」的一聲，石頭雖然沒有砸到蛇頭正中，但卻砸到了它張開嘴時的牙齒上！估計這下子被砸得有些疼了，那蛇頭往後仰了兩步，發出嘶嘶的響聲。聶秋染揹著崔薇飛快往山外跑，崔薇手裡也不敢停，又撿了一塊大些的石頭，看那蛇似是被激怒了一般又追了上來，連忙將手裡的石頭又砸了過去。這下子正好砸到了那蛇眼睛上，崔薇焦急之時力道還不小，這下子竟然將那蛇眼睛砸得血都流了出來。

剛剛事態緊急，聶秋染撿的石頭本來就不多，崔薇乾脆趁著這個工夫一股腦兒的將幾塊石頭全部砸了過去。其中有兩塊倒是砸到了蛇頭上，有些卻是散落在地的，還有幾塊砸到蛇身上，那蛇受了疼，頓時身子擰了幾個滾，也不敢再追了。

聶秋染一路托著崔薇，飛快地便出了山中。

漸漸朝外頭走了，深山裡的陰冷空氣才消褪了不少，那種潮濕感一去，二人感受到久違的陽光時，都忍不住鬆了一口氣。原來猛烈的陽光在這個時候照在人身上竟然那麼舒服，那林子深處實在太危險了，難怪平日村裡的大人都不敢讓自己的孩子進山去，果然不是沒有原因的。

兩人跑得遠了，這樣熱的天氣，估計外頭蛇是不喜歡的，聶秋染這會兒也累了。崔薇聽他喘氣的聲音，看他脖子後沁出來的汗珠，拿袖子替他壓了壓，一邊低聲道：「聶大哥，休息一下吧，已經跑很遠了，那蛇不敢追了。」

聶秋染聽她聲音軟綿綿的，忍不住兩手又將她托得高了些，一邊搖頭。「不用，還是先下山回頭再說。只是這山裡有蛇，恐怕還得回去與村裡人說說，免得哪天有誰不知分寸進山裡來，若是遇著了，恐怕沒咱們這樣好的運氣。」

崔薇其實並不重，她不過十歲，身材又不高，聶秋染揹著也不會吃力到哪兒去，只是剛剛兩人遇著蛇緊張，一路疾跑了才會感覺有些疲憊而已。這會兒後面的蛇沒追了，他自然就將腳步放慢下來，一邊揹著崔薇慢慢往山下走。

陽光透過樹葉打在兩人身上，崔薇將頭靠在他背後，隔著背脊以及薄薄的兩層衣衫，似是也能感覺到他心跳的聲音一般。聶秋染身上一股竹香製成的書香味兒與汗跡融在一起，她想到剛剛聶秋染沒將她丟下跑掉的事情，這樣的事就算是換到了一個真止的戀人身上，恐怕能做到的也不過是像他一樣而已，崔薇心裡軟軟的，一邊趴在他身上，一邊輕聲問：「聶大哥，你怎麼沒將我丟下自己跑了啊，我跑不過你，你一定能跑得掉的。」

小姑娘的話沒頭沒腦的，聶秋染卻是聽明白了，忍不住就彎了彎嘴角，輕輕笑了起來。

他沒有開口說話，崔薇卻是想著前世時聽到過的一個笑話，兩兄弟遇虎，二人同時跑，不是跑得過虎，只要能跑得過兄弟，那樣便得救了。今天的情況也是這樣，遇著那樣的大蛇，又是有毒的，恐怕不好躲得過，聶秋染就是跑不過蛇，他要是跑得過自己也應該有救的，但他卻沒自己跑，反倒是將她給揹上了。崔薇一開始還覺得他說要娶自己就跟小孩子扮家家酒似的沒放在心上，可這會兒看到他的舉動，心裡忍不住便湧出一些複雜感來。

「我跑得掉，妳不害怕？」聶秋染聽她說話時聲音軟軟細細的樣子，故意逗她。

崔薇認真就想了想，她當然怕蛇，前世時怎麼死的都不知道，也許沒死，但那樣的狀態自然不能稱為她活著，不過因為之前連死都沒感覺到，睜眼就來到了古代，當然沒覺得有多恐怖。但剛剛看到蛇，她是真怕了，現在想想那蛇的腦袋與身子，她心裡也犯怵，她一向就怕這些蛇蟲之類的東西，一聽聶秋染問起來，她下意識地就將聶秋染脖子摟得更緊了一些。

聶秋染也知道她害怕，沒有說話，只是又將她托了托，慢慢地就朝山下走。

「聶大哥，你對我真好，你怎麼對我這麼好啊？」跑了一陣，崔薇身上連半絲力氣都沒有，摟緊了他一陣子，半晌之後手又鬆了開來，軟軟的搭在他胸前，一邊將臉趴在他背上，一邊輕聲問道。

聶秋染聽得出她話裡聲音帶了些倦意，像是要睡著了一般，腳步放得就更慢了些，一邊聲音裡像是帶了笑意似的。「那我對妳好，妳準備怎麼回報我了？」

這些日子以來他幫崔薇的不少，雖然他是個什麼意思崔薇知道，不過這會兒聽他這樣一問，崔薇臉上露出笑意來，故意開口道：「做好事，一般人家都不求回報的，大恩不言謝，聶大哥沒有聽說過嗎？等以後有小恩再跟聶大哥說謝吧。」

兩人一邊鬥著嘴，一邊漸漸邁離林子深處更遠了些。林子外樹木漸漸地稀疏了起來，聶秋染揹著崔薇慢慢地往外走，一邊也怕她回去之後心裡害怕，故意逗她說話。「這恩謝得太沒誠意了，要是這樣的謝恩法，我可是不依的。」

崔薇像是想了一陣，才忍了笑，突然道：「現在先讓聶大哥多幫我一些，以後等我有銀子了，連謝也不用說一聲，就不理你了。」她說完，又補了一句。「古人都這麼說的，這是重義氣的表現！」她自個兒講完這話，忍不住便在聶秋染背上笑了起來。

她聲音軟軟綿綿的，像是含了糖一般，平時從沒有過這樣示弱的情況，聽來讓人心裡都軟了半截，哪裡還會與她再計較。

雖然說平日裡自己氣得別人跳腳的時候有，但被別人氣得跳腳、說不出話的情況還真是頭一回。聶秋染被崔薇這樣一說，頓時愣了片刻，接著恨得牙癢癢的，仰頭無語望天。小丫頭膽子倒也大，當著他的面也敢說這樣的話，是真認為自己不會生她的氣了？雖然知道她是故意這麼說的，但聶秋染仍是忍不住想將這臭小丫頭狠狠捏上一把才好，竟然將人家古人的話歪成這個模樣，還一副洋洋自得的樣子，這臭丫頭！

只是不知道為何，跟她這樣有說有笑的，聽她故意說著這樣無情無義的話，聶秋染心裡也不覺得厭煩，反倒是更覺得她可愛，以前好像從沒看過她這一面，性格裡像是真露出了幾分孩子氣，並且聶秋染本能的覺得她離自己更近了一些，臉上笑容也跟著深了起來。聽了她這話，故意身子一歪，作勢要將她丟下的樣子，惹得崔薇驚呼了一聲，連忙死死將他抓住，這才嘴裡開始說起乖巧討好的話來。

兩人像是剝除了之前的隔閡與生疏般，變得親近了許多，一路有說有笑的，下了山直接往家中走時，才看到崔敬平幾人早已經是到了家。之前一路只顧著跟聶秋染鬥嘴，崔薇倒沒想起他們，這會兒看到他們已經回家的樣子，頓時鬆了口氣。

院子裡已經擺了好幾大背篼杏子與桃子等物，都摘得滿滿的，這幾人倒也聽話，就算是玩，也知道把正事給辦了。幾人手上還分別捏了一隻牽牛，那牽牛正各自拚命搖動著翅膀，嘴裡發出嗚叫聲，一旦停下來，便被幾人戳戳屁股掏掏嘴，不知道有多苦命了。

聶秋染揹著崔薇進了屋，這才將她放了下來，兩人腳上都沾滿了泥，看得坐在院子中的幾個小孩兒頓時愣了一下。

聶秋文連忙圍了過來，像是有些稀奇一般，盯著聶秋染瞧，看得聶秋染眼睛都瞇起來了，目光不善的盯著他，聶秋文這才打了個哆嗦，從崔薇筐裡揀了個乾淨的桃子，在衣裳上頭蹭了兩下，蹭去了桃子皮上的一些毛後，直接便拿進嘴裡咬了起來，一邊有些含糊不清道：「大哥，你們怎麼了？崔妹妹怎麼是大哥揹回來的？」

崔敬平也跟著圍了上來，有些擔憂的拉著崔薇上下打量。

崔薇其實身上也沒怎麼受傷，腳踝上倒是有些地方在逃跑時被草葉割傷了，但總的來說並不是什麼大的傷口，她一時間站不起來要人揹，只是因為之前跑得脫力了，又被那蛇一嚇，最後渾身沒力氣而已。

看崔敬平在自己身上找著傷口，崔薇還沒來得及開口，聶秋染不樂意了，頓時將她拉到自己身後，一邊搖了搖頭。「沒事，只是遇著蛇了，薇兒嚇了一跳。」

一聽這話，眾人頓時信了，崔敬平跟王寶學兩人還好，沒有多嘴，聶秋文頓時便咧嘴笑了起來。「崔妹妹果然是個娘兒們，連見著那長蟲也怕，改明兒瞧我去捉個十條八條的，與妳玩，有啥好怕的！」

聶秋染一聽他這話，頓時皺了下眉頭，喝斥道：「怎麼說話的？那蛇一個頂你三個長了，你要去，怕有去無回。這段時間少上山一些，你回頭跟爹說，山上遇著蟒蛇了，讓爹與村裡人商量商量，好上山捉了，這東西留著也是害人，哪一天保不齊有孩子遇上便要倒楣了。」

聶秋文一聽他喝斥，頓時跟老鼠遇著了貓一般，縮了縮肩膀，有些害怕的退了兩步，可一聽到聶秋染這話，他頓時有些不高興了，連忙撇了撇嘴。「大哥，你這不是害我嗎？爹要知道我上山去，還不得打斷我的腿了？再說我又沒遇著那蛇，我不說，你怎麼不讓王二回頭與他爹娘說！」

他這樣隨意不負責任的找替死鬼，王寶學也不高興了，回頭瞪了聶秋文一眼。「聶二，你怎麼說話的呢？聶大哥點名的是讓你去，又不是讓我回去說，你也知道會被打，你怎麼不去說？」

王寶學他娘最近將他拘得厲害，要知道他逃出來不說，還跑山裡去遇著蛇了，就算他娘再喜歡他，可也得揍得他滿地爬，這樣的好事他當然不幹！王寶學家裡大人都將他看得跟眼珠子似的。平日輕易不肯碰他一根手指頭，就連他大哥欺負他也要挨揍，不像聶秋文，平日時常被聶夫子打，渾身鐵布衫都練出來了，被打得皮粗肉厚的，時常練功，他根本不怕。

王寶學想到這兒，又不甘地衝他道：「再說了，你時常被聶夫子打，就算這一次沒被打，說不定也要為別的事被打，反正都是打，你咬牙挨一挨不就過去了？」

王寶學這人平時也不常說話，可是一開口說這麼多，沒料到竟然也是個心狠手辣的，崔薇眼皮頓時亂跳，那頭聶秋染已經搬了個長凳子出來拉她坐下了，聽這兩人吵鬧個不停。

聶秋文當然不想回去被打，挨揍又不是什麼好事，哪裡還分這個的，他一聽王寶學這話心裡就覺得不大樂意，翻了個白眼。「好兄弟，講義氣，咱們這些年交情，你幫我個忙怎麼了，你爹喜歡你，不會揍你的。」

王寶學又不是傻的，哪裡會被他三言兩語的給哄著，二人頓時忘了初衷，吵得不可開交。

崔敬平看著這兩人，頓時覺得自己格調又高了一截，也懶得跟這兩人計較，乾脆湊到了崔薇身邊，開始問起那蟒蛇的事情來。

小灣村村子後面的山裡頭十分大，據說村裡許多人都不敢往深山裡走了，說裡面有狼要叼人的，一般人家嚇唬小孩兒時便會這麼說，只是這樣說來大家不只不會害怕，反倒是會更感興趣一些。時常大人不准他們進山裡去，自個兒也會偷溜進去瞧瞧，一回都沒遇著過狼，雖然說裡面有野獸，但誰也沒見過，野豬倒是遇著過，這蟒蛇還真是頭一遭。

山裡濕氣重，如今又不是蛇冬眠的季節，當然山裡會有蛇，但像崔薇說的，頭有拳頭大，身體有大腿粗的蛇崔敬平還真沒瞧過，他本來也是一個孩子性格，頓時便被惹得雙眼發亮，拉著崔薇便開始問了起來。那又不是什麼好玩的東西，崔薇當然深怕崔敬平進山裡頭撞上了，便詳細的與他說了一通。

那頭兩個小的這會兒越吵越是火大，已經面紅耳赤快要掐起架來了，聶秋染這才懶洋洋地招呼了一聲。「好了，還吵什麼！秋文回去與爹說。」

聶秋文正想揍了王寶學便讓他自個兒回去與大人說的，誰料聶秋染一句話竟然還是讓他回家去講，頓時不滿了。「大哥，你可是我親大哥！」他話一說完，便看到聶秋染眼睛瞇了瞇，目光之中露出寒意來的樣子，頓時打了個哆嗦，也不敢多說話，哭喪著臉垂下頭去了。

他剛剛一張嘴就說錯了話，說崔薇是娘兒們，惹得聶秋染不快，不讓他回去報信，讓誰去送死啊！

幾人在家裡休息了一陣，聶秋染幫著崔薇收拾屋裡，而聶秋文則是哭喪著臉，忐忑不安地回家去了，他是奉聶秋染的命回去報告山上有蛇的事情，一想到聶夫子那不怒自威的臉，他頓時身軀便不爭氣地抖了幾下。

第五十五章

崔薇休息了一陣，覺得心裡好受了些，下午時便聽說小灣村裡許多人都聽說了山中有蛇的事，頓時大家都行動了起來。

雖然說現在正是農忙的時候，但大山裡有蛇卻是一個禍害，誰家裡沒幾個調皮小子的，鄉下裡能玩的地方不多，孩子們一天到晚便想往山裡躲，想瞧瞧大人嘴中所說的凶狠能吃人的惡狼。半大的孩子不懂事，正所謂初生之犢不畏虎，若是哪天沒瞧住，跑山上給蛇叼走了，才真是大事了。

村民們也顧不得忙地裡的活兒了，連忙都行動了起來，由聶夫子領著頭，將村中的男丁分了好幾隊，一些人拿著鐮刀與鋤頭便要往山裡跑，楊氏也嚇得過來叮囑過好幾回，讓崔敬平不要再上山，這兒子進山她是管不了了，唯有好好哄著，她不知道的是今日崔敬平早就進過山了，那蛇還是崔薇發現的，楊氏過來也沒跟崔薇叮囑上幾句，便又回屋裡去了。進山的人中還有崔敬懷父子倆，那蛇是有毒的，聶夫子早已經準備了郎中，就防著這個。

晌午後一大隊村民浩浩蕩蕩地從崔微門前經過了，那陣勢瞧著便真有幾分雄赳赳氣昂昂的味道。雖說平日之間家家戶戶裡多少有些糾葛與齷齪，但在這樣的關頭，許多人像是都忘了相互之間的不快般，各自都只想著要找出那蟒蛇除了去，免得哪家孩子受害。就這一點來說，小灣村的村民們比起現代相互冷漠到恐怕對門住著誰都不理解的都市，不知又有人情味了多少。

只是這一去眾人在山中並沒有找到那條蛇的蹤跡，倒是在山裡找到了一個洞穴，裡頭腥臭異常不說，而且還擺了隻死了的野雞、滿地蛻下來的蛇皮，以及幾個與成年男人拳頭一般大小的花色蛇蛋。眾人下得山來時，還一邊在討論著那蛇的大小，找到的洞穴口看得出來有碗口粗，恐怕那蛇體積也不小，一想到有這麼一個大東西在離自己不遠處的地方，村民們許多既是感到興奮，又是感到後怕不已，回來之後便將那蛇蛋各自分了，又牽了家中孩子各自說過幾回，反正在蛇沒找到之前，都不准孩子們進山去玩了。

崔薇想到今日看到的那雙眼睛，心中也感害怕不已，好幾日都在家中待著。那日奔跑之後她好幾天沒起得了身來，聽崔敬平說聶秋文也被他爹打得躺床上下不來了。這小子膽大包天，竟然敢進山去玩，孫氏在看到那些帶回來的蛇皮時都嚇得險些睜著眼睛暈死過去，自然也狠了心沒讓聶秋文起身，只怕哪一日自己兒子送到蛇口回不來，那時可就遲了。

時間一晃就到了七月，崔薇手裡的種子已經是有不少了，再加上後來賣糕點零零碎碎的銀子湊上，又有了十幾兩，買了些種子還剩了十兩左右。如今村裡正是農忙時期，崔薇一時間也不知在哪兒雇人來種地，就算想先做些圍牆把土地周圍圈起來，以免往後水果結成時有人過來偷摘，一時又不好請人，她乾脆將這事放下了，專心做起糕點來。

這一做果然還試出了幾種甜點，但只用蜂蜜到底蜂蜜還是有些不夠了，此時的蔗糖又趕不上蜂蜜的香甜，崔薇也乾脆趁平日時儘量去賣山貨的地方多瞧瞧，只盼能買些蜂蜜放著也好。可惜她不會養蜂，否則哪裡還用為這些蜂蜜而發愁。

崔薇現在不只是做硬糖而已，還在試著做一些軟糖，可惜這些軟糖都只能用羊乳作為底料，若是有水果，能添加一些果汁進去，恐怕還要好一些。家裡現在羊多了，羊乳也不少，崔薇乾脆買了公羊，如今家裡母羊成群了，也不能一過了哺乳期便將羊給賣了，這樣一來麻煩不少，乾脆自己養公羊，到時將小羊再賣出去，也能多少掙些錢回來，就算是用小羊來換些青草也是好的。多餘的羊乳用不完的，她便全部用來製成奶粉，現在除了蛋糕奶糖等外，她的羊奶粉倒是最受歡迎的東西，幾乎每回給聶秋染帶去的，他除了自己留下要喝的之外，其餘都給賣了，換來錢交給崔薇，或是自己再留著，一點一滴請人改裝在臨安城的宅子。

晌午後崔敬平出去割草時，順便將聶秋文也帶了過來，這小子上回被聶秋染逼著說進山裡遇了條蛇，險些沒被聶夫子活活打死，說自己的兒子寧願自己打死也不肯讓他葬身在蛇腹，沒把聶秋文嘔個半死，明明遇著蛇的根本不是他，最後卻吃了這樣一個啞巴虧，他心裡別提有多鬱悶了。好幾日沒有出來，這回跟著崔敬平一過來，頓時便要朝屋裡跑。

崔薇看著他打著的光腳，上頭全是泥，頓時豎了眉頭。「聶二，你把腳洗了才進去！」最近天氣炎熱，崔敬平睡屋裡也熱，乾脆平日裡崔薇給他扯了蓆子，白天時鋪在堂屋裡的空地上，只要往上一躺，靠著地面，掩了門擋住陽光，涼快得很。

她這院子大，當初建的房間也不小，就是擱了張蓆子，地上還是寬得很，崔敬平本來也是個小孩子心性，對於能在上頭玩也歡喜，平日裡沒事便躺上去，聶秋文今兒聽他說得心癢癢的，非要過來瞧瞧，一來就被崔薇給逮住了。

聶秋文現在也不敢不聽她的，他偶爾也想要過來在崔薇這邊吃頓飯，若是不聽她的，她能不給自己東西吃，還放黑背追他，而且要是他不聽，回頭崔薇便跟聶秋染說了，他還要慘。

聶秋文乖乖的打著赤腳到外頭將腳洗了，又借了一雙崔敬平的乾淨舊草鞋穿了進來，一路留了好幾個濕印子，進來看崔薇還在廚房裡忙著，便湊近崔敬平耳朵邊悄悄道：「崔妹妹現在越來越凶了，比我大哥還嚇人。這麼愛乾淨做什麼，反正蓆子就算弄髒了，隨便蹭一蹭就乾淨了。」話音剛落，回頭就看到崔敬平不滿的瞪他，這才想起自己說的是誰壞話，頓時心裡暗罵崔敬平沒骨氣，臉上卻是陪著笑蹭了過去。

崔薇從廚房裡端了一些剛做好的小餅乾出來，這小餅乾是用半蒸半烤的，廚房裡能用的工具不多，但好在食材都是純天然的，那香味倒也十足，這是她最近幾天內新製出來的，平日裡做的都不太好看，今兒又做過幾回，模樣倒是做得好了些。反正是自家吃的，也沒做成什麼講究的圖案，只是隨意切了個方塊或是月亮形便罷了，不過就是這樣，散得一盤子都是，在上頭也瞧著特別的喜人。

聶秋文一看，眼睛頓時就亮了起來。「這是什麼東西？好香啊！而且也好看！」

果然孩子就是孩子，東西還沒吃，光是瞧著外表就已經喜歡了。聶秋文剛剛洗腳時就被崔薇逼著洗過了手，這會兒他伸手過來撈，崔薇乾脆自個兒拿了塊餅乾之後，將這盤子餅乾放到了崔敬平兩人面前的蓆子上。

她一邊拉了凳子坐下了，一邊道：「三哥你們嚐嚐，這是我今兒新做的，要是好吃，下回給聶大哥也帶上一些。」

聶秋文也不說話，挑了兩塊月亮形的餅乾便往嘴裡塞。

雖說廚房裡的工具簡單了些，不過先用竹籠蒸得半熟之後再慢慢用火烤乾，這餅乾外脆裡酥，裡頭帶了清香與蛋黃、羊乳的香味，並不太甜，但口感極好，就正因為不太甜，那雞蛋與羊乳的香味才顯得特別的濃郁，再加上外頭又脆，一咬進嘴裡便「哢」的一聲響，嚼著卻偏偏不費勁，不像蛋糕吃多了膩人，但確實是好吃。

聶秋文眼睛一下子就亮了起來，連忙伸手一下子抓了好幾塊塞進嘴裡，崔敬平也愛吃這個，一面動作不停，餅乾是麵粉做的，雖然不像現代加了各種添加劑，但到底吃多了還是有些口乾，崔薇拿了兩個乾淨杯子，倒了兩杯茶放在桌上，又問了崔敬平二人中午想吃什麼，這才轉身出去了。

屋裡她一走，聶秋文也忘了之前因為進山而被打的怨氣了，乾脆與崔敬平爭搶起餅乾來，剩了幾塊還捨不得吃，末了小心地倒進自己裝零食的口袋裡，一邊與崔敬平感嘆道：「崔三兒，為什麼你有妹妹，我也有姊姊，可偏偏崔妹妹能做這麼多好吃的？不如我跟你換吧，我有兩個姊姊，全給你換了。」

崔敬平鄙視地看了他一眼，一邊轉了頭懶得搭理他了。

中午吃完飯聶秋文也不肯走，他爹聶夫子這幾天沒回來，他又非要在崔薇這邊玩，孫氏拿這個兒子也實在沒有辦法，只能無奈地又喚了一陣，也不敢靠得近了，深怕崔薇家的狗又衝出來，最後見兒子不理睬她，只能氣沖沖地離開了。

這會兒天色還沒有黑，崔薇拿了清水潑著院子，希望能將暑氣降下去，如今太陽大，地底都被曬得發燙，穿著布鞋踩在上頭就連腳趾都要被烤熟了般。前幾天崔世福為了哄兒子閨女，讓崔薇二人不要進山裡，因此特意砍了竹子給做了兩床涼竹床過來，下面只要搭兩條長凳子，把竹床往上一放，晚上便可以睡在院子中，清風拂來，躺在這竹床上頭睡著涼快得很。

看到兩兄妹擺著這竹床時，聶秋文看得眼睛都紅了，不肯離開，無奈孫氏在外頭一聲聲喚著，跟叫魂似的。崔薇聽了，把白天做的一些餅乾給聶秋文，也趕著他離開，他這才紅著眼睛氣沖沖地出去了。

吃完晚飯餵了羊也幾乎沒什麼事情了，她將剩餘的餅乾擺在崔敬平的涼床上，廚房裡收拾得乾淨了，奶粉也放好了，就算是耗子過來也找不到半點兒糧食後，她才鬆了口氣，跟著靠在了涼床上頭。

現在還沒有開店，也沒有成天忙著種地的事，但事情就已經不少了，光是圈裡那幾頭羊，便讓崔薇忙得腳不沾地的，這會兒一下子躺下來，身下冰冰涼涼的，陣陣微風吹來，一股竹香味兒便傳進鼻腔中，聽著院子外樹葉沙沙的響聲，兩兄妹各自說著話，不多時崔薇睡意湧上頭，閉著眼睛便睡了過去。

睡到半夜時，院裡倒是涼快了下來，這小灣村裡夜晚與白天溫差極大，白日時曬得人冒油，晚上睡院子裡時間久了，若不搭個東西還有些涼。崔薇一覺醒來身上也有些發冷，連忙起了身將躺在隔壁涼床上的崔敬平拍了起來。「三哥，天氣涼快了，還是進屋裡睡一陣吧？」

崔敬平迷迷糊糊地醒轉過來，答應了一聲，二人連涼床也沒收，便各自回了屋，崔薇自個兒回了房，懷裡抱了個抱枕便睡了過去，第二日天色大亮時才起來。

外頭靜悄悄的，她穿了衣裳起身時竟然看到大門都還關著，她取了門子將門打開，黑背已經忍耐不住了，連忙甩著尾巴跑過來，崔薇開了門先放牠自個兒出去遛圈了，這才有些好奇地朝崔敬平房間那邊走去。

平日裡到這個時辰崔敬平早就起來了，兄妹二人昨天睡得又早，幾乎天色剛黑便睡了，竟然到這會兒還沒起來，她心裡也有些奇怪，崔敬平的房屋門並不關，站在門口就能瞧到他屋裡的情況，透過垂下來的青布窗簾，能看到一個人影躺在床上，睡得正香。

一看到這樣的情景，崔薇先是鬆了一口氣，忍不住笑了起來，接著又覺得有些不對勁，平日裡崔敬平就算是再好睡的覺到這個時辰也該醒了，睡了這樣長時間，該不是昨夜裡睡了著涼吧？

一想到這兒，崔薇連忙走進他屋裡，先是將窗簾拉起來，接著才跑到床邊，昨天晚上崔敬平回屋連帳子也沒放，這會兒腳、手背與臉上都被咬了好幾個紅疙瘩，他竟然像是根本沒有感覺的樣子，崔薇探了頭過去看，就見他臉色通紅，額頭滿是大汗，伸手過去在他額頭一碰，還沒挨著，便已經感覺到一股熱氣撲面襲來。

崔薇連忙摸了摸崔敬平的額頭，果然燙得嚇人，好端端的，這樣熱的天怎麼會發燒了？該不會是昨晚著了涼吧！

瞧他這會兒正張著嘴喘氣，崔薇也沒推他，看他蜷成一團，連忙扯了床上的薄被替他搭在後背心上，一面出去端了杯熱水進來，喚了崔敬平起身讓他喝下了，看他迷迷糊糊的樣子，估計昨兒就有些不舒服了，可惜昨晚上崔薇睡得迷糊了，根本沒有察覺到。一想到這兒，崔薇心裡不由有些內疚，連忙又把帳裡的蚊子驅了，替他將帳子放下來，又把窗簾也放下了，這才出門去請大夫。

村裡頭本來就是有大夫的，崔敬平發高熱，崔薇也怕他真的燒得高了對他不好，也沒敢往鎮上跑，只在村裡請了疾醫便拉著往家裡跑。

一路著急走著沒有注意到，後頭楊氏卻看到崔薇拉著村裡平日替人看病的大夫回去，頓時心裡便生了疑。崔薇家只得兩個人，不是她便是崔敬平，如今她好端端的沒有生病，可偏偏又請了大夫，楊氏覺得有些不對勁，可惜這會兒丈夫兒子還在地裡，也不好讓他們過去望望。她跟崔薇生了嫌隙，她怕崔薇不讓她進屋門，因此想了想連忙便回了家，招了孔氏過來吩咐了她幾句，想了想又狠心讓她裝了兩個雞蛋，朝崔薇那邊過去打聽消息了。

孔氏來時，正好就看到屋門緊閉著，剛剛崔薇跟那老大夫進了屋裡之後便閂了門，她手裡拿著兩個雞蛋，連忙擱了一個進衣襟裡，接著敲起門來。

屋裡老大夫正給崔敬平診著脈，也不知道是誰，偏偏挑了這個時候過來，崔薇忙朝崔敬平屋裡看了一眼，見他人迷迷糊糊的，好歹睜了眼睛，他房間中又沒什麼值錢的東西，這才連忙起身出去開門了。有了之前孔氏的事情之後，崔薇是真怕屋裡丟東西了，誰料這回一打開房門，竟然剛剛念著誰，這回出現的便就是誰了。

崔薇頓時皺了下眉頭，一面挑在門前，衝孔氏道：「二嫂？有什麼事？」她沒有要讓開請孔氏進去的意思。

孔氏慌亂地低下頭，拿手勾了勾耳邊的頭髮，將髮絲勾到了耳朵後頭，一邊面色通紅，細聲細氣地道：「小姑子，娘看到妳請了大夫，怕妳生病了，所以特意讓我過來瞧瞧，妳沒事吧？」她一邊說完，一邊從胸口掏了個光滑白皮的雞蛋出來，朝崔薇遞了過去。「娘說讓我來瞧瞧，也給妳帶個雞蛋吃。」

在楊氏心裡頭只得崔敬平是最重要的，她送一只雞蛋過來，八成就是給崔敬平吃的，偏偏這孔氏倒也會說話，反倒說是給自己的。崔薇挑了挑眉頭，聽到孔氏說楊氏看到自己請了大夫，也沒有隱瞞，乾脆直接道：「三哥生病了，大夫是給他請的，我家裡有雞蛋，也不差這一個。娘如果家裡沒吃的，便把蛋拿回去自個兒吃了吧。」

孔氏目光閃了閃，也沒開口說話，剛想說自己要進去瞧瞧崔敬平，那頭崔薇便側開了身子。孔氏忙把雞蛋放進了衣襟裡頭，一邊拎了裙襬跨了進去，崔薇亦步亦趨的跟在她身後，一雙目光看得孔氏臉色羞紅，眼睛中淚光點點，回頭便衝崔薇道：「小姑子這可是聽了什麼閒話？真相信我是那等手腳不乾淨的人？」

她到這會兒還說這樣的話有什麼意思，她是不是，自己心裡不是最清楚的嗎？崔薇知道她拿的不是什麼要緊的東西，不過一回拿一些，她心裡也不舒服，更何況孔氏這人是崔敬忠的妻子，她並不想去打交道，因此聽了她這話，心平氣和地便道：「二嫂說哪裡話？上回我跟二嫂的娘和弟弟見過一回。」

崔薇一說到這兒，孔氏眼睛頓時便是一亮，連忙道：「薇兒，我那弟弟雖然身體弱些，但為人一向厚道，且我娘不是個難以相處的人，妳……」

也不知道這孔氏是想到哪兒去了，難不成她以為自己是瞧上了那孔鵬壽？崔薇心裡啼笑皆非，一邊也沒理睬她，只直接開口道：「二嫂，大哥的襖子是我做的。」

她話裡的意思孔氏開始時還沒聽明白，琢磨了半晌才終於回過味兒來。崔敬懷那襖子是她做了送過去的，而崔薇又見過孔鵬壽，自然看到了他身上穿的衣裳，剛剛孔氏還說自己沒有偷過東西，手腳乾淨，可她做給崔敬懷的衣裳，如何到了孔鵬壽身上？

孔氏一句話便打到了自己的嘴巴，頓時臉色羞得通紅，也不好意思再留下去，更何況她也心虛，崔薇的目光裡像是看出了她上回在這邊撈過東西一般，似笑非笑的，看得她心裡犯怵。

雖然恨不能立即便拔腿逃出去，可是孔氏想著婆母楊氏的吩咐，卻是不敢忤逆，硬是看過了崔敬平一眼，又問過大夫情況，這才慌忙退了出去，竟然是一刻都沒有臉再留的樣子。所幸她還知道不好意思，若是遇著王氏那樣不要臉皮的，像當初她鬧著要緞子，最後偷了東西也敢讓楊氏幫著絞了一截過去，這孔氏倒是比王氏現在看起來好對付得多了。

崔薇也沒有將心思多放在孔氏身上，一邊等那大夫開了方子，又留了藥，剛數了錢交給他，還沒把人送出去，外頭楊氏蹬蹬蹬地便衝過來了。

那大夫肩上還挎著藥箱，一見到楊氏這架勢頓時便嚇了一跳，他本來就是村子裡暫住著的人，哪裡不知道崔家鬧的事情。這會兒一看楊氏的表情，就知道這對母女恐怕又有得鬧了，反正他病也瞧了，錢也拿了，也不想再留下來，免得惹上了麻煩，因此忙就與楊氏拱了拱手，打了招呼之後便要走，誰料楊氏一把將他逮住了。

楊氏厲聲道：「游大哥，我兒子他怎麼了？到底是個什麼病，也沒問個清楚。」她急得都快上火了，一邊回頭狠狠地瞪了孔氏一眼，顯然是在認為她沒用。

孔氏被她瞪得有些委屈，吸了吸鼻子，便低垂下頭去。

被楊氏逮住的游姓大夫大概四十多歲，本身年紀大了，身材又並不壯碩，平日裡採些藥為人看病掙些銅錢餬口罷了，哪裡是楊氏這樣時常做著農活的婦人對手，被她一拉著，胳膊便跟夾了個鐵鉗子一般，頓時便倒吸了口涼氣，迭聲道：「崔二嫂，妳先行放手！妳家二郎昨夜裡不過是受了些涼，白天又熱了，才有些發熱罷了，吃了一副藥拿被子捂著出了汗便好了，沒什麼大礙……」他話未說完，楊氏拍著大腿便焦急地哭了起來。

「我兒子好端端的，怎麼會又熱又涼？死丫頭，妳是怎麼照顧妳三哥的？」楊氏一聽兒子生病，急得都上火了。崔敬平從小身體就好，壯得跟頭牛似的，鮮少還有生病倒床的時候。上回他跑過一回，讓楊氏心肝都險些碎掉了，如今又聽他生病，只覺得這幾年崔敬平都走了霉運，一邊也顧不得之前崔世福給過她的警告，抬腿就要往裡闖。「不行，我要將他接回去，我兒子從來不生病的，如今竟然生病了，也不知妳是不是成心的！」

崔薇也懶得理她，一面冷笑道：「我比三哥還小兩歲，誰照顧誰娘到底知道不知道？若您要接三哥回去便罷了，哪日不要家裡一沒住處了，便又將人四處塞！」

她這話顯然是再不給楊氏留臉面了，去年過年時崔家沒房間，崔敬忠沒個住的地方，楊氏非要讓兒子住到自己這邊來，這一住過來崔敬平也不想回去，崔家地方又不寬，便鬧到了如今。

楊氏聽她這樣說，顯然就像是在打自己臉一般，頓時梗了梗脖子。「妳放心！妳家地方再大，老娘也不稀罕，我自己的兒子我自己心疼，免得被哪個殺千刀起了遭瘟（注）心思的人給害了！」

莫名其妙地便被楊氏扣著了一個害人的大帽子，崔薇心裡也有些發火，楊氏自個兒要帶兒子回去，現在崔敬平昏迷著，她也沒法子。其實昨夜裡她心中也有些愧疚，喚崔敬平起來時他便人有些迷迷糊糊的，當時若是先給他煮碗熱薑湯喝了祛祛寒，興許今日裡也不會遭一番罪，但她心裡雖然內疚，不過楊氏這樣一罵，卻是讓她極為不舒服。

看楊氏將人揹了出去，一面虎著臉不高興的樣子，想了想也忍了氣，將那藥包好了，朝孔氏遞了過去。「這是三哥要吃的藥，二嫂拿回去給他煎了吧！」

楊氏本來想有骨氣的讓孔氏不要接這藥，不過一想到家中的情景，如今為了供崔敬忠，家裡實在是連半個銅子兒都刮乾淨了，平日一家人省吃儉用的，不知有多節約，哪裡還有錢給崔敬平抓藥？因此便虎著臉不作聲，大踏步揹著兒子出門去了，乾脆來個眼不見心不煩。

倒是孔氏還有些害臊，剛剛崔薇直接點出了衣裳的事令她現在還抬不起頭來，飛快地道了一聲謝，追著楊氏便跑了出去。

這幾人一走，崔薇心裡滋味也跟著有些複雜，崔敬平往日裡住在家裡頭習慣了，他一走，倒顯得院子裡有些冷清起來。自剛剛大夫來過開始，黑背便一直拚命地叫，後來孔氏來以及楊氏接著又來，更是讓牠有些暴躁不安，崔薇怕牠剛剛咬到那游大夫，因此將牠拴了起來，這會兒等人一走，才連忙將牠的鏈子放開了。

晚上時崔家那邊也沒傳個消息過來，不知道崔敬平究竟好了沒有？倒是崔世福過來了一趟，又給崔薇提了幾個籃子過來，聽他說崔敬平並沒有好，高熱沒退。

第二日崔薇睡到日上三竿才起來，剛穿了衣裳梳洗完，沖泡了一杯羊奶粉喝了，墊墊

注：遭瘟，惹麻煩、令人討厭。

胃，還沒來得及放黑背出去溜一圈，外頭楊氏又過來了。

崔薇一開門黑背便衝她拱起身子，前爪在地上刨著嘴裡發出嗚嗚的叫聲，那樣子瞧著若不是崔薇招呼，恐怕隨時都會撲上來一般。

楊氏瞧著黑背模樣，心裡也有些犯怵，不敢離崔薇家近了，只站得遠遠地道：「薇兒，昨天那藥還有沒有？妳三哥病越來越重了，妳到底是怎麼給他弄的？到現在還沒退燒，人都糊塗了，妳再將藥給我一些，我給他熬了喝了。」

昨天那游大夫過來時明明說崔敬平只是急熱而已，只消吃了一服藥人發了汗便會醒過來的，怎麼竟然這麼嚴重，吃了藥到現在聽楊氏說還更糟了一些。

崔薇頓時有些吃驚，一邊忙喚了黑背自個兒出去，一邊讓楊氏等著。她進了屋去，數了幾個銅板帶在身上，又將門鎖了，這才跟楊氏道：「我去瞧瞧，昨兒明明游大叔說了，三哥喝了藥就好的，根本不嚴重，怎麼會到現在還沒好？」她心裡猜著莫不是崔敬平那是個什麼急症，而游大夫沒瞧出來，還想著自己過去瞧了，讓楊氏再請他過來看看，若不行，再去鎮裡找大夫。崔薇急匆匆地跟著楊氏出了門，楊氏臉拉得老長，一邊像是極不高興的樣子。

這會兒都日上三竿了，外頭漸漸熱了起來，走幾步身上便膩了一層汗水，衣裳貼在了後背上，而這會兒崔敬平卻住在他以前的房間裡面，裡頭黑不溜丟的，連個窗都沒有。屋門敞開著，才依稀能從外頭堂屋裡透出的點點光亮照進去，崔薇勉強看得見床上躺了個人。

楊氏就算黑暗裡看不清崔薇的神色，但半晌沒見她說話沒見她動，心裡也知道她嫌棄了，想到昨日自己進她屋裡揹崔敬平出來時，看到崔敬平住的地方，屋子寬敞不說，而且裡頭放了床和櫃子，空氣也清爽，沒什麼異味，一道牆壁處幾乎挖了大半出來做窗，平日簾子拉起來涼快得很，哪裡像自己這屋裡，黑不溜丟不說，而且怎麼聞都透著一股發黴的味道。

「妳要是不喜歡，妳現在就可以出去了，咱們家裡窮，沒什麼地方招待妳這位大小姐。」楊氏惱羞成怒之下，又擔憂兒子的病情，本來就是一個沈不住的脾氣，頓時便忍不住氣沖沖地開了口。

崔薇這會兒也懶得跟她計較，一面摸了摸懷裡的火摺子，一邊掏了出來將油燈給點了。屋裡光線微弱，又密不透風的，不知崔敬平現在怎麼樣了。

誰料一點起火摺子來，崔薇才看到床上的崔敬平身上裹了厚厚的棉被，人還穿著崔世福的厚襖子，這會兒被壓得都快透不過氣來了，那張臉脹得通紅泛紫，就算是燈光微弱，崔薇也感覺得出來，屋裡一股悶熱與臭汗味。崔薇忙靠了過去，伸手摸了摸，竟然溫度燙得嚇人，比昨天還要燙一些，不知楊氏怎麼弄的，竟然將人弄成了這副模樣！

估計是她手放到了崔敬平頭上，讓他覺得冰涼了些，一邊睜開眼睛來，眼睛裡滿是紅血絲，嚇了崔薇一跳，深怕崔敬平這一燒就燒壞了腦子，連忙搖了搖崔敬平的手道：「三哥、三哥，你還記得我不？」

崔敬平還沒開口說話，後頭楊氏就有些不樂意了，一面說話語氣也有些不舒服。「他怎麼認不得妳了，他又不是傻子！」

「怎麼弄的，怎麼將人給弄成了這樣？」崔薇頓時發了火，一面伸手要將崔敬平身上的被子扯開，屋裡這樣悶，就算他要捂著出汗，也不該是這樣捂著的，還不得將人給折騰死了。

「妹妹，我要回去……」崔敬平微弱地張嘴，忍不住眼淚唰地一下就流了出來，氣若游絲。

楊氏原本瞧著女兒給他扯被子心裡就火大，這會兒聽到崔敬平這樣說，她頓時便傷了心，忍不住氣惱道：「回去？回哪兒去，這裡便是你的家！你就是被她給弄得受了風寒的，好好一個人，還沒發過熱的，如今竟然燒成這般模樣，現在妳這死丫頭還扯他被子！」楊氏說完，便狠狠推了崔薇一把，冷不防便一下子坐到了地上去。

崔薇後背撞到了床腳，頓時一陣悶疼，半晌爬不起來。

外頭崔世福卻是回來了，人還沒進屋，聲音便先傳了進來——

「三郎好些了沒有？」

第五十六章

崔世福一開口，楊氏便知道要糟，連忙要伸手去將崔薇扯起來，但這會兒崔薇哪裡肯讓她如意，再說她背本來就痛得很，乾脆坐在地上抓著床柱沒起來。

崔世福一進來還沒習慣屋裡的光線，可朦朧看到有個人倒在了床邊，只當是自己兒子滾下來，還沒上前將他抱起來，就聽崔薇道：「爹。」

「薇兒來了，妳怎麼坐地上去了？」崔世福連忙將人拉起來，一邊看到一旁站著的楊氏，頓時心裡便明白了幾分，瞇了瞇眼睛，回頭警告似的看了楊氏一眼，忍了氣還沒與她計較。

崔薇也顧不上再給楊氏臉色，連忙道：「爹，我瞧著三哥嚴重了，您先將那游大夫請過來，要讓他看了給抓藥才是，不然三哥恐怕不大好。」

「妳這死丫頭，咒妳三哥呢！」楊氏一聽到她說兒子不大好，頓時心中有些不痛快。

崔薇也沒理她，從懷裡掏了錢袋子出來便要塞到崔世福懷裡，崔世福哪裡肯要她的東西，擺了擺手退了幾步。「家裡剛賣了點糧食有些錢，這錢妳自個兒留著，花生也快要收了，我回頭賣了也能有些錢。我去找游大夫！」

他話一說完，轉身便要走，楊氏心裡有些不大痛快。「當家的，如今家裡要用錢的地方不少，哪裡能抽得出銅錢來？二郎還要進學呢……」

「妳給我閉嘴！」崔世福一聽她這樣說話，頓時氣不打一處來，警告似的看了她一眼。「我自個兒的兒子，當然自己出錢給他瞧病，還沒有讓別人出錢給三郎看病的道理！」他深怕楊氏打蛇隨棍上，對崔薇連女兒也不敢稱呼了。

楊氏氣呼呼地道：「三郎是在她那邊生病的，更何況昨兒我還讓孔氏拿了兩個蛋過去，她出包藥錢怎麼了……」

她這話說得崔世福又氣又急，忍不住重重便推了她一把。「三郎住她那邊平日裡吃喝用的，妳可給了一分銀子？沒有就給我閉嘴！」

楊氏還有些不服氣，崔敬平住崔薇家也不是白住的，要幫著做些事，她的兒子她心疼，平日裡崔敬平連柴火都沒摸過半根，住崔薇家卻要拿刀割草，還得挑水做事，看一回楊氏便心疼一回，如今崔薇出些藥錢怎麼了？

不過楊氏就算是心中再不服氣，可她也看得出來崔世福是真有些火大了，也不敢再繼續說下去，就怕他一個怒氣之下動手打自己，因此忍了氣不開口。

只是她不說話，不代表崔薇就認下了這個啞巴虧，想到昨日裡孔氏的行為，雖然孔氏對她並不刻薄，但並不表示她便要背了楊氏一個吃蛋的名，要是今兒默認下來這回事，恐怕往後幾十年楊氏都得將這事給掛在嘴邊上說不可！

一想到這兒，崔薇便冷冷笑了笑，嘴裡輕聲道：「娘這話我倒是擔不起了，什麼兩個蛋的，昨兒二嫂過來拿了一個蛋，不過我可沒敢吃娘的東西，事情是早就說好的，我當然不可能要，那蛋還給二嫂了。」

她話一說完，楊氏便愣了一下，接著道：「一個蛋？還沒要？可我昨兒明明數是少了兩個的。」她自個兒說到這兒來，哪裡還有不明白的，頓時臉色便鐵青，一面怒氣沖沖地大踏步出去，一面嘴裡大聲喚著孔氏，找她算帳去了。

沒料到看似老實的孔氏現在也學會了做這樣的功夫，想借著自己吃蛋的名，最後蛋卻不知去向，到了哪兒自然不消說，恐怕又是貼補她的娘家去了。楊氏現在想通了，既是丟了面子，又是丟了裡子，難怪惱羞成怒，這會兒便去找孔氏算帳了。

崔世福也有些不好意思，家裡的醜事被女兒瞧見，他實在是有些面上無光，可是崔薇卻顧不上這些了，一邊道：「爹，三哥有些燙，您趕緊先去請了大夫回來，我拿涼水給他降降溫。」

崔世福答應了一聲，他剛出門，楊氏便鐵青著臉過來了，一副護犢子的模樣坐到了崔敬平床邊，一邊有些警惕的樣子盯著崔薇看，像是深怕她做了什麼似的。

崔薇雖然不想理睬她，但想到還在病中的崔敬平，仍是好歹耐著性子與她說了幾句，可不論她好說歹說，楊氏便坐著就是不肯讓身，連孔氏的麻煩也不去找了，就這麼盯著崔薇瞧。崔薇最後也拿她沒有法子了，那頭幸虧崔世福很快拉著游大夫便過來了。

屋裡點了燈，游大夫一進來時便面色鐵青，大喝了一聲。「胡鬧！」

楊氏頓時一個激靈抖了下，險些從床上跌下來。

那游大夫連忙上前扯著崔敬平身上的襖子，只是不知楊氏怎麼的，給綁得極緊，他又文弱，一時間還真扯不脫，頓時大急，回頭便衝崔世福道：「崔老二，我瞧你也不像是個沒打算的，怎麼這樣折騰你兒子，你還想不想要他命了？」

這話說得崔世福頓時有些懵住了，連楊氏也嚇得不輕，不顧自己剛剛那一下跌得老疼，連屁股上的塵灰也顧不得去拍，連忙站起來顫聲道：「這是怎麼回事，難道我兒子還真病得很重？」

「本來不是很重！」那姓游的大夫恨恨地瞪了她一眼，一面指使著崔世福拆那捆緊的棉被和襖子，一面道：「原本昨日在崔丫頭那邊住著，若是住上一日，喝過藥發了汗也就好了，可偏偏妳這屋裡悶得很，連扇窗也沒有，而且妳這兒還給他捆成這般模樣，發汗早就發完了。可他本來就發著高熱，身上又捂得這樣厚，他年紀小你們又給捆著不讓他動彈，連東西也掀不開，熱毒入侵，哪裡還有不再高熱的道理？妳看看，現在都燙什麼模樣了，妳知不知道這樣一直高熱不退，容易變成傻子的！」

一句話嚇得楊氏頓時便慌了神，哇地一聲便哭了起來。「游大哥，你趕緊救救我們家三郎，我可不能沒有他啊！」

這會兒游大夫哪裡還要理她，崔敬平嘴裡只輕聲說著他要回去，崔世福面色鐵青，有些歉疚地回頭看了女兒一眼。

崔薇轉頭對崔世福道：「爹，您把三哥揹到我那邊吧，等下我燒桶熱水，給三哥洗個澡，去了身上的汗跡，他也舒服一些。」

她這話一說出口，楊氏雖然還有些不好意思，但一聽到她說要讓崔世福給自己兒子洗澡，頓時就道：「哪裡洗得，洗不得洗不得，要是風寒入了體，可不是小事。」

可屋裡哪裡有人還理她，崔敬平就是被她包成這樣的，崔世福現在揍死楊氏的心都有了。

游大夫也點了點頭道：「洗個澡是好的，洗燙一些，洗完說不得能降降溫。現在若是溫度降不下來，孩子便危險了。」

父女二人都對他點了點頭。

楊氏被人扔在後頭，尷尬又鬱悶，可又捨不得兒子。屋裡被子等物被拆開了，酸臭得厲害，她自己聞著也受不了，想到昨日崔敬平在裡頭被捆了半天，她心裡也開始隱隱後悔了起來。

那頭崔世福揹著兒子便往崔薇那邊走，崔薇已經先一步回家扯了柴燒起了水來，鍋裡燒了滿滿一大盆，可惜她之前沒有找曹木匠照著前世時的浴缸模樣用木頭給製個盆子出來，不然現在崔敬平洗著更方便，不過就算是這樣，現在天氣熱，水燒燙些也是一樣的。

那頭崔世福將已經燒得有些發昏的兒子揹了過來，這邊崔薇又洗了鍋開始熬稀飯，火開得大，想到崔敬平恐怕現在不會想吃得太油膩，乾脆跟崔世福說了一聲，去他地裡扯了把空心菜，又摘了幾條黃瓜這才回來。

把空心菜那稍老些的梗掐掉了，只留了嫩的多洗幾次，切碎了放在一旁，又將黃瓜切成小片拿鹽泡了約有半分鐘，崔薇這才拿水把黃瓜洗了一道，嚐了嚐，黃瓜醃得半熟了，不過還保留著清脆，咬上去口感倒好，她加了些陳醋，又放了點兒上次熬的小蝦醬進去，還將幾個青椒切碎了，另一邊大蒜倒是放了，但薑沒敢放。若是昨日崔敬平吃些薑倒好，但現在那游大夫都說了，崔敬平這感冒是熱毒入體，又無法排出去，薑是生熱祛寒的，自然就不敢放了。

最後怕涼的黃瓜沒油崔敬平不肯吃，崔薇又給拿了小勺放在已經沸騰的熱水上蒙了一陣，頓時那油便漸漸化了。

崔世福打了熱水給兒子去洗澡，等崔敬平洗了出來，那粥便差不多要熬好了，又不是熬的什麼補粥，也用不著講究那什麼火候，崔薇將火燒得很大，這會兒工夫粥熬得濃稠了，又放了菜葉進去攪了攪，頓時泛了些淡綠的新米裡便又襯著一粒粒的菜葉，看著便讓人胃口開了幾分。

崔薇拿了個木托盤將飯菜放了進去，又將溫開的油也倒進黃瓜裡，這會兒工夫放油倒是剛剛好了，又抓了兩顆之前扔進泡菜罈裡浸的菜根出來，拿碟子放了，這才端著進了屋。

這會兒洗過澡後崔敬平精神登時看起來便好了許多，只是臉色仍有些發紅，不過到底是神志清醒了，不知何時楊氏也過來了，正坐在他床邊，崔敬平看也沒看她，倒是讓楊氏很尷尬的樣子。

崔薇端了飯菜進來時，楊氏臉上閃過一絲不自在，這才要接過托盤道：「讓我來吧。」

崔薇沒理她，自個兒從一旁拖了張小几過來，將飯菜放了上去，楊氏伸出去的手落了個空，更是顯得有些窘迫。

坐在一旁的崔世福也沒理楊氏，反倒拿帕子在替崔敬平擦頭髮，一邊道：「三郎，可是感覺好些了？你妹妹給你做了飯，不管有沒有胃口，多少還是吃一些，有了精神才好得快。」

剛剛游大夫說兒子若是再燒下去就要傻了，把崔世福嚇了一大跳，這會兒心裡還有些後怕，若是好端端的一個兒子變成了傻子，他真是打死楊氏也沒辦法賠個兒子回來。現在看崔敬平好端端的，雖然神色還有些萎靡，但總算眼神清亮，沒變成傻子，他才鬆了口氣。

「三哥，我給你做了些清淡的，你先將就吃著。」

楊氏開始還覺得這個女兒有些懂事，看到崔敬平生病知道做飯，可是探頭過去一看，卻見到那小几上頭擺的飯菜只是稀飯和泡菜，還有一盤涼拌黃瓜，頓時就有些不滿。「吃這東西哪能有力氣，不如我去割些肉，晚上給三郎補補身子吧。」

坐在一旁準備開著方子的游大夫一聽這話就搖了搖頭，嘆了口氣也沒看楊氏，手下動作卻是不停。「現在剛病著，連胃口都沒有，哪裡能吃那些油膩的東西？我看就是這些東西挺好，崔丫頭是個懂事會照顧人的，妳三哥要是由妳照顧，不出兩日，必定又生龍活虎了。今兒你們也是喚我來得早，若是再耽擱個半日，你家這小子就危險嘍！」

都一個村裡的人，他自然不屑於威脅楊氏，這句話單純是替崔家擔憂而已，頓時說得崔世福既是後怕，又恨楊氏無比，現在聽她還在開口說話，忙就喝斥她道：「不懂便閉上妳的嘴！要不是昨兒妳自作主張，三郎都險些沒了。」

關係到自己兒子性命，楊氏哪裡還敢一個勁兒的說自己對，只能怏怏地點了點頭，不敢再開口了。

崔敬平端了碗便喝了口稀飯，粥還有些燙，但他本來就要發汗的，身上披著一條軟厚適中的毯子，手裡又捧著粥，沒一會兒工夫額頭便沁出密密的汗珠來，再配上幾口酸辣無比的開胃黃瓜，一大碗稀飯片刻就下了肚。他從昨日發了燒之後到現在還沒有進過半點兒米，人都虛了，昨天被楊氏灌了碗湯藥進去，排山倒海的吐了一陣，肚子中更是空蕩蕩的，又被她折騰著說要捂汗，拿了被子與襖子給他捆上，他又累又餓又病，連掙扎的力氣都沒有，又不想在楊氏面前哭，只強忍著，直到這會兒才覺得自己活了過來。

楊氏看到兒子開始吃東西，也跟著鬆了口氣，臉上不由自主地露出笑容來，她是真喜歡崔敬平，這會兒看到他好端端的，才覺得心裡頭稍微放心了些。

崔敬平吃了東西，身上才覺得有了些力氣，討好的笑著衝崔薇又伸手道：「妹妹，我還要吃！」

「能吃就好，能吃就好啊！」那游大夫笑了起來。

崔薇也笑了笑，轉身拿了碗出去又給他添了一大碗進來，稀飯並不乾，也不至於稀到能見人影，喝著倒是極舒服，崔敬平一連吃了兩碗，把面前的菜都吃得乾淨了，這才將碗筷放下來。

崔世福看到兒子吃完了，忍不住摸了摸他腦袋，感覺到他身上出了不少汗水，剛剛才給他擦了半乾的頭髮，這會兒又浸濕了，果然額頭因為有了汗珠出來，這會兒一放碗，窗子裡風一吹來便涼了些，不像剛剛燙得扎手了，心裡一顆大石頭才真正落了地，一邊笑道：「還是薇兒有辦法，煮的東西也香，妳三哥喜歡吃，看他吃得這樣香，我都有些嘴饞了起來。」

崔敬平望著他也跟著笑。

楊氏在一邊尷尬無比，丈夫兒女都不理睬她。

游大夫這會兒站起身來，他沒有留藥方子，只寫了幾句注意的話，崔薇拿過來瞧了瞧，游大夫又給她解釋了一陣，崔薇這才付了錢，將人送了出去。

中午楊氏還捨不得兒子，被崔世福連拖帶拽的給弄走了，崔敬平這才如同活了過來一般，又被崔薇喚著洗了個澡，換了身乾淨衣裳。

他實在是折騰得累了，昨兒生病到早上都昏昏沈沈的，沒怎麼睡得著，這一放鬆下來，雖然燒是退了，但渾身都疼，那全身的骨頭都跟被人拆過一般。崔薇替他放了窗簾，讓他自個兒睡了一會兒，不知是不是回到了他熟悉的地方，這才沒一會兒便聽他響起了打呼的聲音。

養了幾天，崔敬平才真正養好了身體，又變得活蹦亂跳的了。

時間一晃到了七月十四號，崔世福晚上在吃飯前過來了，手裡提著一個背簍，裡面裝滿了剛扯出來的花生，崔薇往裡頭瞧了一眼，頓時便有些驚喜起來。

「爹，您怎麼給我送這麼多花生來了？」那花生個個水靈靈的，上頭還黏著泥土，花生上面的葉子崔世福已經摘下來了，只是有些根連在一起，還得自個兒收拾一番。

崔世福看她高興，也跟著笑道：「這花生給妳送過來，妳到時曬乾了，也好炒著吃，香。」他說完，便將花生放在了一旁的石桌子上面。

雖然崔家這兩年還有些倒楣，但今年收成倒是挺好，賣了一些還了林氏的債，現在剩的勉強也夠一家人吃了。這花生結得也好，挖出來幾乎個個飽滿的，還極少有那種未長開的小花生，這樣的豐收崔世福自然高興，一挖了回來扯了葉子便迫不及待給女兒送過來了。

崔薇摘了一顆花生下來，也顧不得上頭的泥土，忍不住一邊便剝了開來，自個兒生吃了兩顆。

與曬乾後的花生米不同，生的花生漿水分更足，而且還帶了一絲剛從土裡挖出來的清香氣息，她想著自己廚房裡上回買的調料中好像還有八角、山奈、茴香等物，頓時心裡便來了主意，她看著那背簍裡的花生，恐怕約有十來斤了，抬頭便問道：「爹，您給我送這麼多花生過來，娘不說啊？」

「她說啥，妳只管吃就是，要是喜歡，我還有兩塊地沒挖，到時再給妳送些過來。三郎不比妳聽話，在這兒給妳添麻煩哩，家裡之前全靠了妳，現在還欠著這麼多銅子兒，要不然可都熬不過去，一些花生她敢說啥。」崔世福一邊笑了笑，臉上留著的鬍子便跟著顫動了起來。

這兩年崔世福老得特別快，像是背脊都有些彎了起來，他不只是要養著一家人，還要養著崔敬忠那樣的兒子，崔家的開銷遠比小灣村同村的人要多得多，家裡做事的男丁又不多，崔世福整個人熬得多了，自然便老得快，連上回看到楊氏時都見她臉邊添了不少白髮，只是不知道她往後若知道自己以為能靠得住的兒子最後其實靠不住時，該是做何感想了。

崔薇想了想，嘆了口氣，一邊伸手撥弄著背簍裡的花生，一邊就抬頭看著崔世福道：「爹，這花生您乾脆賣給我吧，也別往外賣了，要不您明年別種地了，我給您找個好的活兒做，保管您一年收成比種地高得多，也輕鬆一些。」

她買的那八、九畝地旁人不知道是她的，但實際上現在卻是在她手裡頭，她是準備要等這陣子農忙過去便請人將土地圍起來的，免得人人來摘一些。若是只貪個嘴饞到時水果成熟有人吃幾顆便罷，可就怕有些孩子調皮，或是大人故意想多摘一些，因此才決定花些錢將地圍起來，再請人種水果，到時再幫忙照顧與侍候一下，隨時能望著，也好防著別人偷。她一早便想請崔世福來給自己做，到時給他多發些工錢就是了，不過她之前就是不甘心，覺得這樣最後會便宜了崔敬忠而已，現在看到崔世福，崔薇也忍不住了，便將自己之前心裡的想法提了出來。

崔世福愣了一下，接著又呵呵笑了起來，顯然沒將她這說要給他找活路的話放在心上，只當她是體貼自己而已，心中大慰，一邊伸手摸了摸她的頭，一邊笑道：「那個再說就是，薇兒，這花生妳要是喜歡吃，乾脆爹也不賣了，收了之後，全給妳送過來，反正也不值當什麼錢，就是百十來銅子兒而已。」

崔家自己都過得這樣困難了，崔薇哪裡會占他便宜，想了想這會兒也沒說要買花生的話，現在她若是將錢給崔世福，他肯定不會要，倒不如等他將花生送過來時再給他錢。

崔世福見她點了頭沒再多說，滿意的就笑了笑，一邊看著天色不早了，拒絕了崔薇讓他留下來吃晚飯的話，自個兒便要回去了，臨出門前與崔薇叮囑道：「今兒七月十四了，這可是離鬼門關大開沒多大會兒工夫的日子，你們兩個孩子就不要出去了，人家四處都在潑水飯，若是出去衝撞了就不好了。」

在這小灣村有七月半，鬼亂躥的說法，一到這個時節許多人便都認為自家已經死的親人還在等著家裡給的一口飯吃，因此會拿碗裝了泡了冷開水的飯倒扣在路邊，時而小灣村都能看到這些東西。

明明崔薇心裡還覺得對這些事半信半疑的，可是被崔世福這樣一說，又看外頭黑漆漆的，四周連月亮都沒有，頓時心裡便有些犯怵，連忙點了點頭。

送走了崔世福，崔薇忙將門關上了，回頭看到崔敬平也是臉色發青的模樣，一邊小聲與她比了個眼色，兩兄妹連鬼字都不敢說，心領神會地就點了點頭。幸虧還不是一個人住，有人陪著倒也還好。崔薇又讓崔敬平打些水出來，拿了個平時洗菜的木盆子將花生倒了大半進去，一邊蹲下去搓了幾下，如此反覆洗了四、五趟，那花生上頭的泥便少了不少，直到又搓了好幾回，崔薇也怕水不夠用了，現在天色黑漆漆的，要是等下沒水就麻煩了，她才將花生拿一個大簸箕提了起來。

洗乾淨之後的花生瞧著極其喜人，白胖胖的一個，崔薇先是拿了簸箕晾在院子裡任風吹著，那黑背與崔敬平到這會兒都餓了，圍著她直打轉，她連忙進廚房裡弄了飯菜，一邊還沒來得及吃，又洗乾淨了鍋炒香了些鹵料，接著加了醬油，又放了一小勺蝦醬進去，拿筷子沾了水嚐了嚐味道，這才滿意的點了點頭。出去把洗淨的花生拿進來倒到了鍋裡，看著那些之前弄好的鹵水剛好將花生淹到，又往灶裡頭加了一些玉米核，這才洗了手端著飯菜出去了。

剛吃著飯，鍋裡的花生便散發出陣陣香味來，吸引得崔敬平好幾回都忍不住想放筷子要等著吃花生。

崔薇瞪了他一眼，一邊端了碗扒飯。「三哥，等會兒你要吃我可不攔著你，但若是只想吃花生不吃飯，那可不行，等下不吃飯連花生都不准吃！」這回崔世福拿過來的花生約有十來斤，這一下子崔薇只煮了三、四斤的樣子，兩兄妹吃，又沒人來搶，任他吃個夠都行，哪裡用得著現在便惦記著。

二人剛說著話，外頭便傳來敲門的聲音。這個時節，也不知道是哪個人會過來，崔薇本能的想到剛剛崔世福一本正經跟自己說不要出去亂跑鬼節的話，頓時寒毛便立了起來。

幸好在外頭的並不是什麼妖魔鬼怪，而竟然是本該十五號才會回來的聶秋染。

崔薇看到他懷裡不知抱了個什麼東西，白茸茸的一團，連忙有些驚喜道：「聶大哥回來了。」她一說完，一邊探頭出去看，就看到聶秋染的馬車也在他身後，看樣子竟然不像是先回過聶家的樣子，崔薇頓時吃了一驚。「聶大哥還沒回去過，直接就過來了？」

聶秋染現在也沒跟她客氣，雖然上回兩人遇蛇之後崔薇對他像是跟以前沒什麼區別，但再也沒有說不嫁他的話，聶秋染一邊進來，院子裡崔敬平連忙也迎了出來，一面替他拉著馬朝屋裡走，一邊就聽聶秋染道：「我給妳帶了東西回來，上回妳不是說想要找隻貓捉老鼠的？我這次託人給妳帶了隻厲害的。」說完，聶秋染便伸手拎著懷裡那小東西的脖子，一邊提起來晃了晃。

那乳白色一團的小東西頓時不滿了，揮了揮爪子，一邊嘴裡叫道：「喵，喵！」

是隻雪白的波斯貓！

這一下子崔敬平頓時便興奮了起來，這個時候波斯貓可不像現代隨處可見了，而是真正稀罕的東西。

這貓看起來像是剛出生沒多久的樣子，大概只比巴掌大不了多少，但精神倒還好，那叫聲奶聲奶氣的，這小東西一般是被人當寵物養的。崔薇想到上回自己廚房裡發現了老鼠，將她嚇了個半死的事，後來與聶秋染說了想養隻貓抓老鼠，他說將這事包在他身上，原本以為他會給自己捉隻花貓回來，誰料他竟然捉了這麼一個乳白色的小貓回來。

崔薇頓時嘴角不住地抽了起來，一邊接過小貓抱在懷裡，小東西一趴到她胸膛嘴裡便發出「呼嚕」的聲音，眼睛半眯著，像是要睡著了一般，藉著屋裡昏暗的燈光，那眼睛看著像是兩顆寶石似的，一藍一綠，晶亮得透明，一邊用腦袋在她懷裡蹭了蹭，一副撒嬌的樣子，這模樣哪裡像是凶殘到能抓老鼠的？

崔薇有些無語，懷疑似的看了聶秋染一眼，這傢伙一向偏好白色絨毛系的東西，這該不會是他自己一直想養，可惜又沒什麼藉口能養，這回聽到自己要貓，順勢便捉了回來吧？她的想法雖然沒有說出來，但臉上什麼都表現出來了。

聶秋染溫和地笑了兩聲，一邊衝崔薇道：「薇兒，妳將這小東西放地上，妳就知道了，可通人性了。我好不容易才託秦淮那傢伙給我找到的，若不是妳想要，我哪裡會買。」說最後一句話時，聲音有些輕，眼睛飄了兩下，那表情一看就是心虛了。

崔薇眼皮跳得更凶，卻是將貓放到了地上，小傢伙看似還有些怕生的樣子，賴在她腳邊不肯走，一邊撒嬌地喵喵叫著，一邊拿下巴在她腳背上蹭了兩下。

原本站在一旁的黑背有些好奇的走了過來，一邊探了黑鼻子過來聞。

剛剛瞧著還一副溫順可愛的小貓嘴裡發出「咈咈」的警告聲，接著又「嗚嗚」的叫了幾下，背後毛都立了起來，那副防備的姿態引得黑背也跟著有些警惕了，倒退了兩步，做出一副要撲的姿勢。

這貓也太小了些，這樣小還敢去挑釁黑背，崔薇忙要喝斥黑背，誰料這傢伙身形敏捷地跳了起來，伸出兩隻爪，亮出尖利的爪牙，「啪啪啪」頓時在黑背臉上抽了幾下！

這個逆襲的情景頓時令崔薇看呆了，黑背這傢伙剛剛還看著威風，結果被貓抽了兩耳光，頓時「嗷嗷」叫著夾了尾巴便逃走了。那小貓這才舔了舔腳爪回來，又蹭到了崔薇身邊。

聶秋染看崔薇呆滯的模樣，一邊問她：「厲害吧？」

崔薇愣愣地點了點頭，伸手將小東西抱了起來，沒料到這隻貓竟然如此凶，可惜一時間家裡也沒什麼好東西給牠吃的，餵黑背的倒是有，不過看樣子這貓太小了，也不一定能吃得下油膩的肥肉，只能等下次趕集時去鎮上買幾塊豬舌頭回來煮好了放著切碎餵牠了。

崔薇倒了些煮的羊乳放在盤子裡，小貓便極通人性的跟在她後頭跑，一邊進了屋子也不怕生，自個兒進角落裡舔奶喝去了。

聶秋染在一邊給牠安置窩，看樣子竟然是早就準備好的東西，一個拆了提手的籃子，裡面還鋪了軟布。看他這樣子，崔薇想，若說他不是早有準備的，自己都不敢相信了。不過好在這貓可愛，而且像聶秋染所說的一般還很凶，也不管牠凶不凶，只要能嚇退老鼠就行了。

她將貓安頓好了，這才衝聶秋染道：「聶大哥今天回來得巧，我爹送了些花生過來，我正煮了呢，等下正好嚐嚐。」

聶秋染也沒客氣，點了點頭。他到這會兒還沒有吃晚飯，鍋裡還剩了大約有兩、三碗飯的樣子，菜是沒有了，現在天氣熱，崔薇每頓飯菜只準備得剛好夠而已，就怕煮多了第二天就變了味兒。這兒剩的飯還是要餵黑背的，今天晚上只有讓牠少吃一點兒了。

崔薇打了個蛋給聶秋染炒了碗蛋炒飯，這飯不費什麼功夫，只兩、三下就炒好了，家中開出來的小菜地裡種著蔥，拔幾枝洗淨了切好放進去，那蛋炒飯味道更香了些。

端進去看聶秋染吃了，三人有一搭沒一搭的說話，廚房裡頭煮的花生越發香了些，崔薇拿盤子裝了些出來，幾人還沒開始剝，外頭便響起了敲門的聲音。

第五十七章

今日倒真是熱鬧了，三番兩次的有人來敲門，崔薇有些不耐煩，讓崔敬平二人先吃著，自個兒將堂屋大門半掩著，這才跑去開了門。

劉氏正站在門外，手裡端著一個碗，看到崔薇出來時臉上露出一絲笑容來，一邊道：「薇兒，妳在煮什麼東西，這樣香，妳奶奶最近總說沒什麼胃口，家裡窮，也好久沒沾葷腥了，妳說奇怪不奇怪，今兒她一聞著這香味頓時便說胃口好了大半，想吃一些。」劉氏說完，便將手裡的碗遞了過來。

若是林氏今兒過來請她吃也沒什麼，劉氏拿了這樣大一個碗，以為自己煮什麼呢，若是肉的話這樣一碗裝出去，恐怕就是小半鍋也沒有了，夠她一家人吃上幾天了吧？

上回楊氏拆自己房子的事，就跟這劉氏有些關係，別以為崔薇不知道她不想楊氏擋了他們那邊的光，便指著楊氏拆這邊，自己沒跟她算帳便罷，她倒是找上門來。如今崔家裡她都沒有送花生過去，劉氏那邊她又如何會送過去？崔世財平日跟她又不熟，最多一個林氏熟些，可林氏若真想吃東西，自個兒過來吃一點就是，劉氏打著主意想過來抓東西，恐怕是打錯了算盤！

崔薇冷笑了兩聲，看了劉氏一眼，也沒有要去接碗的意思，只是搖了搖頭。「大伯娘恐怕是聞錯了也找錯了地方，我家裡可沒買肉，今兒又不是趕大集的日子，我一般不出門的，也沒去村頭的李屠夫家裡買肉，我這兒只有些青菜，其他什麼也沒有了。奶奶既然想吃肉，明兒大伯娘去割吧。」

崔薇性子一向綿軟，劉氏雖然後頭過來要吃的時候碰著過幾回釘子，不過到底心裡還是認為她好拿捏的，這會兒沒想到端了碗過來也被人拒絕了。劉氏頓時愣了一下，接著有些尷尬起來，又有些惱羞成怒，從院門口透出來的一絲昏黃燈光能看得出她已經有些不高興了，聲音也跟著尖利了起來。「真沒煮？若是煮了，薇兒，妳不給妳奶奶吃可是說不過去啊，妳不給大伯娘吃就罷，但妳奶奶可是長輩……」

「真沒有肉，大伯娘不信，明兒自個兒去村裡頭李家問問就是，我也沒去鎮上，這個天，難不成幾日前買的肉還能放得住？」崔薇臉色也跟著沈了下來，說完這一句，也不管劉氏了，又跟她露出一絲笑容來，這才將大門給關上，又拿門閂給架上，只留了劉氏一個人在外頭端著一個空碗氣得要死，既是有些不甘心，又是覺得心裡有些不舒坦，沈著臉便回去了。

原本以為打發了一個劉氏多少會清靜一些，誰料沒過多大會兒工夫，楊氏領著抱了崔佑祖的王氏也跟著過來了。

望著站在門口的三人，崔佑祖手裡還端了一個碗，這傢伙現在快三歲了，雖然平日裡不愛下地行走，不過手上卻多了些力氣，王氏跟楊氏兩個婆媳深怕自己過來要吃的崔薇不肯給，因此才讓崔佑祖端了碗過來。一波接一波的，跟打發前來化緣的人一般，崔薇有些煩悶，屋裡聶秋染二人已經剝了滿地的花生殼，她卻只是抽空吃了幾顆，還是聶秋染替她剝好了放碗裡頭的，也不知這兩家人是不是都約好了過來的。

「薇兒，妳侄兒聞著香味，嘴巴饞了，說看姑姑是不是煮了好吃的東西，非要過來瞧瞧。」楊氏因為上回崔敬平生病的事多少還有些尷尬，說這話時還站得遠遠的沒靠近過來。

楊氏好歹還知道不好意思，王氏卻是無所謂，一邊抱著孩子仗著自己身形大就想往裡闖，一邊拉長了脖子非要往屋裡瞧，只是堂屋大門半關著，她也瞧不出什麼名堂來，只依稀看得見裡頭有個身影，應該是崔敬平。王氏心裡跟貓抓似的，崔敬平都能吃東西，她兒子是晚輩，年紀還小，憑什麼就只能吃一小碗而已。

崔薇見到王氏這動作，頓時將門一關，險些將王氏脖子夾住，不只王氏嚇了一跳，連她懷裡抱著的崔佑祖也嚇了一跳，撇著嘴險些就要哭起來，王氏連忙縮回頭，抱著兒子哄了幾句，才有些不滿地道：「四丫頭，妳幹什麼，妳差點兒夾著我腦袋了！」

「誰讓大嫂那雙眼睛就知道不安分的到處亂看，若是大嫂敢進來，別怪我今兒放黑背咬妳！」崔薇對誰都可以做個假樣子，可偏偏對王氏是完全做不出面子來，這人實在是太討厭了，又是順著竿子便能往上爬的人，要是不對她凶一些，馬上便能笑著得寸進尺。再說了，兩人間的恩怨可不止一點兒半點兒的，當初王氏害她的可不少，還打過她一回，新仇舊恨湧上來，崔薇哪裡可能讓她進屋裡來，只望著她冷笑。「大嫂不會忘了現在還差我二兩銀子吧？」

一聽這話，原本還有些不滿的王氏頓時便蔫了氣，忙後退了幾步，嘴裡不滿地道：「不進就不進，當我稀罕，妳請我還不進來了。」她也不敢去問為何一兩半錢銀子就成了二兩銀子，深怕一問起來崔薇就要讓她還，要是還不上將她送到衙門，像那個唐氏似的，被打了，現在走路都帶了些痕跡出來，被楊大郎嫌棄得厲害，哪裡日子還能有以前過得清閒，一個不對勁便挨了打。王氏本來長得就夠不好看了，要是再被打殘疾了，不是要了她的命嗎？楊氏現在就嫌棄她懶了，以後腿腳不利索，恐怕崔家真得以一個有疾的罪名休了她！

楊氏跟王氏頓時都因為崔薇一句話尷尬了起來，那頭崔佑祖卻是甩了甩手中的碗，有些握不住了，一邊奶聲奶氣道：「姑姑，要吃的，要吃的。」

他這模樣令崔薇忍不住笑了起來，雖然她跟王氏有嫌隙，但還沒小器到要跟一個孩子計較的分兒上，不過是些花生，這花生還是崔世福提過來的，崔薇自然不會像打發了劉氏一般打發崔佑祖，一邊接了他手裡的碗，一邊丟了句讓他等著，轉身進了屋便關了門，也不管王氏想跟著一塊兒進來，那門板險些撞到了她臉上。

王氏在外頭罵罵咧咧的，崔薇進屋裡來裝了一碗花生又端了出去，總算是將這幾人給打發了。

剛坐下來，屁股還沒坐熱，那頭楊氏等人又來了，崔佑祖端著一個空了的碗，嘴裡還吃得脹鼓鼓的，跟隻小青蛙似的，那模樣有幾分像王氏，雖然不算精緻，不過小孩子本身特有的嘟肉感卻是也顯得可愛，他衝崔薇搖了搖碗。「還要，姑姑還要！」

鍋裡花生還多著，崔薇忍了氣又給裝了一碗，一邊遞到了王氏手上，便看她伸爪子抓了不少扔進嘴裡，連殼也不吐，便一併嚼了吞了進去，她這樣吃著跟餓死鬼投胎似的，難怪一大碗公的花生，過沒幾分鐘便吃了個乾淨。

崔薇也沒理他們，將門又給關上了。還沒走進屋裡，那頭崔佑祖又過來了，要是一、兩回便罷，可明明她親眼看到是王氏吃得多的，崔薇哪裡還肯再抓，小孩子不懂事，大人哪裡還有不懂的道理？她也不管這敲門的聲音，誰料不多時，竟然那門響得更厲害了，崔薇心裡一怒，去開門時正好就看到王氏抱著崔佑祖，崔佑祖的腿正不停地踢在門板上，他嘴裡發出嘻嘻的笑聲，一旁楊氏拿帕子在給他擦著嘴，一副慈愛的模樣。

「到底幹什麼？」崔薇臉色有些不好看。

楊氏是不好意思了，她也知道自己今兒過來抓得不少，若是給崔世福瞧見，又得被喝斥一頓，可奈何自己的小孫子愛吃，她哪裡捨得讓崔佑祖不高興，都怪王氏那鬼東西，一張嘴便吃了大半進去，累得幾人就守在了崔薇大門口前。

「姑姑，還要。」崔佑祖現在年紀不大，會說的話也就簡單那幾句，不過他沾了鹵汁的手卻是遞了碗過來。

崔薇心裡極不舒坦，一邊搖頭道：「沒有了，剩的你三叔要吃。」

楊氏一聽這是兒子要吃的，頓時便不願意再要了，可崔佑祖卻是看著空了的碗，哭了起來，一邊扭著身體，一邊鬧道：「還要還要，還要還要，還要嘛，娘，還要！」

「好了好了，還有還有，讓妳姑姑再抓一些。」王氏吃得嘴裡留香，想著那花生也直流口水，自然便哄了兒子看著崔薇道：「四丫頭，妳要是有就再端些過來，妳侄兒愛吃這個……」

崔薇懶得理她，看到王氏這模樣心裡便有種想拿了東西趕她出去的衝動，冷著臉道：「沒有了，要吃自個兒回去弄，我這兒沒多的了！」

她說完，正想關門時，崔佑祖手裡的碗竟然朝這邊扔了過來，雖然小孩子力氣小，沒砸到崔薇身上，只扔了一半便落到地上，「砰」地一聲摔成幾片了，可就算是這樣，崔薇心裡卻是忍不住生出一股怒火來，厲聲道：「你幹什麼！」

「孩子還小呢，妳別嚇著了他。」楊氏一邊說著，一邊撿著地上的碗碎片，嘴裡還有些心疼地道：「多好的碗，就這樣給摔了，你這小子，也是個不聽話的！」

崔薇恨不能伸手抽這小孩子兩下，臉色難看，那頭崔佑祖卻伸手指著她。「娘說，花生，我的！爺爺的！」他這話裡的意思，竟然是說這花生是崔世福送過來的，就是他的，應該全給他。

崔薇雖然知道他年紀小，不應該跟他計較，不過聽到王氏這樣教孩子時，心裡忍不住依舊一股火氣「騰」地一下就湧了出來，指著王氏便道：「大嫂要是再這樣教孩子，馬上還我二兩銀子，不然我明兒便去縣裡告妳！」

王氏看到她冷淡的臉色，又聽到她說這話，竟然全身激靈打了個哆嗦，那頭楊氏想過來打圓場，崔薇理也沒理她，指著王氏便冷笑道：「不怕跟妳說了，二哥借錢之前我給了爹四百銅錢，這些花生我愛便吃，送過來都是應該的，往後哪個要再說我煮的東西是別人家的，再來我門口鬧，別怪我不客氣了！」

雖然這話聽著她像是在給王氏說的，但原本彎了腰在地上撿著碎碗片的楊氏身體卻是震了一下，崔薇冷笑著看了楊氏一眼，這才關了門。剛剛崔佑祖估計是被她嚇著了，連她關門也沒有再鬧，這下子院裡總算安生了下來。

聶秋染已經給崔薇剝了一小碗花生米出來，好歹他還記掛著她，崔薇衝他仰頭笑了笑，火氣頓時消了大半，她沒意識到自己看著聶秋染時目光裡都帶了撒嬌之色，聶秋染卻是看到了，不動聲色地垂了眼皮，嘴角邊露出一個溫柔的笑容來。他身邊大半的花生殼，幾乎都是給她剝的，這樣多花生米，夠崔薇吃好一會兒了。

她進來後聶秋染才自己剝著花生吃了，外頭沒有再響起敲門的聲音。過沒多久時間，隔壁卻傳來了崔佑祖的哭聲，尖利得四面八方都能聽得一清二楚的，好半晌之後才哄了下來。

兩家離得近，中間雖然隔著兩堵圍牆，但崔敬平聽到時依舊忍不住罵了一句。「這小東西，現在最討厭了！」

小孩子每到這個時候都是最調皮最任性的時候，打又捨不得，罵他又不聽，正是令人頭疼之時。崔敬平回去那兩天，原本他的房屋楊氏給了崔佑祖，那天生病給他吵得也不太安寧，現在想起來，臉上不由自主的便露出了厭惡與煩悶之色，看得崔薇忍不住笑了起來。

眾人吃了些花生，時辰不早了，聶秋染吃飽了，崔薇又裝了一袋花生給他帶回去，讓他給聶秋文也嚐嚐，這才將人給送走。

今日外頭安安靜靜的，四周只聽得到崔佑祖的哭鬧聲，崔薇來到古代習慣了早睡早起，這會兒時間也不早了，乾脆收拾了，又把貓吃過的銅盤給洗乾淨了收起來，看牠自個兒圈在窩裡睡著了，也跟著檢查了外頭的大門，又將屋裡的門也門了這才睡了過去。

第二天幾乎都在教這隻聶秋染取名叫毛球的小貓上廁所了，幸虧這隻貓很聰明，只教了幾次，牠自個兒便知道了。崔薇拿了一個陶盆裝了些柴灰給牠當作上廁所的地方，可是這小東西卻偏愛跑到人上廁所的地方去，對著洞口拉，好幾回崔薇都只當牠隨意亂拉了，沒料到後來才無意中看到過牠上廁所一回，忍不住是又驚又喜，抱著毛球揉了好久。

這回聶秋染帶回來的白貓確實乖，吃喝拉撒牠都懂，也不會隨意碰廚房裡的東西。被崔薇喝斥過一回，知道不是牠吃的，就是將羊奶擺在灶臺上牠幾乎也不會去聞上一聞。有了貓在，廚房裡老鼠的影子便一下子減了不少。

聶秋染走時崔薇與他說了想找人在土地邊建圍牆的事，聶秋染自然一口就答應了下來。他剛離開沒多久，原本那名是秦淮身邊的人，當初過來買地的，便開始在小灣村裡招起了工匠來。

如今快到八月了，正是農忙過後，連豆子眾人都收割得差不多了，剩餘的工作只消慢慢再來就是了。這一招工匠的事傳出來，而且開的工錢還不少，一天一人給八文錢，雖然不包吃飯，不過這個價格比起許多包吃飯四、五文錢的人家來說已經算是不少了，連崔世福都心動了，當場就去報了名。

那土地約有八、九畝，繞著周圍一圈給弄出圍牆來不是一個小工程，幸虧崔薇早已經有準備，她這兩個月來買了土地之後銀子便幾乎只進不出，沒有再買什麼東西，如今手頭上還剩了幾十兩，就算是用來買石料開工的錢也足夠了。銀錢足夠，人手自然不成問題，那石料賣的人也多，就算是村子裡沒有，大不了去隔壁村買就是，反正給些錢就能辦到了。

很快到八月末時，不少人都將手裡的事給做完了，開始給這神秘的一家修起圍牆來。

雖說那像是主人家的並不在，但卻是留了人下來盯著，此時村裡的人們雖然平日裡有些小心思，但好在很少有那等好吃懶做想騙工錢的人在，因此很快地那圍牆便建了一小半起來。人多力量大，到十月底時，整個圍牆幾乎便都弄好了，遠遠看去就像哪個大戶人家的宅院一般，裡頭被圍得密密實實的。

村裡人個個做了兩個月，一人每日就算是八文錢，這幾十天下來好些人都賺了兩、三百文錢，人人都稱道著那個新來買地的人不知是哪兒來的貴人，這是村中如今最熱門的話題。

那不知名的貴人一來就買了村中如此多的土地，如今又花了大筆銀錢雇人弄了這麼一堵圍牆，花出去的銀子恐怕都有三十幾兩了，也不知究竟是搞什麼名堂，那東西弄來也不知道做啥的，不少人手裡數著銅錢，都滿心興奮地談論著那個買土地的人。

崔家也因為這件事寬裕了許多，這趟做事的不只是崔世福而已，還有崔敬懷以及楊氏與孔氏等人都一併去幫忙了，為了幾個銅錢，一家人使出了渾身解數，幾個月累下來，楊氏等人活脫脫累瘦了一大圈。

崔薇放狗時看到過王氏幾回，那樣懶的一個人，為了些工錢，也被楊氏逼得成天頂著烈日吃力不已地做著事情，看得崔薇心中痛快，也不知道若是楊氏等人得知她現在賣命做事的地方是給自己幹的，心中不知是該做何感想了。

原本以為十月底圍牆建完了就該回家休息了，不少人心中對此也感到十分滿意，今年能掙得到這幾百文錢，許多是全家人一起出動的，更是掙了一兩多銀子的也有，他們原本以為今年能遇著這樣的好事便已經是不錯了，今年掙了這樣一筆銀子，眼見著馬上就要過年了，這些銀子已經足夠一家人好好過個豐足的年。誰料這圍牆建好以後接著那貴人又是請了一些人手開始挖土地，一面又雇了少量人手，埋了些種子進去，直到將幾塊土地都種滿了，中間只留了一個能住人的屋，這才作罷。

外頭院門被鎖了起來，裡面種的種子又不是一時半會兒能種得下來的，好像自從上回圍牆建好之後，那貴人便一去不復返了般，隨著年節漸漸到來，不少人已經很少再談論那貴人的事情了。

而這會兒地一種下，崔薇心裡也跟著鬆了一口氣，她偶爾自己晚上開門進去，那田地中間的房舍隔壁，為了好給水果樹們澆水，還挖了一口井出來，偶爾她跟崔敬平兩人便進去打水來給植物灑些水。八、九畝的地不少了，兩個人做著自然累得個半死，只是這地的事崔薇不瞞著崔敬平，卻不敢告訴別人，偶爾聶秋染能回來幫她一下忙，其餘時間都得她自己來，這會兒崔薇就想起了雇崔世福父子倆幫自己守果園的事情來。

崔家如今崔敬忠要用錢的地方不少，而崔世福種地能力有限，崔薇想幫他，卻不能直接由自己出面。崔世福性情老實，聶秋染要是讓人幫了忙使他守著果園，他每日也能輕鬆一些，反正有多餘的事再雇人幫著一起做就是了，每日他最多照看一番就是，比起他長年累月種地一年只得這兩個月時間休息來說，不知要輕鬆了多少。

心裡打了這個主意，原本崔薇是想等到過年之後才跟聶秋染說的，畢竟那果樹又不是天天要澆水的，偶爾澆一些，它們自個兒長得也好，那幾畝地都是上好的良田，也不用怎麼施肥，幾個月時間，地裡長了好多的小苗起來，崔薇瞧著這些水果苗，總覺得心裡好像也跟著踏實起來。雖說現在她還沒有開店掙錢，但只要這些水果一旦長出來，往後便是她只淨收錢之時了。掙錢的日子在後頭，以她做糕點的本事，又有了現在已經花了本錢出去的水果與土地，以後連本帶利拿回銀子是肯定的事情！

土地與種水果的事情一旦告一個段落，崔薇心裡鬆了口氣，自然也跟著踏實了下來。她如今手裡大概還剩十多兩銀子，這些錢對她來說過年是已經足夠了，今年煩勞聶秋染幫了她許多的忙，過節她總要好好的謝謝他一回。

來到古代幾年時間，直到此時，崔薇才算是真正有了一些安全感。如今有了房子，又有了鋪子，連土地也有了。那鋪子聶秋染正慢慢存錢準備找人替她改過，崔薇現在並不著急，萬事俱備，只欠東風。她現在年紀還小，今年才剛滿十一歲，就是等一些水果成熟之後慢慢先少少的賣著一些東西，等過幾年，那些種下的果樹成熟時她也長大了一些，慢慢開店也不急。

一旦閒了下來，又不用擔憂這樣那樣的事，崔薇才真正有了閒心開始享受起現在的生活來。身邊沒有楊氏與王氏，也不用成天有做不完的活兒、以及隨時可能被人家打罵的緊繃感，她心情更是放鬆了不少。

第五十八章

一大早跟著聶秋染等人一路去趕集，先將林府要的東西送去了之後，崔薇這才跟在聶秋染身邊在街上轉了起來。

崔敬平跟王寶學以及聶秋文幾人自個兒去玩了，有聶秋染跟在崔薇身邊，崔敬平也不用時時刻刻都跟著她。兩人邊走邊逛，快要過年了，鎮上賣東西跟買東西的人都不少，尤其顯得熱鬧。

崔薇先是買了些米麵等物，又割了兩斤肉，聶秋染愛吃麥醬肉，今年已經陸陸續續做了不少，家中肉都是現成的，幾個人在家裡也吃不到多少東西，她就怕買多了回去吃著浪費。如今豬肉是一年之中價格裡最便宜的，家家戶戶幾乎都殺豬過年了，許多人家為了得錢，幾乎都要賣大半隻豬，剩餘的自己吃，這豬殺的多，肉也跟著多，價錢自然就便宜了下來。買了些雞蛋放在背簍裡頭，又挑了些蔥薑等配料，便沒什麼好買的了。

鎮上賣零嘴的鋪子裡如今已經擠滿了人，賣瓜子花生的，以及各種糕點糖果的攤子前都擠滿了人，四處都熱鬧非凡。聶秋染一面將小姑娘護在懷裡，一面看她好奇地東張西望。

不遠處有人正帶了幾個猴子翻滾著，那猴子做出各種各樣的動作來，倒也看得人忍俊不禁，有人端了銅盤，周圍圍著的人倒也憨厚，看完之後並沒有就躲了開來，反倒是從腰包裡掏了銅錢丟過去。一般都只放一個，不過幸虧看的人不少，那人轉上一圈也收了不少的銅錢，喜得臉上都不由自主地露出笑容來，看得崔薇也像是感染了他們的歡快般，忍不住跟著彎了彎嘴角。

「潘家如今捐了一個九品的官，如今恐怕消息過兩天便捂不住了，應該會請人過去玩耍一番，到時妳要喜歡，咱們到潘家去看就是。」聶秋染說道。

周圍人多得很，又擁擠，崔薇就是被聶秋染護在懷中也被擠了好幾下，她手死死按在胸口的五兩銀子上，這是剛剛林管事趁著過年支付她送去的東西的銀子，剩的則算是她的打賞，如今人多，她還真怕被人趁亂就摸了過去。

耍猴戲的人潮外，幾個穿著破衣裳、蓬頭垢面、手裡捧著破碗拿了竹棒的乞丐們都圍了上來，嘴裡說著討巧的話，不時也有人看他們可憐，會多少掏個銅板遞到他們碗中。四處都一派喜氣洋洋的感覺，與崔敬平幾人約好了在鎮邊集合，好不容易擠到那地方時，崔薇都覺得自己鬆了口氣，一旁聶秋染外表也有些狼狽，衣裳都起了縐褶，他自己正不停地整理著領口，崔薇靠在一邊看著他笑時，崔敬平幾個人卻是慢吞吞地過來了。

好不容易過回年，王寶學的家裡也沒有拘著他，就連聶秋文也被聶夫子放了出來玩耍，如今鎮上來了好幾撥賣藝的人，幾個人看得眼睛都捨不得眨一下，如今天色還早著，就聽到崔敬平催著要回去，難得出來一趟的聶秋文二人都有些不大高興。

看得出來聶秋文正不時翻著白眼，崔薇等崔敬平幾人走得近了，這才開口笑道：「三哥，你們這是怎麼了？」

崔敬平正要去揹地上放著的背篼，一聽這話，還沒來得及開口，那頭聶秋文就已經有些不滿地道：「難得出來一趟，大哥，你們這麼早回去看什麼，那邊還有耍大刀的呢，可威風了！」

他每說一句話，王寶學就跟著點了點頭，一副贊同的樣子，看得崔薇有些好笑，仰頭看了聶秋染一眼，想到難得快要過年，也不願將崔敬平給拘著了，忙與聶秋染說道：「聶大哥，不如咱們先回去吧，讓我三哥他們在鎮上多玩一會兒，反正他們又不是不識路的，再者幾個人在一塊兒，也不怕出什麼事。」

聶秋文這傢伙雖然心直口快、脾氣也衝，但沒什麼心眼兒，可崔敬平跟王寶學就不一定了，兩人一個比一個奸詐，三人若是一塊兒，想來也吃不了什麼虧，這幾人以前就敢自個兒上山捉蛇賣，便能看得出來。

她都已經開了口，聶秋染自然不會不給她留臉面，想了想也就點點頭，衝聶秋文揮了揮手，那頭聶秋文頓時歡呼了一聲，扯了崔敬平便放下了背篼，便又往鎮子中跑去了。

這幾人跟出了籠的小鳥一般，倒也歡快，崔薇在後頭又大聲叮囑了幾句，崔敬平頭也不回地擺了擺手。到底還是個孩子，聽到有好玩的哪裡有不動心的道理？不過勉強能忍得住罷了，這會兒看到崔薇都開了口，自然這會兒跑得比誰都快。

聶秋染嘴角邊露出笑意來，一邊伸手提起了背篼，另一隻手拉了崔薇便往家裡走，路上兩人走得不慢，回到家時天色已經不早了，村裡許多戶人家都已經開始升起了炊煙。聶秋染也沒回家，直接就跟崔薇一塊兒回了屋裡，剛還沒有打開門，一道白色的影子叼著個什麼東西，跟閃電似的從崔家那邊竄了過來，一下子越進了院子裡頭。

崔薇愣了一下，打開門就看到毛球嘴裡含了一隻約有兩斤重的魚正啃得歡快，那魚被牠咬了幾口，尾巴還在抖動著，院子裡留下了一些水跡。這魚不知是從哪兒來的，崔薇頓時眼皮跳了跳，心裡一股不好的預感便湧了上來。這魚一看便不小，不可能是人家不要扔的，毛球該不會是從哪戶人家裡撈過來的吧？

對於這隻不聽話的壞貓，崔薇實在是沒有法子了。牠現在越長越大，渾身肥嘟嘟圓滾滾的，那高大的圍牆能擋得住人，偏偏牠三兩下便竄了出去，一出去除非喚牠才回來，不然能在外面溜達許久，也不知道在外頭是幹啥的，如今撈了這樣大一條魚回來！

崔薇鬱悶得要死，看聶秋染提著東西進了屋，那背簍下頭也放了魚，偏偏這貓從不吃家裡的東西，除非給牠的，否則再香牠也不碰，可就愛往別人家裡去撈。

崔薇對牠這一點，總是哭笑不得，幸虧這傢伙行事還算謹慎，到現在還沒給她惹出什麼大麻煩來，東西肯定偷吃過人家的，可好歹沒被人抓到過。

聶秋染提了東西進廚房，崔薇蹲了下來，衝貓勾了勾手指，這壞蛋才搖著牠肥碩的身體站了起來，喵喵叫著抖了抖身體，朝崔薇走了過來，一邊趴在了她的面前。

「偷東西吃了吧？在哪兒偷的，那魚是哪兒的？你怎麼就這麼不聽話，要是人家找上門來，到時把你捉去抵債！」崔薇也是氣不過隨口說說而已，真要將這肥貓送出去，她還捨不得了，每天也不知道哪兒餓著牠了，這傢伙就愛往外發展。

毛球繞在她腳邊，喵喵叫著將頭在她腿上蹭了蹭，嘴裡發出「嚕嚕」的響聲，崔薇乾脆一下子將牠抱了起來。貓肥軟軟的身體被她抱在身上，大冬天裡把手擱牠身上跟戴了只皮毛手套似的，一邊揉了揉牠腦袋。

剛剛才偷吃過魚，毛球身上一股濃郁的魚腥味傳了出來，使得崔薇忍不住又抓了抓牠背脊，看牠舒服得在自己懷裡瞇了眼睛，這才將牠放過了。

快到晌午時，崔薇還在準備著午飯，而隔壁崔世財那邊響起劉氏的驚叫聲與怒罵聲，這下子苦主算是找到了。

劉氏的罵聲直到午時還沒完全消下來，中午崔敬平幾人回來時便聽到隔壁劉氏大嗓門的叫罵聲，頓時愣了一下，接著回頭看崔薇道：「薇兒，這都罵了多久了？」沒過多長時間，他們幾人連劉氏那條魚買了七文錢都已經知道了。

崔薇一邊招呼著崔敬平幫忙擺飯菜，一邊與他輕聲道：「還不是毛球幹的好事，牠去偷了條魚回來，已經罵了快兩個時辰了。」

兩兄妹交換了一個眼神，都鬱悶無比地重新捧著飯菜出去了，這頓飯因為劉氏的怒罵而大家都吃得有些心不在焉的。午後崔薇本來想找個東西將毛球拴起來，誰料這傢伙剛一吃完飯，一下子便溜得不見蹤影了，給牠拴繩子的打算自然又不了了之。

午飯後聶秋染在一旁看書，而崔薇閒著沒事幹了，拿了鞋面在一旁繡著。這是她跟王寶學的娘親學的一門手藝，如今還不太熟悉，連納了好幾雙鞋底才勉強能用得上一雙，這樣的手藝沒好意思拿出來給聶秋染等人獻寶，因此她便先給自己做一雙，連崔敬平的都還沒有做。

最近聶秋染看得出來崔薇的變化了，連讀書識字也沒有再逼她，事實上聶秋染恐怕已經隱隱感覺到她其實是能識字的了，但他沒有說破，崔薇自然也當不知道，至於他心中是如何想的，恐怕也當自己是跟崔敬忠學的而已，因此崔薇並沒有將這事給放在心上。

午後時光氣氛溫馨，崔敬平等幾人出去玩耍了，崔薇靠在椅子邊做著女紅，也不出聲，偶爾聶秋染回頭看她一眼，見她坐在矮竹椅子上，一面背靠著門邊，兩排長睫毛跟扇子似的，忽閃忽閃的。小丫頭最近出落得倒是更精緻了些，那氣質一看就跟村裡的小姑娘不一樣，也不知崔家怎麼能養出這麼一個奇怪的女兒，聶秋染不知怎的，這樣冷的天氣裡，看到崔薇靠在門邊，見她偶爾手凍僵了，便伸進衣兜裡頭焐一焐，便覺得心裡發暖。

如今天氣冷得厲害，河面上都已經結了冰渣子，小灣村雖然並不是靠近北方的，不過一到這個時候卻也冷得厲害，崔薇又愛乾淨，不愛像其他人一般燒了火炭撿出來放進專門編製的筐裡放在腿下烤著，只有拿皮袋子燒了開水灌進去焐在肚子間，偶爾手冷了便伸進去摸一摸，才覺得手指稍微靈活了些。

聶秋染看她肌膚白皙，臉頰邊透著兩抹紅暈，幾絲細碎的劉海垂在額頭，將飽滿的額頭擋了大半，見她放了針線又將手捂進衣襟裡頭，他這才放下書本道：「薇兒，妳休息一陣，也不要再做針線了，我陪妳翻繩兒吧。」

他一邊說著，一邊起身走了幾步，也拖了只凳子坐在崔薇面前，從她籮筐裡撿了一根絲線出來拿剪子剪斷打了個結，繞在手邊。

「我瞧聶明她們都愛玩這個，來我教妳。」他口中所說的聶明就是孫氏的大女兒，比他小了一歲的妹妹，平日裡崔薇也見過，但並不如何熟悉。聶家兩個姑娘心裡都怕孫氏，幾乎平日裡除了做活兒之外，連門都不出，而崔薇平日也並不怎麼愛往外跑，再加上她之前又想跟聶秋染撇清關係，連聶家都很少去，自然更不可能與聶家的兩個姑娘熟悉了，不過倒也是知道她們的名字，知道大的叫聶明，而第二個女兒則是叫聶晴。聶夫子自己是個秀才，自然不可能給女兒取個大妞之類的名字，聶家兩個姑娘屬於小灣村裡難得有正經名字的。

崔薇知道他也是一片好意，做女紅確實是有些乏了，在這樣的天氣裡靠在門邊做事，簡直是一種痛苦至極的折磨，手指都差點兒快被凍僵了，若不是無事，身邊又有聶秋染在，她早鑽進被窩裡蓋著做事了，那樣倒是不知要暖和多少。

崔薇看到聶秋染手指靈活的很快將這根打了結的繩子翻成一個花式繁複的模樣，她上一世時年紀小也玩過這個，不過都不知是多少年前的事情了，現在一見到倒是來了些興致，忙想了想，伸手便要去接。外頭突然間響起了敲門聲來，院子裡黑背一下子警惕地跳了起來，趴到了門邊。

一個細聲細氣的女孩兒聲音在門外頭響了起來。

「大哥，你在嗎？」

似是有些害怕一般，聲音開始時還很小，那敲門聲也輕輕細細的，若不是屋裡黑背動靜大，恐怕崔薇都聽不到外頭的聲音，第二回再響起時，聲音就大了很多。

「大哥，娘讓我找你回去了，家裡外公外婆他們來了，讓你現在回去哩！」

崔薇手上還穿著絲線，一聽這話，頓時便將手放了下來，一邊取著手指頭上纏著的線，一邊轉頭看了聶秋染一眼。「聶大哥，是來找你的吧？」

聶秋染就點了點頭，幫著她將纏在手指頭上的線解下來，崔薇不會取這東西，纏得滿手都是，纏得還挺緊的，有幾根手指都被勒出印子來了，他動作輕柔地解了下來，這才站起身道：「是聶晴，我去瞧瞧。」

雖說他要去看看，但好歹崔薇還是主人，因此仍是站起身來跟在了他身後，一邊去開了門。門一打開，黑背便想往外頭闖，這傢伙長相凶殘，又身材高大，嚇得外頭的聶晴臉色頓時大變，忍不住後退了幾步，一張小臉煞白一片。

聶晴年紀比她的姊姊聶明小了一歲，孫氏生了大兒子之後原本還想接著再生個兒子的，誰料轉頭倒是懷上了，可惜生下來卻是個丫頭片子，她自然沒有多喜歡。大兒子一生下來除了餵奶便被丈夫抱在身邊，她根本插不了什麼手，聶夫子怕兒子被她毀了，因此平日幾乎不讓孫氏管兒子的事，孫氏倒是想再生個兒子自己帶著，可惜連生了兩個都是女兒，自然對這兩個女兒心中不喜，連聶明孫氏都不喜歡了。聶晴擠在中間，前頭有大哥大姊頂著，後面又有個得寵的聶秋文，她更是在家中跟個透明人一般，膽子極小。

「聶二姊過來了，裡面坐坐吧。」崔薇看到聶晴時，與她打了一聲招呼。

聶晴也不敢抬頭，雙手在小腹前緊握著，沒敢開口。雖說聶晴在聶家真正是排第三的，但有些人家若是孩子多的，則是將兒子跟女兒各自分開排，因此聶晴既是有時被人稱為聶二姊，有時也被人稱為聶三姊。

聶秋染經年常在外求學，家中這兩個妹妹都怕他得厲害，雖說他對兩個妹妹並沒有大聲喝斥過，但這會兒聶晴看到他時，卻是連頭也不敢抬起來。崔薇說了一句話，見她不敢出聲，頓時場面便尷尬了起來，也乾脆不說話了，只倚在門邊摸著黑背的頭不准牠出去。

「妳怎麼來了？家裡外公等人何時過來的？」聶秋染沒有說要走，只問了兩句話。

聶晴緊張得呼吸都有些不順暢了。這個大哥平日在家裡地位超然，聶家的女人對家裡的男人都有一種本能的崇拜感，尤其是在村裡人的目光以及孫氏時常打壓女兒的情況下，聶家兩個姊妹對於聶夫子與聶秋染二人是敬若天神，這會兒一聽到聶秋染開口問話，聶晴忙順了口氣，吞了口唾沫，一邊也不敢回答得遲了，連忙道：「是剛來的，娘讓我過來叫大哥回去，說是外公想見見您。」

「家裡都來了些什麼人？」聶秋染一聽外祖家過來了，便知道自己今兒是非走不可了，孫氏這會兒自己不敢過來，便派了女兒過來做代表，等下恐怕他還不走，聶明也得被派過來喚人了。他倒不是怕被人接二連三地喚，但他知道崔薇不喜歡麻煩，若是再來兩道敲門聲，她非得發火不可。

聶晴忙答道：「都過來了，外公外婆，以及舅舅、舅媽，表哥表姊們都來了。」她到底年紀還小，聽到家裡有客人過來時，雖然膽子一向小，不過面上依舊不由自主地露出一絲欣喜之色來。

聶秋染點了點頭，回頭便瞧了崔薇一眼，一邊衝她溫和道：「薇兒，我先回去了，我瞧瞧看晚些時候能不能過來，若是沒來，妳晚上自個兒吃。」

崔薇點了點頭。

聶秋染剛踏出門，聶晴便細聲細氣抬頭央求道：「大哥，我能不能留下來同崔妹妹玩一會兒？就一會兒。」

她一副怕聶秋染怕得厲害的樣子，可偏偏又說要留下來玩，聶秋染目光裡閃過一絲幽暗之色，低頭定定盯著聶晴看了半晌，直將小姑娘看得低垂下去頭，手足無措險些像是要哭出來的模樣了。

聶秋染本來身材就高大，這幾年時常羊奶喝著就沒斷過，他幫了崔薇不少的忙，崔薇也沒在吃食一事上小氣，每個月幾乎都給他準備羊奶粉，他一回來又時常燉了湯給他喝，現在就看得出來效果了，這一站著，幾乎比他小不了三歲的聶晴只到他胸膛前而已。身高懸殊，再加上聶晴心中確實害怕，竟然使得聶秋染整個人氣勢看起來更強了些。

見到小姑娘已經在哆嗦發抖了，崔薇也看得出來聶晴並不只是單純想留下來玩而已，但她依舊是站了出來，拍了拍黑背的頭，示意牠自個兒回窩裡去睡，這才站到了聶晴身邊，一邊拿沒摸過狗頭的手推了他一把。「聶大哥趕緊走吧，我正好要人陪著我說說話呢。你就不要耽誤我啦！」

聶秋染任她推著自己走了幾步，接著突然笑了起來，回頭摸了摸崔薇腦袋，又衝聶晴溫和道：「妳陪薇兒玩耍也好，反正往後總歸是要熟悉的。」說完，又叮囑了崔薇幾句，這才轉頭回家去了。

崔薇被他一句話說得滿臉通紅，有些羞惱地咬了咬嘴唇，回頭便看到聶晴有些好奇與驚駭的眼神，頓時臉頰又跟著染了紅暈起來。崔薇裝作若無其事一般撩了撩頭髮，塞到自己的耳朵後頭，一邊忙道：「聶二姊，外頭冷，咱們先進屋裡再說吧！」

聶晴還有些害怕黑背，剛剛黑背猙獰的模樣現在她想起還有些犯怵，因此猶豫了一下。

崔薇一見她這勉強的樣子，頓時便猜出了她心中的想法，不由嫣然一笑。「妳放心，黑背回牠屋裡去了，妳只管跟我進來就是，保准咬不到妳！」

黑背是隻狼狗，通過一些簡單的訓練，牠很服從命令，再加上牠本來又聰明，崔薇既然打過招呼了，這回聶晴進出牠自然不會再管，只是牠不管了，不代表便沒有再管的了。崔薇剛領著聶晴進來，那牆壁處竟然躍過一道白色影子，直接朝聶晴撲了過來。

崔薇驚呼了一聲，一眼就認出了毛球，這貨明明是貓，可幹的常是狗的工作，有人一進來牠就抓，凶悍得要命，聶晴被牠一嚇，頓時腳步待在外頭不敢動了。毛球還在衝她發出「嗚嗚」的警告聲，毛都立了起來。

崔薇忙抱起牠來，一邊摸了摸牠毛，一邊安撫似的衝聶晴笑。「是隻貓，妳別怕，先進來就是。」說完，轉頭又衝毛球板起了臉來。「壞傢伙，這次可不能抓人，你自個兒去玩，不然可要將你關起來了。」說完，便拍了拍貓的背，示意聶晴先進了屋，這才關了門將貓放下來。

一旦有人進了屋之後，屋裡崔薇又醒著的，這雙貓狗便不會再管了，崔薇苦笑了兩聲。屋裡聶晴已經好奇地坐在椅子上，伸手四處摸了起來，看到崔薇進來時，她有些侷促的站起身來，一邊有些不好意思道：「崔妹妹，我……」

「聶二姊坐就是，我這兒也沒什麼人，不用講那麼多規矩。」崔薇跟著先坐了下來，又替聶晴倒了一杯羊奶，可是半天她都沒有伸手過去拿來喝一杯，顯然這東西她是不喜歡的。崔薇乾脆拿了些花生與瓜子出來，這下子她倒是動了手，小聲地道了一聲謝，這才跟著坐了下來。

兩人本來都並不熟，平日裡雖然認識，但見面時連半句話都沒有說過，如今哪裡一時半會兒的就玩得起來，情景頓時就有些尷尬。聶晴臉色通紅，吃了幾個花生之後就不再動手了，一邊目光四處轉了轉，落在崔薇之前放的籮筐裡頭，看到了筐裡繡的鞋面，頓時便是眼睛一亮，一邊有些驚喜道：「真好的面料，崔妹妹這鞋面是給自己做的吧？」

聽聶秋染說，他的這個妹妹今年已十四了，可是光從外表來看，聶晴恐怕只有十一、二歲的樣子，甚至看起來比崔薇還要黑瘦得多。她穿著一身藍底的襖子，雖然上頭沒有補丁，但卻有些發舊了，應該是大人的衣裳改小的，就算是改過了，但看起來卻仍是有些不太合身，她梳著兩個丫髻，上頭綁了紅色的頭繩，皮膚有些微黑，頭髮也是發黃，應該是她長年營養不良的結果。崔薇看得心裡也忍不住有些同情，不過也只是有些同情而已，因著孫氏，她不太願意跟聶家的人打交道，就算是跟聶秋染現在這樣有些親近的情況已經是迫不得已了，但那是因為她知道聶秋染能將孫氏帶來的壓力完全解決好，若是跟聶家除了聶秋染兄弟二人以外的人太過接近，那才是真正是自尋麻煩了。

崔薇打量了她一眼，直將聶晴看得有些手足無措了起來，她這才輕笑著開口說道：「聶二姊也會做鞋？」

聶晴有些羞澀地點了點頭，看崔薇站起身來，又回頭給她拿了一小籃子奶糖出來，示意聶晴吃，聶晴有些雀躍的伸手撈了一顆奶糖，剛舔了一口，便眼睛一下子亮了起來，驚呼了一聲，放進嘴裡含了含，接著又吐了出來，從腰間裡掏出帕子擦了擦上面的口水，包著放入了胸前的口袋裡，一邊衝崔薇有些不好意思地笑道：「我想給我姊姊也帶回去嚐嚐。」

一句話說得崔薇不由更是同情了她一些，溫和笑道：「聶二姊只管吃，我這兒還有多的，等下這籃子妳全部拿回去就是了。」

平日裡她也沒少給聶家兩兄弟吃的，怎麼這會兒看著這聶晴的樣子竟然像是從未嚐過一般，恐怕聶家兄弟帶回去的東西，應該是都被孫氏給沒收光了。

聶晴聽到崔薇說可以吃奶糖，頓時將那顆包裹起來的奶糖又放進了嘴裡，又舔了舔手，雖然崔薇心裡有些同情她，不過她一向有些輕微的潔癖與強迫症，一見到這樣的情況便忍受不了，連忙起身去給聶晴打了盆熱水進來，示意她洗手。

聶晴搖了搖頭笑道：「不用了崔妹妹，我都舔乾淨了，妳瞧，一點兒也不黏手的。」她說完，衝崔薇晃了晃手掌。

她兩隻手掌經年累月的做事，積了不少老繭，指甲縫中全是黑污一片，崔薇乾笑了兩聲，見她不願意去洗手，忍著想替她洗手的衝動，也不再勉強她了。

聶晴吃過了東西，好像是放開了許多，一面嚼著奶糖，一面衝崔薇笑道：「崔妹妹，妳這鞋面做得倒是不錯，不過妳的腳真小呢，兩邊雖然重樣，不過鞋背這兒倒是小了些，穿上恐怕不如再收小些好看。」

崔薇點了點頭，一面將就那兩雙鞋面拿了起來。這鞋子是她做了好幾回才勉強瞧得上眼的，用之前林家送的緞子餘下的碎布做的，顏色是漂亮的米黃色，上頭繡了幾朵迎春花，那絲線都用上好的，色彩也漂亮，看上去鞋面便活靈活現的。雖然她也知道聶晴這話是什麼意思，不過若是做得小了，瞧著雖然好看，但到底穿著不舒服，她笑著沒有開口。

「崔妹妹，不如妳將這鞋面給我，我幫妳改小吧。」聶晴說完，下了椅子，一邊撩起崔薇的腳比劃了兩下，一邊就笑道：「妳是真做得寬了些，這樣穿著哪裡好看，妳給我，我改明兒幫妳改好再拿過來。」聶晴過來時孫氏吩咐她今兒就留在崔薇這邊，她正愁不知該怎麼跟崔薇交好呢，回去又怕被孫氏打，因此倒正好借著這個功夫留了下來。

崔薇看她一副好心的模樣，也不好意思再說什麼，便勉強點了點頭。

第五十九章

這廂兩個不太熟悉的小姑娘妳一言我一語的說著話，那邊聶秋染一出了崔薇的門口心裡便有些後悔沒將聶晴給帶出來。

雖然他知道崔薇性子並不是個好欺負的，而自己的妹妹膽子又一向小，可他卻是怕孫氏打著什麼主意，要借自己的妹妹逼崔薇呢。好不容易兩人現在有了點兒進展，若一開始他覺得娶不娶崔薇都無所謂，只是為了想幫她一把才那樣說，現在這樣長時間的相處下來，他倒是真對她上了心，現在明明知道自己妹妹若真與崔薇鬧起來也不一定是她對手，但心裡卻是不由自主地覺得擔憂記掛，聶秋染便知道自己完了。

一路心裡裝著事情，但聶秋染臉上卻是絲毫沒有顯現出來，而這會兒聶家院子裡早就已經坐滿了人，孫氏的娘家人圍著院子坐得滿滿的都是，除了外公外婆之外，幾個中年男子與中年婦人各自坐了一邊。孫氏滿臉笑容，穿了一件嶄新的墨綠色衣裳，頭髮拿油梳得整整齊齊的捆在腦後，用一朵彤紅的絹花束著，顯出幾分顏色來，一臉笑容的正與一個中年婦人說著什麼。她耳朵上還戴了兩粒鍍了一層細細銀子的耳環，看起來精神奕奕的，懷裡抱著一個穿著紅色襖子，年約一歲左右的男童，一個十四、五歲，穿著一身桃花色衣裙的少女正站在她身邊，說了句話，直逗得孫氏笑得前俯後仰，耳朵上的耳環不住地跟著晃蕩了起來。

今日聶夫子出門會友去了，恐怕不到傍晚不會回來，家裡聶明估計在屋裡做事，院子只得孫氏陪著娘家眾人。

「娘，您喚我回來有什麼事？」聶秋染一踏進屋門時，院子裡原本還笑意盈盈的情景頓時便冷靜了下來。

孫氏看到兒子，不由自主地心裡便開始犯怵，臉上的笑意僵住了，一時間沒有開口，反倒是那桃紅色衣裳的少女上前衝他福了一禮，一邊有些不好意思道：「大表哥。」

少女聲音裡帶了嬌羞，聶秋染卻是看也沒看她一眼，轉頭衝孫家兩個老夫婦點了點頭，一邊溫和道：「外公外婆過來了，舅舅、舅母們。」

見他沒有立即追著自己再問將他喚回來的話，孫氏心裡鬆了一口氣。接著又有些怨恨。她十月懷胎生出來的兒子，成天就將心思放在了崔薇那小賤人身上，一天到晚的不落屋了，那小蹄子年紀小小的便知道勾人，還專勾男人，這下子自己將兒子喚回來，不如把女兒換給她，她既有飯吃，不如替自己養女兒就是了！

孫氏心裡氣得要死，她想要見兒子，還得專門派人去喚，聶晴那死丫頭也是個沒用的，這樣久才將人給喚回來。孫氏心裡怨恨之意一閃而過，面上卻是不敢顯露出半分來，反倒是將手裡的孩子抱還給了自己身邊那個穿著藍色襖子的中年婦人，一邊推了推面前的少女，一邊衝聶秋染道：「大郎，你難得回來一趟，你外公外婆們都想來瞧瞧你。如今你也有出息了，正好孫梅這孩子想與你說說話，她之前也想找人學字，不如你教教她吧。」

孫氏這話一說出口，場中眾人臉上便不約而同的露出了然的笑意來。

聶秋染眉頭頓時皺了起來，他哪裡不知道孫氏這是什麼意思，雖然聶夫子早已經言明他的婚事不由孫氏作主，但眼見他如今就像孫氏所說的，快有了出息，孫氏哪裡可能真不打主意的？恐怕她是存了不想將好事便宜了外人的心思。

一想到這兒，聶秋染頓時彎了彎嘴角，眼中一片冰冷之色，看著孫氏輕聲道：「表妹如今年紀不小了，想來也該訂了婚約，男女授受不親，若是表妹真想學識字，不如大舅母替她請個女夫子也好。」聶秋染話語聲還溫和著，但他臉上的神色卻是冷了下來。

那被他喚為大舅母的婦人一聽這話，頓時便跟著笑了起來，一邊拉過了自己的女兒，一邊笑道：「一個女人家，學那什麼字哪裡還用得著要花錢出去請人，染哥兒如今成了秀才，是個有本事的，哪個女人能比得過你？正好你現在與梅梅多親近一些，往後啊，也好……」她說完，面上露出曖昧之色跟著笑了起來。

被稱為孫梅的少女頓時臉色通紅，一面捏著裙襬，咬著嘴唇，滿眼的笑意抬頭看了聶秋染一眼，又飛快的低下頭去。

「大嫂！」孫氏聽到那婦人開口說話，忙飛快地將她剩餘的話打斷了下來，她想將娘家的侄女嫁給自己的兒子，只是她一廂情願而已，別說還沒問過聶秋染的意見，她甚至連聶夫子的意思都沒有問過。這會兒便聽那婦人揭了出來，心裡大急，看到兒子一下子冰冷下來的眼色，旁人不知道他的脾性，但他是孫氏生出來的，雖然一向不太親近，但好歹還是感覺得出來他這會兒心裡已經有些不高興了，頓時便有些害怕，連忙扯了扯那婦人的袖子，一邊有些勉強的笑道：「現在染哥兒還小呢，我們家夫君說，想等他明年秋試後，中了舉人再說！」

那婦人一聽這話，頓時有些不滿，連忙拉了孫氏的手便道：「我說妳啊，這給兒子說媳婦兒的事，本來就是女人的責任，妳哪裡好讓妹夫來動手了？更何況中舉人那是談何容易的？染哥兒雖然是個有福氣的，但也不一定能中得了。」那婦人有些不以為然，話一說完，便看到孫氏眉頭一下子豎了起來，知道自己觸了聶家霉頭，心裡也有些不好意思，連忙輕輕抽了自己一嘴巴，一邊乾笑道：「妳瞧著我這張嘴，還沒過年的便胡說八道，各路神佛，有怪莫怪，小婦人不懂事，染哥兒就是天上文曲星下凡的！」

「好了大嫂，這事過些日子再說吧。」孫氏被這婦人如此一堵，心裡頭舒坦才怪，連帶著看自己的侄女也沒了笑意。

那孫梅臉色頓時一白，有些發慌，回頭看了聶秋染一眼，卻不敢一直盯著看，只能含了眼淚低下頭來。

那婦人聽到孫氏這樣一說，頓時就有些著急了，現在聶秋染年紀輕輕的便中了秀才，這小姑子已經如此得意了，幸虧她心向著娘家，又有自己公婆幫著說項，她一向怕自己的公公和夫君，說不得這事她為了討好娘家還真的能成。可若是聶秋染真的中了舉人，那他便是舉人老爺了，身分都不一樣，恐怕到時孫氏背脊挺起來了，還真瞧不上自己這家人，現在配都已經有些勉強了，要真等他發達了，還能看得上自個兒家？

再說了，自己的女兒年紀不小，快十六歲了，到她這年紀還沒說親，不就是為了等著聶家嘛，這事是孫氏與孫家心裡都有數的，若是現在孫氏反悔，自己女兒可怎麼辦才好？

那婦人心裡又驚又怒，忙忍了氣回頭便看了孫氏的娘戴氏一眼，一邊有些不滿道：「娘，您瞧瞧小姑子，早說好的事情，現在是不是要反悔了？咱們家孫梅這樣大年紀了還沒說親，要再等下去，可得等到什麼時候才好？她是不是想賴帳？」

這婦人如此一強硬起來，孫氏頓時便慌了神，她一邊是心裡怕聶秋染發火，又希望他能當著眾人的面給自己一個面子，將這事給捏著鼻子認了下來，一邊心裡又有些恨自己這娘家大嫂趙氏實在太不給自己留臉面，竟然現在敢逼迫起來。

「大嫂，我哪裡是這個意思，不過這樣的事，哪裡好當著孩子們的面提……」

事實上這會兒孫氏態度已經軟了下來，可惜那婦人趙氏卻不肯甘休，反倒是大聲嚷道：「男大當婚，女大當嫁，這事有什麼好害羞的，染哥兒這樣大年紀了，總要省事一些，難不成還能一輩子不成婚不沾女人了？」

這話說得孫氏頓時臉色通紅，一面心裡暗暗祈禱兒子當場給自己留臉面一些，自己也好半推半就的將這事給成了，算是給爹娘一個臉面，也自己作主了兒子的婚事，不用娶那個崔薇回來。

誰料聶秋染的脾氣哪裡是她能拿捏得到的？那婦人趙氏一嚷嚷，聶秋染頓時便衝她拱了拱手，聲音溫和卻堅定道：「大舅母說得是。」

孫氏眼睛一下子就亮了起來，連那婦人趙氏臉上也跟著露出笑意來，眾人跟著都呵呵笑，那名為孫梅的少女臉色也一下子羞得通紅。

聶秋染眼中閃過一絲譏諷之色，又接著道：「如今秋文年紀也不小了，比表妹雖然小了幾歲，但女大三，抱金磚，正好是天造地設的一雙，到時我跟薇兒必定會備上一份薄禮的。」

一聽這話，孫氏的娘親戴氏還沒反應得過來，傻愣愣的便道：「染哥兒，我們家孫梅要嫁的可是你啊，不是你二弟，那薇兒是誰？」

孫氏沒有搭理她這話，她此時聽到聶秋染這話早就已經氣瘋了，一面站起身來，大聲道：「我不同意！」

「娘說什麼？」聶秋染眼睛一下子瞇了起來。

孫氏原本心中還滿是怒火，她的兒子，她最寵的小兒子聶秋文，如何能娶個孫梅這樣的鄉下丫頭，她大哥大嫂是個什麼德行，孫氏心裡清楚得很，恐怕到時連嫁妝都捨不得多給一份的，自己的小兒子文不成武不就的，到時兩夫妻吃什麼嚼什麼？

孫氏本來是想用聶秋染做人情，賣了自己娘家一個好，又能討到一個自己人做兒媳婦，往後還不是任她拿捏了？孫梅長得不好，不過這樣一來往後兒子跟她便不是一條心的，到時還不是更親近自己一些？

而崔薇那死丫頭最後落了個一場空，若是她識相，自己也不是不能讓她進聶家大門的，她現在有銀子了，聽說家裡都養了好幾頭羊，又建了這個大的房子，包裡恐怕有不少的銀子，她長相又不差，要是聶秋文不好說親，正好嫁給自己的小兒子，往後也能養著聶秋文一輩子，自己也能放心一些。

可現在聶秋染竟然說他要娶崔薇，孫氏頓時險些氣得背過了氣去，剛一站起身大喝出來，回頭便聽到兒子壓低了聲音的話，看他眼睛都瞇了起來，臉上的笑意也消失了個乾淨，孫氏這才心裡開始犯起了怵來。不知為何，聶秋染一板起臉來時看那模樣比聶夫子還要讓她害怕一些，剛剛才累積起來的一些怒氣此時如同清晨的濃霧，漸漸退散了去，心裡便只剩了惶恐與擔憂來。

孫氏一邊後退了兩步，一邊強忍著站起身子，卻是雙腿發軟，恨不能坐到凳子上，一雙手也跟著抖了起來，勉強道：「大郎，你聽娘說，崔薇那死丫頭不是個好的，你瞧瞧小小年紀她便跟她娘鬧得這般，娘與她也認識，那死丫頭牙尖嘴利的，不是個肯服人的，你……」

她每說一個字，聶秋染眼裡的神色便更淡漠一分，孫氏的聲音便更低，到了後來幾乎已經快聽不見了，她這會兒心中已經隱隱有些後悔起來，覺得自己不該一時氣憤便來逼他。這兒子不是個好拿捏的，從小又跟在聶夫子身邊，跟她並不如何親近，連老娘也不知道心疼，當場便駁了她的話，早知道他性格這樣強硬，也不該現在就來逼他了，到時直接將孫梅抬回來，生米煮成熟飯，難不成他還不認了？

「這樣的話，我不想再聽到母親說第二次！」聶秋染神色更淡了一些，他原本性格就有些淡漠，只是臉上時常帶著笑，以至於讓人看起來認為他性格溫和而已。這會兒一旦臉上的笑意沒了，不只是孫氏，連孫家人都感覺有些不大對勁了起來。

孫氏臉色更顯尷尬，看到娘家人有些吃驚的神色，只覺得臉色發燙，有些抬不起頭來，剛剛她還坐在院子中大聲談笑風聲，一副貴婦人的派頭，可沒料到頃刻間，這個兒子一被喚回來便弄得她如此難堪。

孫氏心裡既是埋怨，又是氣憤，將這一切又算到了崔薇頭上，一面厲聲道：「你胡說八道些什麼！」她這話喊完，自個兒心裡也發虛，本來對兒子底氣就不足，更是不敢看聶秋染那張令她一瞧便會不由自主害怕的臉，別開了頭，一邊快速道：「以後你不准出去了，也不准再去崔薇那小賤人那邊，不然、不然我就……」

「不然娘就如何？」聶秋染眉頭挑了起來，嘴角邊露出一絲輕微的笑意來。

聶秋染人長得本來就俊朗斯文，如今這樣一笑，更是如同眉眼都活了過來般，看得那孫梅臉色通紅，一雙手不安的在胸前扭著，一面臉色發燙，身子發軟，不由自主地便想朝著他身上靠過去。她如今正是情竇初開的年紀，少女心裡自然也有著一些幻想，聶秋染長相俊朗溫和，而且他身上有一種村裡男孩兒都沒有的斯文儒雅氣息，到底該如何說這種感受，孫梅說不出來，但卻覺得心裡像是有小鹿在亂撞一般，迷迷糊糊的，若不是她還有理智在，恐怕不由自主地便要抬頭衝著聶秋染笑了。

「不准我出去？這樣的話娘以後還是少說為妙。」聶秋染淡淡說完這話，也不理睬孫氏，抖了抖衣襬，與眾人道：「我剛回來，也不打擾娘與外公外婆你們興致了，表妹與二弟之間的婚事，既有父母之命，媒妁之言，實乃天造之合！至於我跟薇兒之間已經是有父親承諾，我的事情，不用娘再多操心了。」他這話說完，也沒看孫氏青紅交錯的尷尬臉色，既氣又恨得說不出話來的樣子，轉頭便回屋裡去了。

等他一走，眾人才不由自主的鬆了一口氣，剛剛聶秋染不笑時，那氣場也實在太強了些，壓得人心裡喘不過氣來。他的話人人都聽見了，但一時片刻都還沒往到心裡去，沒將那話回過味兒來，那戴氏有些茫然道：「染哥兒剛剛那話是個什麼意思？不是說染哥兒跟梅梅間的婚事，怎麼又說是二郎了？」

這事不只是身為外婆的戴氏想問，連那大舅母趙氏也是有些忍不住了，拉了孫氏便問道：「小姑子，這是怎麼回事？妳不是早就跟咱們家說要將孫梅許給染哥兒，現在怎麼染哥兒就訂親了，也沒人跟我們說一聲？」

孫氏被人圍著，頓時說不出話來，看戴氏等人漸漸回過味兒來，臉色有些變了的模樣，她心中也是跟著害怕起來，連忙擺了擺手。「爹娘，大哥大嫂你們聽我說。」

戴氏這會兒心裡也不高興，那趙氏簡直恨不能將這孫氏給抽一頓，現在看孫氏慌亂的樣子，頓時氣得直咬牙，臉色都有些扭曲了。「妳有話就趕緊說，當初可是妳自個兒提的願意娶孫梅當兒媳婦，我們家孫梅才一直耽擱了這麼多年，妳現在可不要想著賴帳，瞧著你們聶秋染有了出息，便瞧不上咱們了！要真那樣，妳以後不要再回娘家來了。」

院裡眾人亂成一團，戴氏等人拉著孫氏非要讓她給個說法，孫梅的哭聲以及孩子的聲音一起絞著傳了起來，鬧得不可開交。

「大嫂大嫂，你們聽我說，大郎只是胡說八道的，那事只是他自個兒鬧著玩的，自小就沒有婚事由他作主的道理，你們請放心，這事我一定給你們一個交代！孫梅也是我瞧著長大的，是我侄女，我還能不喜歡？你們放心，孫梅我一定抬到咱們孫家來！」

這會兒孫氏急得都上火了，與孫家人好說歹說又陪著笑臉，可戴氏等人依舊是心裡氣不過，怒氣騰騰的不顧孫氏挽留，便領著哭哭啼啼的孫家人回去了。

孫氏挽留娘家人不得，心裡又急又慌，心裡頓時將崔薇給恨上了，連兒子聶秋染她心裡都生出了埋怨之意，一想到剛剛孫家人氣沖沖的臉，孫氏頓時氣不打一處來，恨恨地捏著拳頭進屋裡去了。

剛剛的鬧劇屋裡正做著事的聶明看得一清二楚，見到孫氏進來忙不迭地就躲到了自己房間裡頭，深怕在孫氏盛怒之下自己要遭殃。

聶秋染這會兒坐在自己的房間裡頭，孫氏「砰」的一聲便將他的門一下子就踢開了。

聶秋染正坐在書桌後，靠著窗手裡捧著一本書，屋裡窗戶並不大，光線也有些發暗，孫氏剛從外頭進來一時間眼睛還有些不適應這樣的變化，只依稀能看到兒子的身影，還不能看清他的面容。一想到剛剛孫家人的表情，她頓時勃然大怒，顧不得心裡對聶秋染的害怕，指著他便怒聲道：「小畜生！你為了那賤人如今竟然敢忤逆母親，明兒便去你舅舅那邊賠禮道歉，給我將孫梅娶回來，否則你便是大不孝，你這樣名聲不好聽，當了官也沒什麼用處！」

孫氏這是生平頭一次對這個大兒子如此吼出話來，喝完也不敢看聶秋染的臉色，也不敢等他回答，連忙轉身便出去了，一走出聶秋染房間，孫氏心裡還在「怦怦」跳著，雙腿有些發軟，可偏偏又覺得心裡像是出了一口惡氣般。

自從兒子跟著聶夫子之後，她對於這個大兒子便又怕又懼，平日根本不敢管他的事情，今日才真正像了一回母親，她心裡有些得意，又是有些欣喜。聽到身後聶秋染沒有追出來，只當他是被自己嚇到了，頓時心中便跟著鬆了一口氣，想著自己明日定要再去孫家下聘才是，聶秋染再能幹，也是她兒子，還能由不得她拿捏？她想要讓他娶誰才好娶誰，崔薇那死丫頭永遠也別想嫁給自己的大兒子！

而另一廂聶秋染離開之後，崔薇跟聶晴也是無話可說，聶晴說要替她做鞋之後，便將那兩副鞋面揣進了懷裡。兩人實在是不熟悉，平日也沒什麼好說的，聶晴日常做的事情無非便是洗衣煮飯那一類的，又沒什麼經驗好交流，她自個兒又不是什麼健談的性子，最後雖然孫氏吩咐她留下來吃完飯再回去，可她依舊是尷尬地坐不住了，被崔薇送了出來。

聶晴一出了門，不只是她自個兒鬆了一口氣，連崔薇也跟著重重鬆了一口氣。

兩人根本不熟，硬湊著坐一塊兒，這樣下去聶晴若說她要留下來吃晚飯，崔薇看在聶秋染分上，恐怕也不好意思拒絕，但這樣肯定吃得不大痛快，幸虧聶晴自個兒提出了告辭，崔薇這才渾身鬆懈了下來。

第六十章

聶晴揣著鞋面回聶家時，孫氏一抬眼皮看到女兒這個時辰回來，肯定便是沒吃晚飯了，心裡有些不滿，但一想到今日自己壓了聶秋染一回，她登時便心中大快，也顧不得跟女兒計較，揮了揮手，算是暫時放過了聶晴一回。

正盤算著自己明兒要怎麼去孫家賠罪，並請哪個媒人前去幫忙提親的事時，孫氏還苦惱著自己手上並無銀錢，要如何跟聶夫子提讓他給自己一些銀錢的事情。誰料晚上聶夫子訪友回來，孫氏瞧著他心情算好，正想著自己的事情恐怕有了著落時，在房裡看了半天書的聶秋染卻是從他自個兒房間裡出來了。

對於這個兒子，孫氏現在瞧著心中還有些犯怵，見他出來，只當他是要向聶夫子告狀的，孫氏原本想著自己要站在一旁，以免聶秋染說話對自己不利時她才好解釋，誰料聶秋染一出來便朝聶夫子直接跪了下去。「爹，明年秋試，我想就不去了！」

這話一說出口，不只是孫氏呆了一下，連聶夫子都嚇了一跳。

他每年只有在過年前後才有幾日時間能回家，可以與當初的同窗好友共同聚聚，今日有人相邀，出去時喝得還算高興，人家都稱讚他有一個出色伶俐的兒子，他一時高興，多喝了幾杯，回來現在頭還有些發暈，誰料兒子一出來竟然說了這話，頓時便將聶夫子的酒意嚇醒了大半，後背沁出一層冷汗來。

聶夫子一輩子讀書，可卻數次秋試一直都與舉人失之交臂，到最近十來年，他年紀大了些，漸漸覺得讀書再無進展，才熄了那想中舉的心思，可這中舉的事就是他一輩子心裡的遺憾。難得兒子比他有出息，年紀輕輕便中了秀才，多熬幾年說不定能成舉人，聶夫子對他抱了很大希望，誰料兒子現在竟然跟他說不讀書不考試了！聶夫子驚怒交加，回過神來之後便重重拍了拍桌子，厲聲道：「你說什麼！」

此時聶秋文剛從外頭回來，一聽到他爹發脾氣，霎時便不爭氣的打了個冷顫，險些腳一軟就跪了下去。

誰料一進屋門時才看到跪在聶夫子面前的是自己的大哥！這可真正是有些稀奇了。從小到大，他沒少挨聶夫子的打，但唯有這個大哥，從沒被聶夫子喝斥過一回，今日竟然也有他被罵的時候。聶秋文既驚且奇，趁著聶夫子沒注意到他，連忙安靜的跑到了孫氏身邊躲起來，一邊望著面前的情景，眼睛瞪了起來。

「我不準備赴考，亦不準備繼續讀書，我準備改明兒便找人作保，自賣其身。」

聶秋染年紀雖然不大，說話行事又一向溫文爾雅，可這會兒聶夫子卻驚訝地發現他眼角眉梢間帶了一股狠辣之意，表明他並不是隨口說說的，而是真正這樣的想法。自己的兒子自己瞭解，聶夫子霎時就驚呆了，失聲道：「你說什麼？你可知道，如此一來，你的功名盡失，且往後你……」

「我都知道！」聶秋染看也沒看一旁的孫氏一眼。

可偏偏聶秋染就算是不看，孫氏卻本能地察覺到自己即將大難來臨，一種不好的預感湧在心頭，渾身雞皮疙瘩險些都立了起來，心跳到了嗓子眼兒，雙腿都開始不自覺地哆嗦了起來。

「你知道什麼！我不許，以後要再說這樣的胡話，小心我饒不了你！今兒我當你年少無知，便就此揭過了。」聶夫子氣得鬍子都險些翹起來，雙腿打顫，臉色鐵青，別過頭不看兒子，眼角餘光卻是看到聶秋染一直跪在地上，沒有動彈的意思，滿臉認真冷淡，聶夫子頓時便敗下陣來。

他這個兒子年少聰慧，啟蒙又早，往後他還想靠這個兒子光耀門楣，而聶秋染一向也是他的驕傲，從未令他失望，如今不知怎的，竟然突然間開口說出這樣一些胡話來！那自賣其身的話哪裡是好隨意說的，他是又氣又急，可偏偏對這個大兒子他是既捨不得打罵，又不能輕易打罵。讀書人面皮何等重要，若是聶秋文，他早就抄了棍子打他了，可聶夫子偏偏對聶秋染動不得口來也動不得手。這會兒看他跪著不說話，頓時有些無奈，又有些著急，連忙跺了跺腳。「這是怎麼了？好端端的，為何要說起不考試來？你明明答應過我，為何言而無信？」

「爹既然一早答應我與崔薇婚事，使孩兒只要考中舉人，若是能中進士，便許我娶她，從此再不作主我的事，但如今爹要言而無信，自然先前約定，再作不得數。」聶秋染平靜至極地說道。

孫氏眼皮一跳，心裡暗自叫著要糟。她這會兒極度驚駭與吃驚之下，竟然身子不住打著擺子，連話也說不出來，僵硬著身體動彈不得，心裡一片空白。

聶夫子一聽說這事與崔薇有關，心裡平添了幾分不喜，可偏偏他又丈二金剛摸不著頭腦，也不知道聶秋染好端端的為什麼提出這事。不過只要他是有原因的，那便好辦了，更別說他今兒一整天出去，根本未曾提起過什麼崔薇與他的婚事，就算聶夫子心中有想法，也絕對不會在此時便提出來，他只當聶秋染不知從哪兒聽了風言風語的，鬆了一口氣。

聶夫子當他是心裡有些不大痛快了，只消與他說清便是，因此臉上就露出一絲笑容來，親手要扶了兒子起身道：「胡說八道，為父親口所言，如何作得了假？你與崔家姑娘之事，只要你能做到，為父必然也遵守諾言，不再過問你的事情，速速起來吧！」

「今日外祖一家過來，娘當著眾人的面，說要替我到孫家下聘，娶孫梅表妹為妻，並說是一早已經商議好的事情，敢問父親，此事到底是不是由娘作主，一直以來就瞞著我罷了？」聶秋染冷笑了一聲。

一旁孫氏不住與聶秋染打著眼色，希望兒子趕緊住嘴，但聶秋染可不是兩個女兒一般任她好拿捏的，因此她眼睛縱然不住眨著，聶秋染卻像是沒有看見一般。

聶秋染衝聶夫子又拜了下去，且冷靜道：「娘今日又說了，讓我不要再出門，身為兒子，如今父親尚在，自然該對她老人家言聽計從，所以這讀書與考試一事，自然以後不消再提，我天天便在家待著就是。」

隨著他的話一說出口，聶夫子臉色越發陰沈下來，屋裡沈靜了下來，一股冷凝的氣氛在眾人心頭壓著，沈甸甸的，孫氏的雙腿不住顫抖著，想要開口說什麼，可是偏偏又張不了嘴，聶秋文早已經躲在兩個姊姊身後，不敢出聲。

聶夫子只是冷冷望著孫氏瞧，孫氏只覺得渾身發冷，雙手冰涼，舔了舔嘴唇，也不敢去看兒子一眼，只是盯著聶夫子，聲音乾澀道：「夫君，我、我這是，跟、大郎，開玩笑的呢。」她每說一個字，聶夫子嘴角邊便漸漸露出笑意來，到後來那笑容看得孫氏心裡犯怵，忍不住雙腿一軟，「撲通」一聲便跪了下來，臉色慘白。

「什麼時候，秋染的事情，輪得到妳來作主了？」聶夫子看也沒看跪在自己面前的這個婦人，臉上露出輕蔑之色來。

聶夫子如今年紀已經近四十，可是身材卻是瘦長，因長年讀書，身上自有一股威嚴與文氣在，再加上長年在外與人授課，身上銀錢豐足，自有一股瀟灑氣質。不像孫氏，成日待在家中，兩個女兒便如同她自己的貼身丫頭一般，生活悠閒，一天便只與村中婦人玩耍閒鬧，動不動便與人打罵，天長日久的下來，那通身氣派自然跟聶夫子相比不上，便是穿著一身新衣裳，看著也是鄙俗不堪。

孫氏大字不識一個，長相又不如何美貌，生完幾個孩子，更是多了些老態，再加上她又不會收拾打扮，就算想學人家穿好的，也是不倫不類，聶夫子自然瞧她不上，也就是小灣村裡，孫氏在眾人眼中才算得上是個令人羨慕的而已。自聶秋文出生之後，兩夫妻便再也沒有親近過，孫氏面對丈夫時，心裡本能的犯怵與自卑，聶夫子越是被人誇讚，她得意的同時，心裡也就更加害怕，聶夫子時常將聶秋染帶在身邊，也虧得他還算有心，每個月還記得拿些銀錢回來供她使用，否則孫氏哪裡能有現在的好生活。她平日種的只得兩份地，而且重活兒幾乎都是雇人幹的，自己在家洗衣做飯又有兩個女兒幫忙，一天到晚悠閒得很，村中女人哪個不羨慕她。

要是聶夫子一旦不肯理睬她了，恐怕她現在的好日子沒有了不說，還得自個兒掙錢吃飯，她一向悠閒慣了，哪裡吃得來那樣的苦？因此孫氏心裡極怕聶夫子，既是畏懼他秀才的身分，又是怕他手裡的銀子不再供給她，兩樣加在一起，聶夫子在她心裡頭便跟天神一般，是不能得罪的。

兩人夫妻十幾年，雖然說現在聶夫子還沒有大聲說話，但孫氏卻知道，他是真的火大了，一般他越是沈得住氣的時候，便證明他心裡頭更是下了決心的。孫氏哆嗦著身子，一邊叩了個頭，嘴裡一邊道：「我、我、我錯了，我只是跟他開個玩笑的……」

「開玩笑？那我現在寫封休書與妳，明兒送妳回娘家吧。」聶夫子輕描淡寫地跟孫氏說了一句。

孫氏呆了一下，聶明臉上竟然忍不住露出欣喜之色來，聶晴低垂著頭，看不清表情，地上跪著的聶秋染表情冷淡，眼中寒光閃爍，唯有聶秋文聽了他這話，眼裡透出了一些驚慌。

孫氏生了四個孩子，如今聽到她要被休，竟然只得一個對這事心中悲痛而已，可想而知她做人失敗到了什麼樣的地步！

聶夫子輕輕搖了搖頭，孫氏嘴裡已經嗷的一聲大哭了起來，額頭不住在地上碰著叩著響頭，一面求情。「我錯了，我錯了，以後再不敢了，夫君再給我一回機會，往後若是我再管大郎的事，我不得好死，夫君饒我一回啊！」

「我也跟妳開玩笑的。」聶夫子表情冷淡，望著孫氏道。

但聶夫子神色實在是認真不過，聽起來不像是與孫氏開玩笑的樣子，可他卻偏偏這樣說了，孫氏愣了一下，抬起一張眼淚斑駁的臉，望著聶夫子說不出話來。

聶夫子卻是一邊親自扶了聶秋染起身，一邊看著孫氏溫和道：「家裡的事情，兩個女兒的事全由妳作主就是了，秋文如今被妳教得這樣不成器我也不提了，但秋染的事，妳既然一早就決定了不插手，如今又再來替他作什麼主？就此一回便罷，往後若再有這樣的事情發生，聶家裡也不一定非要妳一個女人來作主的，若妳一整天閒著無事，不如便回娘家多住上一段日子吧。」

這話一說出口，孫氏哭得肝腸寸斷，卻是不住地搖頭。聽到聶夫子提起當年的事情，她心裡也覺得有些不自在。當初聶秋染從小生下來就被抱到聶夫子身邊養大，孫氏那時人還年輕，沒體會到做母親的滋味，只覺得這兒子一生出來還沒來得及親近，便被抱到了丈夫那邊，輕易親近不得。天長日久下來，就是母子骨肉情深，可一天到晚連話都說不到幾句的母子，又哪有什麼親近可言。

孫氏接二連三的生了孩子，待又生了一個聶秋文，如獲至寶，天天帶在身邊，輕易離不得眼睛，對這個大兒子只當沒生過，也是有與聶夫子賭氣的意思。她偏心太過，惹了聶夫子心頭不快而不自知，聶秋染六歲時發高熱，正逢聶夫子出門會友，孫氏竟然勒緊錢口袋不肯給兒子請大夫，反倒是憤憤不平的賭氣，只讓當時還五歲的聶明去喚聶夫子回來瞧他。孫氏當時心裡只想著這兒子不是聶夫子的嗎？他既然這樣寶貝，不准自己親近，那麼這事她自然不願意管，就讓聶夫子自己去折騰就是了，因此抱著聶秋文出去串門子，留了一個聶秋染在家裡，那一回險些連命都沒了。

一個六歲的孩子，生病躺在床上，聶秋染到現在還記得自己當時想找孫氏抱，而她卻冷嘲熱諷的眼神以及尖酸刻薄的話，就這麼印在了當時他的心裡。聶明一個五歲的小姑娘，要出門去喚一個大人，哪裡是那般容易的？聶夫子好不容易得到消息回來時，聶秋染當時就險些斷了氣，也正因為這事，聶夫子當時險些沒將孫氏給休了，也正因為這事，兩夫妻這些年來一直感情冷冷淡淡的。

在聶秋染養好了病後，聶夫子便讓孫氏立了不准再管這個兒子任何事的約定，帶了兒子進縣城，自個兒找了個教書的活路，到現在還只是一個月回來一趟，留了孫氏在家中守活寡。這些年來，孫氏表面風光，心裡的難受自然可想而知。

孫氏心裡清楚，這個丈夫看似溫和好說話，實則心腸冷硬無比，當年說走就走，到如今還未曾近過她身子一回，她心裡也不是沒有怨過，也悔過，也因為這件事，對聶秋染既是有些不喜，又是有些歉疚與害怕。兒子越長大，她彷彿覺得這個兒子仍還記得當年的事情，因此看到他時本能的就覺得心虛，也因此，越發將聶秋文瞧得緊了些，深怕這個兒子也跟她離了心，死死地將聶秋文攥在手裡。可一邊她又不甘心這樣便失去了聶秋染這樣一個有出息的大兒子，這才千方百計的想讓他聽自己的話，婚事也由得自己作主。

與娘家的約定，不只是為了討好孫家人而已，她更是想要借此事將這個大兒子掌握在手中，若是從此聶秋染聽她擺布，那才是真正出了一口氣。孫氏心裡的怨毒，眾人都不知曉，可她就是再怨，但在現實面前也不得不低頭，這會兒便忍不住痛哭流涕了起來，賭咒發誓了一番。

聶夫子這才笑了笑，算是不與她計較了，只是那看她的眼神卻跟看一個陌生人似的，一邊望著她溫和道：「既然妳已經決定了與岳家結親，秋染的親事妳不要想了，若是那孫家姑娘不錯，妳便給秋文納了回來，好好孝順妳一回。」

聶夫子表面看似溫和，實則說話也是綿裡藏針，一句話噎得孫氏說不出話來，她想也不想便搖頭道：「那不行，我的二郎，她如何能配得上……」

話未說完，孫氏便看到了聶夫子似笑非笑的眼神，頓時心裡一個咯噔，下意識地又看了聶秋染一眼，見他目光根本都沒往自己這邊瞧過來，像是剛剛那話他沒聽出不對味兒來一般，孫氏心裡便鬆了一口氣。自己的小兒子不爭氣，可這樣她都覺得孫梅配不上小兒子，那聶秋染不知比聶秋文有出息了多少回，她卻偏偏要將孫梅配給他，不是故意要害這兒子嗎？孫氏話說完才知道自己辦了一件蠢事，幸虧聶秋染沒注意到。

不過她剛鬆了一口氣，心裡又覺得有些不舒坦，聶秋染現在沒有因為她的話生氣，便說明根本就沒有將她的話聽進耳中，一個兒子不能將自己的話聽進耳中，這又有什麼好得意的？

「原來配不上秋文的，妳才想著要給秋染。」聶夫子點了點頭。

雖然這話說得平靜，可是孫氏卻聽出了他話裡的怒意，自然心中也有些發虛，低垂著頭不敢開口。

半晌之後，聶夫子才對孫氏揮了揮手。「秋染的事，妳不要想著插手，否則妳自個兒就回娘家去，就當他從此沒妳這個娘。妳若是還想好生待著，妳娘家那頭，便自個兒想法子。」一邊說完，一邊聶夫子看了大兒子一眼，頓時搖著頭便嘆了口氣，起身喝了兩口茶水，便自個兒進屋裡去了。

聶秋染當年生病的事，並不只是那樣簡單而已，當初五歲的聶明被孫氏派著出門尋找聶夫子，是快天黑時才將人給找回了家，聶秋染那一次險些沒了命，聶夫子回來給兒子請了大夫，好不容易將他救活時，聶秋染對於孫氏等人卻再也不像以前一般，只是生疏而有禮了。連帶著對自己，也是一直像如今這般的模樣，也不知從什麼時候起，竟然連事情最後都不求自己了。如今算來，這崔家丫頭一事，還是兒子這些年頭一回求到自己的，想到今日自己說要休了孫氏時，瞧見聶明眼中的欣喜令聶夫子不由冷笑，小小年紀便這樣心腸冷硬，也不知孫氏是怎麼教兒女的，一個個給她教成了這般，唯一一個有出息的，卻又對她毫無感情，這算不算是她自作自受了？只是兄妹間如今冷淡成這樣，聶夫子也不好再強求了。

好在聶夫子對於女兒感情並不如何深，遲早要嫁出去別人家的，兒子若是看得上她，給她幾分臉面，往後最多照拂兩分；要是看不上，打發了也就是了，因此對這事，聶夫子並不放在心上。

孫氏卻不知道女兒心裡頭的怨恨，一面心裡又怕又畏懼，推著女兒燒了水，一面拿盆子打水進來，侍候著聶夫子洗過臉和手腳，這才扶了他躺下了。孫氏做這一切時深怕被聶夫子罵上一頓，可等他躺下了，卻一直都是閉著眼睛的沒有開口，他背朝著床鋪裡頭，孫氏只當他睡著了。半晌之後沒有聽到聲音拿了盆子要出去時，聶夫子的聲音才淡淡的響了起來——

「以後，妳就當少生了一個兒子吧！」

一聽這話，孫氏端著盆子的手頓時重重抖了一下，盆裡的水險些濺了出來，她緊咬著嘴唇，才沒有驚呼出聲，端著盆的手指骨頭將盆子捏得緊緊的，滿心怒火忍都忍不住。

聶夫子的意思她知道，是讓自己不要再去管聶秋染的事，往後也不要再找他麻煩，不要享他福的意思，可是憑什麼，自己是他娘，生了他一回，他這一輩子就算是做了官也是自己的兒子，如何能聶夫子一句話便將這一切抹殺了！

孫氏心裡恨得咬牙，可她卻知道，聶夫子已經開口了，他就已經是有些不耐煩了，若是自己再說話，惹惱了他，到時真像他所說的要休了自己，讓自己再沒資格管聶秋染的事，甚至不能被聶秋染稱一聲娘，那才真正是得不償失了。

孫氏心裡既怨且恨，一面收拾了東西，自己也出去洗了臉和手，在女兒身上發了一回氣，這才回來在她一貫睡的床上躺下了。聶家正房裡有兩張床，她跟聶夫子向來都是各睡各的，這也是孫氏十年來心裡怨恨的原因之一，她躺上床一邊想著今兒的事情，一邊想著娘家的事，煩惱不已，翻來覆去好半晌，這才漸漸閉上了眼睛。

——未完，待續，請看文創風168《田園閨事》4

田園閨事

全套六冊

詼諧幽默・輕鬆搞笑・字裡行間藏情／莞爾

穿越到這古代窮兮兮的崔家，她叫天不靈叫地不應，
在這兒，女兒身命賤不值錢，她偏要自己賺錢給自己鍍金身。
在這兒，家家戶戶不是打雞罵狗，就是家長裡短的……
她偏要把心思全放在自己身上，她要有房、有錢、有閒、有好日子，
再可以的話，就考慮找個靠譜的好男人嫁了！

她不過是睡一覺，醒來竟成了一個名叫崔薇的七歲小女娃兒，
困在古代回不去就算了，這崔家窮得連吃雞蛋都要省，
崔薇的爹就是老實的莊稼漢，但崔薇的娘重男輕女得很過分！
以前她可是十指不沾陽春水，
現在從早到晚要幹的活比她的娘、哥哥、嫂嫂還要多，
整日不是被娘嫌、就是供嫂嫂使喚，當個女兒竟這麼的不值錢！
如果她不想被折騰到死，最好能藉機從這個家分出去……
她打算靠自己掙些錢，接著開口跟她娘說要買斷自己，
住在自己的小院落裡，經營起她自己古代田園的小日子……
正當一件件事都按著她所想要的發生，都在她掌握之中……除了聶秋染！
他是這個村裡有名的年輕秀才，聰穎、斯文、好看……
可她就覺得他很腹黑，表面上斯文有禮，骨子裡詭計一堆，
但憑她這個穿越來的，就不信他能將自己算計去了……

顛覆史實　細膩深情／懷愫

既然身為堂堂正妻，就得顯出該有的威風來！

過勞死就算了，還穿越時空當個不受寵的正妻……

要是那些小妾真以為能把她踩在腳底，可就大錯特錯了！

溫柔嫻淑，是滿懷計謀最好的保護色；

女人心機，足將男人玩弄於股掌之間。

看她發揮智慧大展魅力，定要丈夫只愛她一人！

正妻不好當

全套五冊

文創風 150 **1**

在現代要是過勞死，還能上個新聞，提醒大眾注意身體健康，
在古代嘛，累死、寂寞死、傷心死，那都是自己不爭氣！
虧這個身體的原主還是個正經八百的嫡妻，
誰知有面子沒裡子，徒有端莊大方之名卻不得寵愛，
幾個側室都是明著尊敬，暗地裡使絆子，要她不見容於丈夫。
周婷一醒來，就面對這絕對不利的情勢，
要是有個穩固的靠山也就罷了，偏偏她還剛死了兒子……

文創風 151 **2**

既然身不由己，來到這個光有身分還不夠尊貴的地方，
唯一能讓日子好過一點的方法，就是發揮身為「正妻」的優勢，
光明正大設下許多小圈套，等那些豺狼虎豹自行上鉤，
打擊敵人之餘，還博得溫良恭儉讓的美名，真是不亦樂乎。
原本周婷就想這樣舒心過完一生，豈料丈夫發現她的轉變後，
竟像戀上花朵的蜜蜂，成天黏答答，非要將她吃乾抹淨才甘心，
惹得她心思盪漾，覺得多生幾個孩子也不錯……

文創風 152 **3**

明知每回小選大挑，府上都會被塞進好些個侍妾，
但「只見新人笑，不聞舊人哭」這事可不許發生在自己身上！
周婷成功打趴後院所有女人，讓丈夫再怎麼飢渴也只上她的床，
非但無人說她善妒，從上到下、從裡到外還全是讚美聲。
就在她以為所有事情全在掌控中時，那個被她養在身邊的庶女，
竟受了生母指示，企圖向她施蠱……

文創風 153 **4**

既然「家事」搞定了，接下來就是發揮賢內助的本事，
這頭打點、那邊安撫，幫助丈夫在爭奪皇位上取得有利的位置，
好讓兒子、女兒未來的路平平順順，一生無憂。
只不過……既是九五至尊，未來後宮佳麗自然不會少，
成全他長久以來的心願是一回事，要端著皇后的臉面故作大方，
實際上卻委屈了自己，她真能做到嗎……？

文創風 154 **5** 完

面對那一屋子等著遷入皇宮中，好接受冊封的側室與小妾，
無論如何也無法讓人舒心。
原以為所有的甜蜜都將隨著皇帝、皇后分宮居住而漸漸淡去，
想不到丈夫卻信守諾言，非但只寵幸她，還打破傳統，
跟她「同居」起來，教周婷又驚又喜。
偏偏這時還有人不死心，非得把自己逼上絕路不可，
很好，就別怪她手下不留情，使出看家本領掃蕩「障礙物」了！

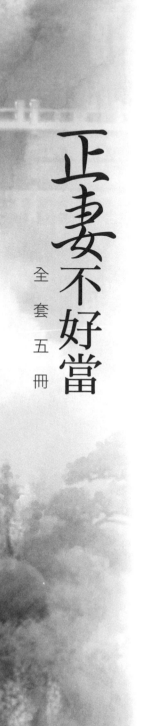

文創風 167

田園閨事 3

國家圖書館出版品預行編目資料

田園閨事 / 莞爾著. --
初版. -- 臺北市 : 狗屋, 2014.03
冊 ; 公分. --（文創風）
ISBN 978-986-328-254-9（第3冊：平裝）. --

857.7 103001985

著作者	莞爾
編輯	王佳薇
校對	黃薇霓　曾慧柔
發行所	狗屋出版社有限公司
地址	台北市104中山區龍江路71巷15號1樓
電話	02-2776-5889～0
發行字號	局版台業字845號
法律顧問	蕭雄淋律師
總經銷	知遠文化事業有限公司
電話	02-2664-8800
初版	103年3月
國際書碼	ISBN-13　978-986-328-254-9
原著書名	《田园闺事》，由起点女生网（http://www.qdmm.com/）授權出版

定價250元

狗屋劃撥帳號：19001626

網址：love.doghouse.com.tw　E-mail：love@doghouse.com.tw